中国当代杂文精品大系

1949—2013

朱铁志 主编

"十二五"国家重点图书出版规划项目

少见多怪

司徒伟智杂文自选集

司徒伟智／著

金城出版社
GOLD WALL PRESS

图书在版编目(CIP)数据

少见多怪 : 司徒伟智杂文自选集 / 司徒伟智著. —北京 : 金城出版社, 2014.7

ISBN 978-7-5155-0993-8

Ⅰ. ①少… Ⅱ. ①司… Ⅲ. ①杂文集－中国－当代

Ⅳ. ①I267.1

中国版本图书馆CIP数据核字(2014)第006045号

少见多怪

作　者	司徒伟智
主　编	朱铁志
出 版 人	王吉胜
责任编辑	柯　湘
文字编辑	彭洪清
开　本	880毫米×1230毫米　1/32
印　张	12
字　数	190千字
版　次	2016年5月第1版　2016年5月第1次印刷
印　刷	北京金瀑印刷有限责任公司
书　号	ISBN 978-7-5155-0993-8
定　价	49.00元

出版发行	**金城出版社**　北京市朝阳区利泽东二路3号
	邮政编码　100102
发 行 部	(010)84254364
编 辑 部	(010)64215770
总 编 室	(010)64228516
网　址	http://www.jccb.com.cn
电子邮箱	jinchengchuban@163.com
法律顾问	陈鹰律师事务所　(010)64970501

司徒伟智，杂文政论家，笔名有“闻纪之”“马布衣”等。1950年生于上海。初中毕业进厂当学徒、工人。后为解放日报报业集团高级编辑，并曾任《上海支部生活》《报刊文摘》主编。有个人专集《三棱镜集》《布衣闲话》《当代杂文选粹·司徒伟智之卷》等行世。高校教材《二十世纪中国杂文史》《中国当代文学发展史》介绍并肯定其杂文创作。

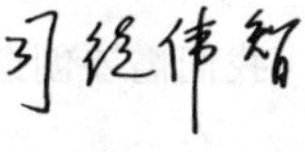

目录

写在前面的话 / 朱铁志

注意人还是注意事？…………………… 001

到耻为止…………………………………… 003

服老和不服老……………………………… 006

在知识结构上不要"画地为牢"……… 008

李泌论"官"与"爵"………………… 014

贝多芬在"劳动"……………………… 018

只有一味药……………………………… 021

"介绍信"之研究……………………… 023

梭鱼水中歌……………………………… 026

不如怨自己……………………………… 028

"体统"正解…………………………… 031

唯有识者能重才………………………… 034

过于"精确"的意见…………………… 037

如果成不了才…………………………… 040

"非正规"辨…………………………… 043

第五个烧饼……………………………… 046

论长生不死……………………………… 049

"现管"何在…………………………… 052

我们需要创造…………………………… 055

勇士的观念…………………………………… 058
“叔叔”无愧 ………………………………… 060
少见多怪……………………………………… 063
同是碳原子…………………………………… 066
左宗棠留下的笑话…………………………… 069
母子篇（二题）……………………………… 073
谈“知人论世”……………………………… 075
龟兔赛跑的另一种结局……………………… 079
读两首爱情诗………………………………… 082
猜猜看………………………………………… 087
太炎先生又一事……………………………… 091
世界容得下你我他…………………………… 094
太实惠………………………………………… 097
“一块牌子主义”…………………………… 100
即使夜深人静时……………………………… 103
虚名儿………………………………………… 106
外国人与中国事……………………………… 109
要悔且待青山烂……………………………… 113
外婆的年龄…………………………………… 116

为一个好人作传…………………………… 119
来自佛罗伦萨的玩笑………………………… 122
两个好孩子………………………………… 125
告别“杰茜现象”………………………… 128
数字的“捶打”…………………………… 131
瞧，那个遥远的邻居……………………… 134
说不过去…………………………………… 137
量化就怕简单化…………………………… 140
最后的棚户………………………………… 143
拒绝“老熊哲学”………………………… 147
高兴过后还叹息…………………………… 151
闻一多画像该修改吗……………………… 155
“我们从前都是乡下人”………………… 158
名人脾气…………………………………… 161
莫让流血英雄再流泪……………………… 164
一份百年答卷……………………………… 167
缺了“应变”这门课……………………… 171
然而，孩子们在笑………………………… 174
从强盗到“弱者”………………………… 178
为官当知足………………………………… 181
该为“放大效果”惊叹…………………… 185

因“海外兵团”而忆及两员
女将之出走…… …………………… 188
健身热须防“中间冷”…………………… 192
“无用”的少年宫 ………………………… 195
温柔陷阱谁家挖………………………… 199
不该忽略的准确………………………… 202
遥念天涯沦落客………………………… 208
像赵鑫珊那样写文章…………………… 213
更是人家的“骄傲”…………………… 218
毛泽东缘何赞赏马周…………………… 222
健儿退赛考问民众生命意识…………… 227
对罗格名言如何诠释…………………… 230
有些是非不辩也罢……………………… 234
“杂文惹祸”之历史变迁 ……………… 237
又见“法外施恩” ……………………… 242
学者也需要“作家化” ………………… 245
球星恋爱新规折射出什么……………… 249
“奶奶考生”召唤非功利学习 ………… 253
“批评部分失实”两面观 ……………… 256
来个费尔马式“隔离带” ……………… 260
想到“一罪不两治”格言……………… 264

李连杰何须困惑…………………………… 269
给“奇事”设几道戒律，如何？……… 272
记住一句珍贵的赞语…………………… 275
当心“谢本师”现代版………………… 278
非理性同情很可怕……………………… 281
中国人的“遗嘱忌讳”………………… 284
名家矫情未可信………………………… 287
落马者缘何想念舆论监督……………… 290
细节也是你……………………………… 293
“视吾家所寡有者”…………………… 296
撒切尔不需要怜悯……………………… 299
别奢望慈善家“纯而又纯”…………… 302
对不起契娘……………………………… 305
看“灵异崇拜”的娱乐化……………… 308
留点“空间”…………………………… 311
佩服点点………………………………… 314
因“鬼戏复活”重温廖沫沙名文……… 318
一种容易忽略的素养…………………… 321
不止是“文盲书法家”之羞…………… 325
转基因争论岂可“泛政治化”………… 328
天上不会掉玛瑙………………………… 331

记住“等距离”原则……………………… 334
与霸道公子说“换气” ………………… 337
功夫在“语”外…………………………… 341
名记者尽是苦出身……………………… 345
学外语有“笨办法” …………………… 348
巴金那一声赞叹………………………… 351
英雄的“保质期” ……………………… 355
“第一流人物”的道德担当 …………… 358
事无两样人心别………………………… 361

写在前面的话

朱铁志

选编一套全面反映当代中国杂文创作概貌的大型丛书，是我一段时间以来的愿望。

现代意义的杂文创作，肇始于五四新文化运动，以鲁迅先生为代表。新中国成立后，以中共十一届三中全会为分水岭，经历了前后两个三十年的不同阶段。从建国初到十一届三中全会前三十年，由于“反右”、“文革”等政治运动的影响，杂文创作就整体而言比较萧条，只有前后三个阶段短暂的“繁荣”期，出现了《“三家村”札记》、《燕山夜话》、《长短录》等代表性作品，就时间而言，累计不超过两年。

杂文真正的繁荣期是十一届三中全会以后。以1976年打倒“四人帮”为标志，伴随着真理标准的大讨论，新时期文学开启了狂飙突进的新时代。在文学大军浩荡前行的队伍里，杂文与小说、诗歌一道，成为引领思想解放的光荣一翼。它以睿智的眼光、坚韧的意志、不屈的姿态，傲然挺立在新时期乍暖还寒的土地上。仿佛报晓的雄鸡，又像滚动的春雷，将蛰伏的生灵唤醒，把冰冻的土地融化。于是，无数思索的目光透过“花边文学”窥见时代风云变幻，无数焦渴的灵魂在震撼中开始寻找失落的尊严。由鲁迅先生开启的“社会批评”、“文明批评”的杂文传统，在这一刻焕发出特殊的力量，启发群伦，激励民众，推动社会变革。如果说新时期以思想解放为发端，那么完全可以说，新时期文学的苏醒、奋起、繁荣，既有以“天安门诗抄”为代表的诗歌的功绩，有以《伤痕》、《班主任》为代表的“伤痕文学”的贡献，同时也有以《鬣狗的风格》、《江东子弟今犹在》、《东方红这首歌》、《切不可巴望“好皇帝”》、《华表的沧桑》、《语录考》、《万岁考》等为代表的一大批优秀杂文的贡献。思想解放运动作为新时期的发动机，是杂文复兴最重要的思想基础和推动力量；新时期杂文的繁荣是思想解放运动的必然结果和逻辑延伸。作为时代精神的特殊反映，新时期杂文以最敏感的神经感应世事变迁，以最锋利的武器对腐朽势力发起有效进攻。时代进步有它的助力，社会发展有它的功绩。作为思想解放的先驱、历史进步的先声，新时期杂文以其宏大的创作群体、优异的创作实绩、广泛的社会影响，彪炳文学史，笑对时代潮，成为杂文家足堪自豪的美好记忆。这当中，有以严秀、秦牧、何满子、章明、林放、牧惠、邵燕祥、王春瑜等为代表的前辈作家，有以陈四益、陈泽群、符号、李下、鄢烈山、王乾荣、李乔、甲乙等为代表的中年作家，有以张心阳、陆春祥、潘多拉、杨学武、杨庆春、刘洪波等为代表的青年作家。1989 年《人民日报》“风华杯”杂文征文标志着新时期杂文创作的顶峰，表现出前所未有的思想深度、艺术魅力和社会影响力，是新时期杂文创作的标志性事件。

集中反映新时期杂文创作成就的文集数量庞大，规模不等，目前被普遍关注的主要有七种，一是曾彦修（严秀）、秦牧、陶白主编的《中国新文艺大系·杂文集（1976—1982）》，1987 年由中国文联出版公司出版；二是严秀、牧惠主编的《中国当代杂文选粹》，四辑共 40 本，由湖南文艺出版社出版；三是张华、蓝翎、姚春树、牧惠、朱铁志主编的《中国杂文大观》，1989 年由天津百花文艺出版社出版；四是刘成信主编的《中国当代杂文八大家》，1997 年由时代文艺出版社出版；五是朱大路主编的《杂文 300 篇》和《世纪末杂文 200 篇》，分别于 2000 年和 2001 年由文汇出版社出版；六是刘成信主编的《中国杂文》（百部），2013 年起由吉林出版集团有限责任公司出版；七是朱铁志主编的《中国新文学大系·杂文卷（1976—2000）》，2009 年由上海文艺出版社出版。

上个世纪80年代末期，在协助牧惠先生主编《中国杂文大观》第四卷过程中，我比较系统地阅读了新时期以来的杂文作品，搜集了大量杂文集和其他杂文资料。2006年，承蒙王蒙、王元化二位先生的邀请，由王充闾先生和我主编《中国新文学大系·杂文卷（1976—2000）》（王充闾先生后因健康原因退出），再次比较系统地阅读了新时期的杂文作品。两次经历使我突出感到，新时期杂文是新中国成立以来环境最为宽松、创作最为活跃、成果最为丰厚的时期。两个大型选本虽然以时间为序，各自选编了五六十万字的杂文佳作，但限于篇幅，远不能全面反映这一时期杂文创作的全貌，迫切需要在适当时候以杂文家为线索，选编一套全景式展现新时期杂文创作整体水平的大型丛书。

《中国当代杂文精品大系（1949—2013）》就是这个设想的产物。我们拟在原来工作的基础上，选编一个更加全面、更加权威、更加开放、更大规模的选本。该丛书以时间为经，以代表性作者为纬，每人精选一本本人迄今为止全部创作的代表性作品，突出思想性、文学性、史料性，力争为后人留下一份基本能够反映当代杂文创作水平、可资信赖和检索的翔实资料。选本的时间跨度为1949年至2013年，但其重点如前所述，毫无疑问是新时期以来的杂文创作。选本不存门户之见，不论名气大小，不搞亲疏远近，不做成封闭体系，力争客观、公允、理性、包容。入选数量将从创作实际出发随时增减。近年来，随着时间的流逝，何满子、冯英子、黄秋耘、老烈、牧惠、谢云、舒展、蓝翎、李汝伦、陈泽群、王大海等杂文宿将先后离我们而去；严秀、方成、章明、刘征、虞丹、周修睦、邵燕祥、黄一龙等前辈已逾耄耋之年；而依然活跃在创作一线的王春瑜、陈四益、李下、鄢烈山、王乾荣、李乔、阮直等，也已跨越退休年龄；即便是安立志、杨学武、张心阳、陆春祥等中坚力量，也过了知天命之年；年轻如刘洪波、徐迅雷、杨庆春、潘多拉诸位，其实也已年逾“不惑”。由此看来，杂文实实在在面临一个“传”与“承”的问题。“传”，是把前辈优秀的作品整理出来，传之后世；“承”，是通过我们的选编出版，让后人特别是今天的年轻人知道中国还有杂文这样一种古已有之并由鲁迅先生完善的独特文体，还有一群为之殚精竭力、焚膏继晷的辛勤作者，还有生生不息、佳作迭出的杂文作品。杂文之火不灭，乃是思想解放的灯塔不灭，“社会批评”、“文明批评”的优良传统不灭，中国知识分子的良知不灭。从这个意义上讲，选编这套丛书无论怎样繁难艰苦，都是值得的。

感谢金城出版社以足够的远见卓识和人文关怀接受并全力支持本丛书出版。说老实话，在这个把“物”与“利”作为万物尺度的世界上，并不是随便哪个出版家都有这样的眼光，都愿意为此承担可能的风险。不过我相信，本书即便不能成为出版商所期盼的“畅销书”，也完全有可能成为具有一定价值的“长销书”；本书的编者和出版者很快都会退出历史舞台，但这套丛书一定会留在时间深处，留在人们的记忆中。

不积跬步，无以至千里；不积小流，无以成江海。“社会主义文化大发展大繁荣”、“建设社会主义文化强国”，离不开实实在在的“小事”。毋宁说，“大发展大繁荣”恰恰有赖于“小作为”，选编这套丛书，庶几近之。

感谢所有入选本丛书的杂文作者，没有他们多年来的辛勤耕耘，中国的文化园地无疑会缺少一种冷静、理性的声音。他们是“雅典的牛虻”，是“中国的良心”，是值得关注和记住的一群。

2014年惊蛰于北京沙滩

注意人还是注意事?

居里夫人出名之后，被喝彩的人群从四面八方围住了。在回答一名记者不厌其详地追问她的奇闻轶事时，居里夫人说道：“在科学上，我们应该注意事，不应该注意人。”

居里夫人的女儿说：这句名言比一部书更能表示居里夫人的性格、生活和使命。我想，它又何尝不是比一部书更能表示居里夫人乃至所有科学家们的愿望?

“不应该注意人”，当然不是什么“伟大的谦虚”，也不是说对科学家不应该给以关心和爱护，而是另有深意。它意味着：注意力不要只放在科学家的声望上，更重要的是放在他的事业上。没有事业在先，就没有声望在后；事业是比声望来得要紧的。在热爱事业的居里夫人眼里，花那样的力气来宣传她的琐事，是不如花同样的力气去介绍她的镭的。但人们的积习也真难改。即如今天我们这里，传播陈景润这桩趣事那般奇闻的不少，而真正研究过，至少浏览过他的理论的人又有几个？

“应该注意事”，我以为不仅是注意几个成了名的科学家的事业，更要注意千千万万未成名的人的事业。真的，如果当初在居里夫人的试验得不到支持，甚至连几吨做实验用的废矿渣也买不起的时候，替她来一番鼓吹，是会比后来的任何喝彩都功德无量的。可惜，某些人的积习又是：宁可锦上添花，不愿雪中送炭；对名家大师一拥而上，对无名小辈不屑一顾。殊不知特别渴望着支持和援助的，是后者，不是前者。因为相对说来，大树是容易独立生长的，幼苗却容易夭折。然而，大树必自幼苗始，名家起于无名人。这就要求人们对无名人的事业倾以百倍的热情，抚之，翼之，帮助他们成功。做到了这些，我想大概就做到了居里夫人希望的另一面——“注意了事”。

“人”和“事”，是对立的统一。对于有真才实学的名家，赞扬和钦佩是永远必要的。只是别忘了，赞扬他，是为着学习他，把他的研究事业发扬光大；赞扬一个，是为着带动一批，使千军万马投入到发展科学的伟大事业中去。

原载《光明日报》1979 年10 月 5 日

〔附〕本文收入九年制义务教育课本八年级第二学期《语文》教材，上海教育出版社 1993 年第 1 版。

到耻为止

不知从哪一年起，“随地吐痰可耻，讲究卫生光荣”一类标语，在上海的大街小巷贴得举目皆是。随地吐痰有什么“可耻”？标语曰：“小小一口痰，病菌千千万”——方便自己，祸害他人，所以为耻。

然而，倘若有人见标语而不“耻”，照吐不误，又怎么样？对不起，不考虑。这也是不知从哪一年起的老规矩：到“耻”为止！

到“耻”为止，似乎并非仅此一事。诸如学校里为制止某些学生打架而贴出标语“动手打人是流氓习气”，公园里为防止某些游客攀折花枝而竖起牌牌“爱护绿化人人夸，破坏绿化人人骂”等等。所有这些标语口号，其目的无非都是要违犯者觉得“可耻”。然而，也不过到“耻”为止，别无措施。

一个“到耻为止”竟在这么多地方被奉为圭臬，据说理由都是充分的：“要相信群众的觉悟”，“要相信群众会自己教育自己嘛”。无奈，这个“相信”常常要落空。只要看看前些年的劝阻打架的标语旁边依旧大打出手，和至今犹存的“随地吐痰为耻”标语与满地痰迹共存共荣，便可知了。原因，我想不用到别处去找，它就在这个以为一切人都能够以“耻”相劝的思想本身。

所谓“可耻”的宣传，即道德观念的宣传，碰到那些有某种陋习却讲道德、知羞耻的人，是可以使之知耻而止的。可惜，哪里会人人都知耻？李汝珍在《镜花缘》中，确实写过一个人人知耻明礼的“君子国”。但“镜花缘”者，“水中月，镜中花”之谓也，连作者都承认是假的。至于当今之世，想来那些陋习已深故而很难纠正的人，和那些恬不知耻的人，更是少不了。对这些不可能或暂时尚难于以“羞耻”奏效的人，来个到“耻”为止，结果当然是陋习“可耻”而不可止。

“到耻为止”行不通，出路就在于“到耻不止”。“不止”，就是不满足于感化部分人的道德教育，而迈向强制一切人必须遵守的法律措施，做到有“法”有“耻”。像有些国家那样，用严肃的法令来对付随地吐痰之类，就很有效果。问题是，我们这里，破除这个“到耻为止”可真不容易。比如在大力完善社会主义法制的今天，我们也终于第一次有了对付随地吐痰的法规：犯者罚款 5 角。可街头的情况有目共见，这条法规更多的不是被执行，而是被宣传。一个新事物的出现，诚然需要大喊大叫。但倘若大喊大叫不伴之以切实的实行，那么，所谓“随地吐痰违法”的喊话跟“随地吐痰可耻”的标语又有什么区别呢？原来，还是跳不出、离不开“到耻为止”！

自从孔夫子提出“远人不服，则 文德以来之”，用道德空谈代替切实工作的风气，在我们这个“礼仪之邦”就不曾断过线。看来“到耻为止”得以盛行不止，也似乎跟这个根深蒂固的传统存在某种联系吧。然而，为了社会主义法制切实实行，从而也为了各项工作胜利开展，这个传统不是确确实实应当来个“到此为止”？

原载《解放日报》1980年1月10日

服老和不服老

谁说古代就那么敬重老人？据说有一回，周文王手下那位九十岁的大臣鬻子，就因为老而遭到嫌弃。他老先生很不服气，说了两句颇为精彩的话："使臣捕兽逐麋已老矣，使臣坐策国事尚少也！"

我实在佩服老当益壮的鬻子。

世界上万事万物，都是要随着岁月的增长而变老的。提起老，人们有时会自然地联想到：房子老了，就摇摇欲坠；纸张老了，就发脆；连钢打铁铸的机器零件都会变老，那就叫金属疲劳，该调换了。然而，事物的这个规律，可不能套用于万物之灵——人！鬻子敢于声言"尚少"，看来他就懂得人生在世决不单凭膀粗腰圆，首要的是会动脑、善思考。大脑储存的知识要随着岁月的延伸而增添。现代生理学甚至表明：人的体力过了四十岁会衰退，但人的思维能力、判断能力却要在尔后继续发展哩。岂但“坐策国事”少不了老人，科学研究也同此理。德国科学家洪堡的最重要著作《宇宙》是在七十五岁才动笔的，美国作家杜波依斯完成了他的《黑色火焰》三部曲竟已经九十三岁了。

当然，鬻子如果自夸跟身强力壮的后生家一样能干，那也就可笑了。他的高明，就在不服老的同时，又服老。说“捕兽逐麋已老矣”，就是承认自己垂垂老去，体弱力衰，无法像青年人那样冲锋陷阵，一马当先了。老年人可以保持和发展他深邃的思维能力，然而，蓬勃旺盛的体力和记忆力却是一去不返了。而这，正是许多第一线的工作所不可缺少的：第一线的领导者，必须深入基层、亲劳胼胝；第一线的科学工作者，通常也离不开繁重的实验、观察、夜以继日；如此等等！或许这里有过例外？那么歌德说得好：“这种人是些不平凡的天才，他们在经历一种第二届青春期，至于旁人，则只有一届青春而已。”

既不服老，又服老，此之谓鬻子论老。从中，是不是可以给我们许多老干部、老教授、老医生、老演员等等以启发呢？要不服老：因为年老是足智多谋的条件，是可以大显身手的年头；又要服老：人老了，力衰了，一般说来不妨多多让年轻人来担任第一线角色，自己则从旁指导、顾问、抚之、翼之就是了。

原载《人民日报》1980 年 3 月 4 日

在知识结构上不要“画地为牢”

——从福尔摩斯“知识简表”的破绽谈起

从福尔摩斯想到林肯

在讨论人才成功的知识结构时，有的同志注意到《血字研究》一书中歇洛克·福尔摩斯的一张“知识简表”：

> 他有“精深”的化学知识、“很广博”的惊险文学知识和“充分实用”的英国法律知识；他的“植物学”、“地质学”、“解剖学”知识则偏于实用，不求系统；而在“文学”、“哲学”、“天文学”三项知识上，他一概是：“无”。

对这样一位神通广大的办案人才的独特知识结构，无疑应当予以重视。引证者也确实从中引出了诸如“实现某种功能，必须有相应的知识结构”、“知识面要广，然而是围绕某种目标的广”等一系列结论。问题出在这种所谓围绕某种功能、目标的“广”，其实却是“狭”。且看引证者进一步的论断：“与实现这些功能无关的知识甚至可以不要。”似乎福尔摩斯对文学和天文学等的无知，不成其为知识结构上的缺点，倒成其为优点，不是触目的破绽，倒是耀眼的鲜花！为了证明这点，他们特别赞赏福尔摩斯的一段话：“你说咱们是绕太阳走的，可是，即使咱们是绕月亮走，这对于我或者我的工作又有什么关系呢？”

“没有关系”吗？我们不由想到林肯。那是他尚未担任美国总统、还在当律师的时候，有一回他接受委托，替已经初步判定为“谋财害命”的小阿姆斯特朗辩护。在法庭上，主要证人福尔逊发誓说在十月十八日晚上十一点，从二三十米外清楚地目击小阿姆斯特朗站在西面用枪击毙了在东面的死者，“我肯定认清了他的脸蛋，因为月光正照在他的脸上”。而林肯却这样戳穿了他：“请大家想想，十月十八日那天应是上弦，十一点时月亮已经下山，哪里还有月光？退一步说，也许他时间记得不十分精确，时间稍有提前，但那时月光应是从西往东照，被告的脸也是往东的，脸上是不可能有月光的。证人怎么可能从二三十米外看清被告的脸呢？”真是一针见血！福尔逊的骗局当场破产，小阿姆斯特朗遂无罪获释，林肯也一举成名。

河汉渺渺，远逾九霄，天文学、天象学之类，看来跟近在眼前的办案子实在是了不相关、毫无用处。可是，貌似无关却有关，道是无用却有用！倘若小阿姆斯特朗这一回碰上的不是林肯，而是不懂天文学还要以此自矜的福尔摩斯，岂不冤哉？

只有相对界限

没有绝对鸿沟不应当把福尔摩斯知识简表的“破绽”看作偶然的例外。

不懂天文学，难道只对办案人才的知识结构才是“破绽”？不。由于文学家不懂天文学，而造成诸如将满月时节写成“弯月如钩”，用“启明星悬在正南”来形容深夜（须知这该是白天！）之类破绽，曾经是那样屡见不鲜。契诃夫如此嘲笑某些不懂植物学和动物学的作家：“‘她贪婪地闻着鹅掌草的醉人的香气。’可是鹅掌草根本没有气味。”“说夜莺在清香的、开着花的菩提树的枝头上啼鸣……可夜莺在菩提树开花以前就不叫了。”有个青年作者写信给高尔基说：“我决不需要知道一切，而且任何人也不能知道一切。”高尔基不客气地批评道：“我认为这个作家是做不出任何有价值的东西的。”因为，哪儿有无知，哪儿就有败笔。同样，知识面的偏狭，也是自然科学工作者的大忌。由于不具备相邻学科的知识和眼光，当某种意义重大的边缘性学术成果已经悬在额头上的时候，他会看不见、摘不下，科技发明史上这类缺憾还少吗?

事情就是这样：客观世界的各个侧面相互联系，与之相应，各门学科也是相互关联的。对于实现某一功能与目标来说，有些学科关系近些——直接有关；有些学科关系远些——间接有关。当然任何一个人在追求目标的过程中总是需要有所不为而后有所为的，需要像战略家曹操说的“军有所不击，城有所不攻，地有所不争”。然而，所有这些暂时“不击”、“不攻”、“不争”的学科，决不等于是“无关”的、永远不必掌握的，尤其在学科间的交叉、渗透日益密切的今天。与自己专业关系紧密的各有关学科，要钻透研深，此之谓知识结构中的“根据地”；但切记环绕这“根据地”的不应是一条绝对的鸿沟，而只是一条相对的界限，界限之外那许多学科亦有待我们去涉猎去驰骋，此之谓知识结构中的“游击区”。一般情况下，前者是主要的，后者是次要的；可“次要”的不等于可以“不要”，而且，没有“次要”也便无从保证“主要”。马克思赞赏这样一句古拉丁谚语：“人所具有的，我都具有”！

防止在知识结构上“画地为牢”，既因为不同学科之间相互关联和渗透，还因为不同学科之间能够相互启发，活跃思想。贝弗里奇说得精确：“独创性常常在于发现两个或两个以上研究对象或设想之间的联系或相似之点，而原来以为这些对象或设想彼此没有关系。”卢瑟福在微观范围提出的原子结构模型，最早竟是得到宏观的天体结构的启发，因此他的模型酷似一个缩小了无数亿倍的太阳系。开创了新颖的分子生物学的薛定谔，则是从老掉了牙的古印度吠檀多的宗教教义中吸取了合理因素。一旦获得广博宽阔的知识，简直就像给科学人才插上了想象的翅膀，使之思接千载、视通万里，使之高高飞翔、直达天穹！

人才设计与知识结构设计

知识结构的问题，是与人才设计问题同时提出来的。这个理论的对象，着重于当前的青年和学生：每个人一经设计出自己成才的目标，就可以“按创造目标的需要选修知识”，并且“早早开始选修”，而无须多余的旁顾。

然而，这里疏忽了：年轻时就打下宽广厚实的知识基础，恰恰正是人才设计成功的保证！所谓“人才设计”，往往不是一次完成的，而是仿佛工厂中的新产品要经过若干次试制设计，才最终到达定型设计。鲁迅原先在日本学医，当他感受到医学不足以唤起民众觉醒时，他便弃医从文了；许涤新是当代经济学家，但他在青年时期也一度搞过文学创作与评论，只是因为自己写的作品连自己都通不过，才改了行……除了主观因素引起的“改换目标”外，还须顾及社会因素。如美籍物理学家林家翘早先致力于航天技术研究，但他却没有能够进入美国航天技术核心区，后来只好改行研究天体动力学。又如笔者访问过的苏步青，他留学日本之初是一心一意学机电的，可是当时国内机电工业濒于绝境，这种情况令苏步青转而踏进了数学的大门。所有这些“改换目标”，不管出于多么不同的原因，但其中有一条共同的规律：这些人才当初的知识基础必然是比较宽广的，必然是不拘守于一科一目的，唯此他们尔后才能在截然不同的学科之间跳来转去，左右逢源！

为了提高受教育者的自我调节能力，“百科全书式”的教育已受到愈来愈多的国家重视。日本教育界认为必须改变专业划分过细的方法，培养“世界上通用的日本人”。美国的军事院校充分重视科学文化基础知识。著名的西点军校用来打基础的时间竟占70%以上，这使得它的毕业生适应能力极强，如毕业于西点军校的黑格上将去年退休后，很快就被聘为美国联合技术公司经理，现在又被任命为美国国务卿。与此对照，我们这里过早地在狭窄的专业范围里皓首穷经，从中学起就分“理科班”、“文科班”等现象，是不合时宜的。海外杰出的华裔科学家多次提出，我国学生和科研人员目前的主要缺点仍然是太专而不博。国内一位著名的数学家甚至已经发出了这样的抱怨，他审阅研究生的数学论文，花在语言文字上的功夫，要比花在数学上的还多！在这样的现实状况下，还来说什么“所学知识对完成创造目标够用即可”、“上山何必扛着船”之类，究竟会有多少积极意义呢？

原载《文汇报》1981 年 8 月 6 日

〔附〕本文系与舍妹司徒妙琴合作。

李泌论“官”与“爵”

如果提一个问题：什么样的人可以当官？那历来的答案可就多了。有凭血统当官的，所谓“世卿世禄”；有按年劳资历封官的，所谓“停年格”；更有奇者，索性用八股文加抽签来取官，明代吏部尚书孙丕扬为杜绝举子通关节“乃创为掣签法”；而历史上认为较为公平合理的，大概要数管仲说过的：“录功而与官”。

然而，持异议者还是有。那是在肃清安史之乱的战争中，唐肃宗忽然想到部下建立功勋这么多，今后朝廷无官可赏怎么办？军师李泌建议：赏功臣用爵不用官，即可以给功臣们以相当的爵位薪俸，却不必个个封官。方针是：“官以任能，爵以酬功”。

李泌，不愧是大政治家，不愧是盛唐历史上起过兴利除弊作用的名相。他的建议很有见地，是先秦以来“察能予官，以德就列”的尚贤思想的实用化和精确化。

且看他的“官以任能”。官者，管也。无论管理一个地区还是一个部门，都是要具备丰富的专业知识和管理能力才胜任得了的。历史尽管可以造成一定条件，把能力各不相等的人物推上斗争的舞台，建立功勋业绩，即“时势造英雄”；却不会造成一种条件，使所有这些人都像吃了“智慧果”似的，一下子获得超群出众的文化和组织才能。能力与功劳，在通常情况下是一致的，在有的时候也可以是不一致的。当然，不一致可以转化为一致，经过刻苦努力，由早年的“引车卖浆者流”而终成贤相良将的，历代不乏其人。可值得注意的是，始终保持这种“不一致”的亦属不少。甚至有些人原先功劳与能力是一致的，因年老力衰了，在第一线难以胜任了，而又转化为某种“不一致”。北宋宰相欧阳修，论学问造诣、组织才能，堪称“事业三朝之望，文章百世之师”（苏轼语），可到了晚年却再三上表请求退休。用他自己的话说：“惟有早退，以全晚节，岂可更俟驱逐乎？”——不退休就会被驱逐，这在欧阳修也许是说的笑话；而年纪一老，耳目不聪，腿脚不便，再恋栈不退，就可能办糊涂事，有损晚节，这却是说的真话。

与“官以任能”同等要紧的，是“爵以酬功”。其所以要紧，首先在于唯有给所有建立过功劳或苦劳者以相应的爵禄名位，才能造成将士拼死于战场、谋臣尽命于帷幄的生气勃勃的局面。比李泌早几百年，军事家郭嘉在分析袁曹官渡之战时，就曾经把“与有功者无所吝”列为曹操取胜的重要条件。有功不赏，有劳不酬，那就叫“贤否不分，赏罚不明”，借用今天的话则叫“违反按劳分配”“干好干坏一个样”，这种不公道的做法怎么能调动人们的积极性？“爵以酬功”所以要紧，还在于这一条同“官以任能”正可以相辅相成。前辈让贤，新秀接力；能低者让位，能高者继起，这都是一件事的两个方面。然而要做到一个“让”字，有时颇不易。比李泌晚几百年，文学家苏轼点出过某些人的苦衷：“君臣之恩，系縻之于前；妻子之计，推挽之于后。”这可以从辛弃疾身上得到印证。他在福建当地方大员时写过一首词《最高楼》，是骂儿子的，词前有一篇十分有趣的小序云：“吾拟乞归，犬子以田产未置止我，赋此骂之。”耽心老子退休后就置办不起田产，辛家公子的依赖思想确实该骂。问题是在封建时代辛家公子式的人物成千上万。光“骂”不解决问题。可行的办法还是要保证辞退官位后的有功之臣的适当的政治经济待遇，从而田产可置，公子满意，退休也就会顺当得多。

这样的安排，会不会是亏待了功臣呢？否。且不说无公务相扰，有清福可纳，是一种优待。李泌还指出，让有功而少能的人当官，害处在于：“非才则废事，权重则难制”。后一条针对当时的藩镇而言，是特殊的；前一条则具有普遍性。明明没有领导某一部门或地区的全面能力，却被“赶鸭子上架”，其结果就会力不胜任，就会“废事”，就会不时地出乖露丑，这倒不如叫“亏待”更合适。况且“非才则废事”，其所“废”者岂仅是个人之事？轻则任职经年而山河依旧，重则纲纪紊乱而民不聊生，这就要“废”某个集团乃至整个封建地主阶级的大事了。所以，结论：但可加以爵赏，不可委以官职。

可惜，李泌毕竟生不逢时。在封建阶级的圈子里，别说“官以任能”无法普遍做到，就是“官以任功”也难办到的，实际通行的照例是官以任亲、任钱、任裙带之类。这是前人的悲剧。这个悲剧，只有在社会主义时代才终止了。我们无产阶级的干部制度，是以往任何时代所不可比拟的。而以史为鉴，当着我们在进行有关干部使用和退休制度的改革时，李泌的建议仍可以给我们以相当的启发。

原载《解放日报》1982 年 2 月 18 日

〔附〕本文收入曾彦修、秦牧、陶白主编的《中国新文艺大系·杂文集（1976—1982）》，中国文联出版社 1987 年 2 月第 1 版。

贝多芬在“劳动”

提到贝多芬，谁都知道他是有名的作曲家。不过别忘了，他同时又是一个劳动者，一个脑力劳动者。

作为劳动者，他常常表现得有点奇特。安格尔在《论艺术》中讲过一件事：一天，耳聋的贝多芬独自行走在维也纳近郊的一条小路中央。忽然，他若有所思，在路上跪下来记录刚刚构思好的乐曲。他写得那样专注，以致一支长长的送葬队伍奏着哀乐走来，他仍一无所知。送葬者不由气愤了，但一旦认出挡路的是贝多芬，他们却异口同声地说：“等一下，让他写完！”就这样，一直等到贝多芬站起来。安格尔感慨写道：“人们对这位伟大人物是多么尊敬啊！这个天才在创作的时刻是和上帝发生接触的。”

只是在读到这个故事之后，我才明白为什么贝多芬从二十二岁起就长期定居于异乡的维也纳：不仅是慕恋这里的旖旎风光，主要是只有在这里他才找到了“上帝”——众多的知音。维也纳城无愧为“音乐之都”，它有的是“故家遗俗，佳音流风”的音乐传统，多的是爱音乐、懂音乐从而尊重音乐家劳动的人！他们对贝多芬的体谅，与其说是出于对耳聋者的同情，不如说是因为充分理解到这一独特举动反映了音乐家的创作冲动。

从很多艺术家和科学家身上，我们也时或看到相似的奇特举动。罗丹雕塑模特儿时，会看不见走近前来的客人；牛顿为物理难题纠缠，竟忘了午饭吃没吃过；巴斯德一头钻进实验室，险些错过婚礼的时间……如果按照以前一种习见的观点，这大概都可以视作“清高”“孤傲”或者“做作”的。然而只要如实地考察一下，所有这些举动也无甚“奇特”，无非是脑力劳动进入高潮阶段，劳动者大脑皮层处于极度兴奋的表现。有兴奋，必有抑制。当全部精神倾注于一个目标时，无暇旁顾，虑不及它，便势在必然了。

人群需要专门家。但有时我想，专门家是更需要人群的。这个人群就是理解他的劳动的人群。司马迁说：“钟子期死，伯牙终身不复鼓琴。”如果贝多芬周围的人们都对艺术创作中精神的“集中性”特点，不是体谅而是怪罪，那时间一久，即使意志顽强如贝多芬也大概要抚琴长叹的，大概就不会有他的九部交响曲、十六部弦乐四重奏、三十二首钢琴奏鸣曲等等了。遗憾的是，从过去到现在，忽视脑力劳动诸多特点的，在我们一些单位总不乏其人，并且远不仅于“集中性”一端。比如脑力劳动需要的是“连续性”，常常在攻克难题时夜以继日，很难拘守一般的作息时间，于是竟遭来“自由散漫”之讥；再如脑力劳动者表现出“求实性”，敢于对事物对工作发表不落俗套的见解，于是又会被目为“狂妄自大”……简直动辄得咎，横竖不是。

这种情况是应当尽早结束的。如同鲜花需要沃土一样，人才也是只有处在相宜的人群环境中才能成长起来、一施其长的。

原载《文汇报》1983 年 5 月 11 日

只有一味药

“认真，也是该批评的？”一位在工厂业余学校任教的朋友苦笑着跟我谈起。

厂里举行了一次初中文化考试，他监考。一踏进考场，好些个考生就围上来，要求“高抬贵手”。考场铃响后，有七八名考生果真大大方方地商讨起如何答卷来。当老师的赶紧上前制止，考生便说：“不过是业余读书嘛，何必认真！”

听他讲苦衷，我不禁产生一个想法：视“认真”为怪，正反映出某些同志视“不认真”为常。凭这样“不认真”，能学得到文化，改得掉自己的落后无知？

一件事情的成功可以有许多因素，但其中必有一条：“认真”；一件事情的失败也可以有许多因素，但只要有一条“不认真”也就足够了。汉代将军李广在打猎时，起初误将一块横卧的石头当做老虎，一箭射去，箭头竟扎入石中；当他弄清“老虎”不过是石头后，再射出的箭，却全部折落了。前者入于石，后者折于石，其间的差别便是有没有两个字：“认真”。认真，就是认其作真，而不是“当它假的”、漫不经心，它意味着人们要尽心竭力，付出全身力气。你看，“猛虎”在前，安危生死系于一箭，于是这一箭就有惊人之力和非常之功。

小而至于射箭，大而至于处世行事，无不需要全心全意，认乎其真。德国人导演的《海上囚犯》已经是风靡全球的。当初为逼真地再现潜艇生活，导演竟要求有关演员在一年里不晒太阳，不理发，必待形容憔悴而后可。这样的认真，我们真是要叹服的。

一千年前的王安石，曾痛心于当时“人习于苟且非一日”。三十年代的鲁迅，也感慨系之地说：“中国四亿人生着一种病，那名称是马马虎虎。不医好这个病，是不能救中国的。”说“苟且”也好，说“马马虎虎”也好，实质都说的是“不认真”，它确实是封建时代的通病。今天，历史前进了，但这样一种病的“后遗症”，却还残存下来。以至于我们处处可以感受到它在为祟，非止一端而已。比如有些单位为严肃纪律而制定出一些规章，这本来是应当严格执行的，但常常有一个“下不为例”的妥协。结果非但使规章成了一纸空文，而且养成了“有法不依”的习惯。

怎么办呢？鲁迅的意见是剀切的：“应该学习认真。除去这一味药之外，没有别的药了。”

原载《人民日报》1983 年 6 月 3 日

“介绍信”之研究

在人们感叹公函不大管用的同时，某些私人“介绍信”可正在时兴。凭着“关系人物”的一张条子、一个口信，那无论分配住房、购买紧俏物资等等都可以占先的。既可占先，谋求者便多起来了。

甚至高雅的文艺和知识部门也没有“免俗”。为了发表篇把稿子、调进一个研究机构，或在影剧中担当什么角色，而转弯抹角谋求这类“介绍信”的，你看有多少！作家王蒙为此在报纸上叹苦经，说经常有一些年轻人寄来不够格的手稿，却“直截了当地要求我代为‘推荐’，并在信中说，我相信你是有能力为我推荐稿子的”。似乎他大作的成功，只是取决于“有能力”的人物的荐举。

“介绍信”竟真有这般威力？就像有“关系住房”、“关系物资”一样，“关系作家”、“关系科学家”也是当得成的？

当然，不是说介绍、荐举一概不可取。一个满腹经纶的人，也总是要发出这样那样的信息，以期他人了解、社会承认。有力人物的介绍，正可以强化信息，使人才不致被有关部门忽略。然而，古往今来，身无绝技仅凭举荐便功成名遂者却十分罕见。我国唐代，是文人投献文稿（叫作“行卷”）、请求显贵权要“介绍”之风颇盛的时代，但凡是能得到介绍而名声大噪的，无不具备相当深厚的文学功力。杜牧的《阿房宫赋》、皮日休的《文薮》、朱庆余的《闺意》等名篇，当年就都曾经充当了“行卷”之作。《幽闲鼓吹》中说到白居易献诗请顾况介绍，顾况开始不愿介绍反而揶揄他：“米价方贵，‘居’亦弗‘易’。”及至读了“离离原上草，一岁一枯荣。野火烧不尽，春风吹又生”的佳句，顿然改容说：“道得个语，‘居’即‘易’矣。”予以推荐了。可见，被介绍人功力深厚，“介绍信”才用得上、靠得住。功力为主，介绍为从，这主从关系切不可忘。

倒也不是说缺少功力者就必定“介绍”不成。“举秀才，不知书”，不会没有。问题是，一、精神高尚的人当不屑于此；二、希图侥幸者到头来仍得落空，在今天的时代尤其如此。报载四川某棉纺印染厂为一套进口的电脑控制设备，成立了管理小组，却排斥科技人员，而将包括厂长、党委副书记子女在内的一些学徒工“介绍”进组。这些年轻人虽然置身于科技环境，但苦于没有科技水平，结果是功业无成，出尽洋相。最后在党报和上级部门的干预下，这批新“南郭先生”还得退出来。

我常想，有两个古人是颇知“介绍信”三昧的。一个是三国时期的庞统，怀揣孔明、鲁肃的荐书投奔刘备，见面时却怀而不呈。想来他是料定介绍信只能取信于一时，功力本事才会见信于长远的吧？另一个是德国教育家费希特，当初为求教康德吃了闭门羹，就回去埋头写了一篇《天启的批判》的论文，随附一函，送给康德。函曰：“虽然我也可以索求其他名人介绍，但我决心自我推荐。这篇论文就是我自己的介绍信。”他懂得求人不如自强，本事高于“介绍”。——千百年前的有识之士尚且能用如此气度看待“介绍”，我想今人理应胜古人。

原载《光明日报》1983年9月3日

梭鱼水中歌

“一方愿打，一方愿挨”，这样的事情是不只写在《三国演义》上的。某地农村的一名大队干部动用职权和民力造起自家一幢“小洋楼”，被责令公开检查，并解除职务、留党察看两年。但那“小洋楼”却没有收掉，于是他私下里不无自得地说：“俺检讨一阵子，舒服一辈子，正够本来着。”此论一出，激起公愤。

众人的气愤，在情理之中。气愤之余，却又发人深思：他明明受到了处罚，怎么还洋洋自得，真有点“愿挨”的样子呢？原因无非是，虽受罚却没罚到要害，虽“挨打”却无切肤之痛。

倒不是说主罚者一定在有意庇护。对“小洋楼”主的处罚也不可谓不重了——如果将政治生命视作一个人的第二生命，那么其人已是到了“命悬一线”的关头了：党籍固已险极，名誉则早已扫地。问题是，在一些已经被剥削阶级污泥浊水侵蚀了灵魂、无视党纪国法的人物眼里，什么名誉、信仰、党籍、组织的信赖、人民的重托，等等，统统是“不灵”了，是无所谓的。他们鸡鸣而起，孜孜钻营的只是一己私利，只是要一家子的“舒服一辈子”。他不在乎“政治生命”，你却以“政治生命”罚之；罚其所不屑，忽其所钻营，他又怎么痛苦得起来呢？

俄国作家克雷洛夫写过一则寓言，叫《梭鱼》。说的是梭鱼犯了罪，法官山羊和驴子在审判时，却稀里糊涂地听信了这样一种判决意见：“将梭鱼沉到河里去淹死。”如此判决，还当真实行了。殊不知是正中梭鱼之下怀！其实，为了使那些违法乱纪者真正吸取教训，同时也为了有效地保护广大人民的利益免受侵害，就应当彻底剥夺这些人违法违纪之所得。像去年报载的中共河南省南阳地委和石家庄铁路分局党委那样，在清理招生和招工中的舞弊行为时，不仅处分了营私舞弊的干部，而且将靠舞弊进学校进工厂的青年一律退回原地。今年报上又登了江苏省响水县有关部门领导对以权谋私的日杂商店经理许建富既做出严厉行政处分，又追回其全部非法所得三千元。——“梭鱼”们这一下可真正是要叫苦不迭了。

不然，“梭鱼”放归于水中，它该会心而歌曰：

> 沧浪之水清兮，吾摇尾于其中。
>
> 饮水当思源兮，同志您实有功！

原载《羊城晚报》1984 年 2 月 27 日

不如怨自己

埋怨别人是容易的，难的是由人及己。前两天到一所小学去采访，听教师们谈起来，真是感慨得很：“有些家长光责怪孩子测验‘开红灯’、留级。自己呢？下班回家就是养鱼、玩鸟、打扑克、放录音机，嘈嘈杂杂，也不想想给孩子什么影响。”

孩子读书不用功，做父母的埋怨一下也不为过。只是在有的时候、有的地方，确实又需要检点一下自己：如果作为家长，是倾其心力于鸟儿鱼儿，翻开书本就头疼，那么，又还有多少批评孩子读书不用功的资本呢？卢梭说得对：“真正的教育不在于口训而在于实行。”

一个以“口训”为能事的大人，是怪不得事与愿违的。人是环境的产物，环境造就人。须知儿童的爱好、习性、意识，正是他们接受周围环境影响的结果。而在诸种环境因素中，父母的表率具有特别重要的意义，孩童们总是从对父母行为的模仿开始自己人生长途的第一步。然而现在有少数家庭，一方面是一家子大人尤其是年富力强的中青年人都沉湎于斗牌、玩乐，无所用心，安于缺少知识状态，另一方面却又喋喋不休地要求一个幼小的孩童在如此环境中一反俗氛，不受干扰，毅然读书成材，天下岂有这等便宜事？以市井之心利于身，以读书成材之志责于子，结果便难免是空想。

《孟子》一书中，说到有个楚国人想叫他的儿子学齐语，请了一个齐国人来教他。然而“一齐人傅之，众楚人咻之，虽日挞而求其齐也，不可得矣。”——现在有些孩子面临的不也是这样？在学校里有一个几个老师“傅之”，督促他刻苦读书，一回家，却是众人在无意地用各种玩乐来诱之、扰之。这实在是难为了孩子。在如此环境中，即使还有个别抗干扰力特强的孩子能卓然而立，好学上进，大多数则必定是读不好书的。既然如此，与其怨孩子，不如更多地埋怨大人自己才对！

“怨自己”，丝毫不意味着就像有些灰心丧气的家长时常叹息的那样：“我们这家子，生来就不是读书的料。”不，这不是唯物论者的态度。聪明与愚笨，都不会与生俱来。自惭形秽大可不必。本世纪初，美国的人种改良论者做过一个轰动一时的统计：二百年前美国康涅狄格州有个哲学家爱德华，他的子孙传了八代，其中有三百多人当上教授、医生、牧师、文学家、大学校长；同时在纽约州有一个酒鬼兼赌徒朱克，他的七、八代子孙中，有三百多人成了乞丐和流浪者，七十人因偷盗等行为被判刑！人种改良论者据此趾高气扬起来，似乎高深莫测的文化学识真的只是某些个所谓禀赋超常的家族的专有物。然而，当时正直的教育学家做出的另一番统计，则狠狠将了他们一军：纽约有一个儿童救护会，它收容的大体都是目不识丁的乞丐、流浪者的后代。但由于它付出酬金，把孩子们送到可靠的家庭里接受教育，结果在五十年收容的两万多名儿童中，有百分之八十七成为有用之才，有当上记者、律师、医生、教师、国会议员、高级法院审判官等等的。引人瞩目的是前面提及的朱克的一个第九代孙，也被该会收容并照例送往一个有教养的家庭寄养，截至 1917 年做统计时止，他的操行和学习成绩都很好。“他已经二十多岁，是地方上的模范青年，前途大有希望。”（以上数据材料均引自日本木村久一《早期教育与天才》）事情就是这样，人的智愚利钝，不取决于血统，而取决于环境。“染于苍则苍，染于黄则黄，所入则变。”不能要求每个家庭都有很高的文化，但一定要有学习文化的气氛。倘若说读书气氛在旧时代要中产之家才有条件具备，那么在我们的新社会则一般家庭都可以创造这样的条件了。结论：怨孩子，怨祖宗，全是多余，怨只怨自己没有以积极的努力影响下一代。

既要怨自己，又不要停留于怨自己。应当由埋怨而思考，由思考而行动。对双亲来说，家庭教育首先是自我教育。劳动者加强自我教育，既充实了自己，又替下一代创造出良好的家庭读书气氛。这是为了自己、为了下一代，从而也是为了全体人民的事业。

原载《解放日报》1984 年 3 月 7 日

“体统”正解

朋友Y君，是某文科大学教授的高足。上周末我们聊天，谈起他那位师弟在学术讨论会上发表了与老师相反的观点一事，他愤愤然了。我跟他唱了一通反调。——

Y：老师哪一点亏待他了，他现在却来个恩将仇报。

M（此系取笔名“马布衣”拼音的第一个字母）：学术讨论嘛，所论者应当在学术理论上的是非曲直，不在个人感情上的恩怨得失。把理论问题与感情问题混为一谈，还行？白居易的“论恩则丘山不胜，在道则湖海可忘”这两句，我以为，倒是可以移用来作为对待学术上的恩师、前辈的准则。

Y（直摇头）：学生不把老师放在眼里，成何体统？

M（不觉一笑）：这算哪一号“体统”？学生休想超过老师，先生永远是先生；天下的学问，到老师那一代已经做完，学生只配亦步亦趋——岂不成了“终极真理”论！

体统，就是规矩。“一日之师，终身为父”，这是前人处理师生关系的规矩。对老师唐突无礼，当然不可容忍。不过也别忘了，“当仁不让于师”，这也是一条好规矩呀。学生始则学习老师，继则超过老师，一代胜过一代。这样，文化学术事业才有希望。普希金的成名诗作发表后，茹科夫斯基在赠给他照片时高兴地写下“赠给胜利了的学生。失败的老师赠”。你能说人家这个话是“不合体统”的？

Y：超过老师，发展老师，谁说这不可以呢？可他，是反对老师，批驳老师！

M：所谓“对老师的发展”，既包括顺向的，即对老师某些成就的进一步深化；也包括逆向的，即对老师一些不妥当看法的纠正。道理很简单：吾爱吾师，吾尤爱真理。章太炎治经学，是受教于俞曲园的，当着俞氏反对章太炎革命时，这位平素执礼唯谨的学生竟写《谢本师》一文以示决裂。

Y：章俞之间，是政治分歧，不是学术分歧。你不要扯在一起。

M：我的意思是，既然师生之间政治分歧都可以摊开，学术分歧还需要羞羞答答吗？我对于历史学家顾颉刚在大学执教时，给提出不同意见的学生以褒奖这一点，十分钦敬。据说他读书时对老师的讲授也不盲从。

Y：这我知道。他是连教科书也不买账的。那时的地理教科书中说教主出于半岛，举孔子、释迦、耶稣三教为证，理由是半岛的海岸线长，吸收文明容易。年轻的顾颉刚不同意，以为孔、释、耶的生在半岛不过是偶然的巧合。海岸线便利吸收文明，应当在海上交通便利之后，古代则未必如此……

M：讲得好。你不认为这种精神可取吗?

Y（语气稍稍缓和）：即使老师该批评，也不必当着大庭广众，尽可以在小范围内交换意见嘛。

M：又不是国家机密，搞什么“小范围”？现在有一种风气，好像私下里争论争论是不伤面子的，一到会场上、报刊上去争论，就不得了了。其实……

——其实就介绍到此也够了。“当事者迷，旁观者清”，读者对于以上的争辩，也许已有公论了吧。

原载《文汇报》1984 年 12 月 10 日

唯有识者能重才

罗丹说："不是缺少美，而是缺少发现。"

诚哉斯言。没有见识的人，是什么事都办不好的，更不用指望他发现和培养人类的精美——人才了。

我忘不了拿破仑。巴黎理工学校物理系的梯形大教室，天花板正中至今镌刻着一行字："我不愿为取金蛋而杀掉我的母鸡。"那竟是于敌军兵临城下，理工学校的学生群起请战之时，这位远见卓识的统帅一边摇头、一边挥毫写下的。

真不必感叹"此地无人才"，因为不妨就地取材。郭隗，古代燕国地方的谋略家，论本事不算第一流。但燕昭王却给他很高待遇，又解决住房困难——"筑宫而师之"。

"他连郭隗都那么器重，何况我们？"这一下，乐毅、邹衍这些当时第一流人物，就从天南海北各个诸侯国趋之若鹜了。

吴起初到魏国，魏文侯问李悝："吴起怎么样？"李悝答："贪而好色，但用起兵来天下无双。"魏文侯毫不踌躇，任用为大将。吴起果然一出征便克服五座城池。

十全十美、纯而又纯的人才也许有吧，但那总是凤毛麟角、难找而又难找。汉代张敞就对人说过："若必伊尹、吕望而后荐之，则此人不因足下而进矣。"以吴起而论，只要不分配他去财税所或妇联，让他出征打仗，有何不好？

还是在魏国。有一回，儒士田子方见友人翟璜坐着华贵逾常的轩车，大吃一惊。经翟璜一解释："君主想攻打中山国，我就推荐翟角为他谋划出了战略；进攻时我又推荐乐羊担任大将；攻下后我再推荐李悝前往管理，使当地政通人和。所以君主赏赐我。"于是田子方释然——奖赏一个人，却着眼于一批人。只奖赏贤者而不奖赏举贤者，未免有"过了河便拆桥"之嫌。

推崇学问，要拿出气魄来。日本人木村久一在《早期教育和天才》中介绍道，十九世纪初欧洲战乱不息，但汉诺威等三个公国在紧缩经济的同时，对于一个来自其他公国的、才气横溢的少年威特的留学费用，却倾诚赞助。尽管有一点已事先明了——学成后的威特并不会为他们所用。

这是一个慈善之举，又不单纯是慈善之举：奖掖好学的外来人，正为了激励本国人的好学。

记不准是哪一位日本企业家说过：“我从来不以文凭判断一个人。”这倒跟我们的一句老话相合：“英雄不问出处。”名牌学府是出英雄的，但它哪里就包揽天下英雄了？

我常常想到辛弃疾。南归以后好些年，朝廷给他的官职尽是“右承务郎”、“右宣教郎”之类。“右”者，当时非科场出身之谓也。这顶帽子够呛。其实，中国文学史只要评选“十佳”，就不能漏掉辛弃疾！真不知那些主其事者吃什么饭的。

对照一下某些生怕“有本事的人太多，也碍手碍脚”的人物，平原君养士三千尚不觉其多，真不愧为有气魄之举。人才多起来，工作才好办。况且人才总是要在人才群体中发展，列宁说得对：“在草原地带是不会有勃朗峰的，只有在阿尔卑斯高山群中才存在勃朗峰。”

一个有见识的领导者，必然时时留心，竭力要促成尊重知识、尊重人才的风气和环境。促成了这种风气，就好比垦出肥沃的土壤，嘉禾自会生长；好比植下苍郁的林木，自有良禽不招而来；好比辟出坦直的航道，自然是千舟竞发争先。

若哪个地方的领导者至今还认为“财富是干出来的，不是写写画画出来的”“知识分子毛病太多”“我这里只看‘听话’，不看文化”，凭这等见识，以及由此而来的可想而知的风气，才俊之士还肯来吗？

原载《解放日报》1984年12月26日

过于“精确”的意见

那是一个世纪以前的事了。英国诗人邓尼逊一首题为《罪的幻影》的诗，受到数学家查尔斯·巴贝奇教授的批评。

原信是这样的：“先生：在您那首很优美的诗里，有一句写道：‘每时每刻都有一个人死去，每时每刻都有一个人诞生。’必须指出，倘若这句话属实，那么全世界的人口就永远不会增多，也不会减少。事实上，出生率比死亡率稍高。因此，我建议在您下一版的诗集中，将它改为‘每时每刻都有一个人死去，每时每刻都有一又十六分之一个人诞生。’严格地说，这还不精确，因为实际数字太长，一行诗里写不下。但我认为，对诗来说，一又十六分之一这个数字是足够精确的了。”

巴贝奇教授的意见是耶？非邪？本可不论，时间都已经过去一百年了，何必为古人做裁判呢？可是，近来读到一篇《科学家改诗》的文章，对巴贝奇此举称赞备至：“这封颇为奇特的信，充分说明巴贝奇教授办事一丝不苟。他决不放过诗中的 1/16 误差——尽管他明白诗人一向讲究夸张。”这就令人难以保持沉默了。

补上 1/16 的误差，自然是比原先更精确了，尽管在素有“电子计算机先驱”称誉的巴贝奇看来，“严格地说，这还不精确”。

但凭我的肉眼凡胎，却以为精确过了头，真是接受不了。“每时每刻都有一又十六分之一个人诞生”——这算什么诗呀。做诗，与做人口普查、数据统计，毕竟是两码子的事。

在我的记忆中，历来的文学佳作都不在乎这个“精确”。贾谊的《过秦论》云：“据亿丈之城，临不测之溪以为固。”城高亿丈，溪深不测，以现代工程技术尚且不能，况秦始皇手下那班工匠乎？但《过秦论》依然千古传诵。杜甫《古柏行》：“孔明庙前有老柏，柯如青铜根如石。霜皮溜雨四十围，黛色参天三千尺。”沈括在《梦溪笔谈》中挑剔说：“四十围乃径十尺，无乃太细长乎？”从自然科学的角度看，杜诗是不合比例。但后来的人们都不同意沈括的挑剔。为什么？诗人在描摹其神，科学家却要求实算其形，接不上茬了！文学惟其为文学，而非数学、物理学、化学，它便允许广阔的想象余地，便不必时时拘执于精确的事实本身。《水浒传》中鲁智深倒拔垂杨柳，《三国演义》中的张翼德一声喝退百万曹军，于事理均不合。不过，不合理的描写，由于合情，它便站住了脚。文学说到底正是一门抒情的艺术。

按照“精确”的标准来写诗，也许一首《牧马人赞》会写成这个模样的吧：

“啊，牧马人！

你跨着骏马在五百六十点三二四平方公里的草原上驰骋。

尽管你受到二十年三个月零二天三个半小时的委屈，你依然不失对党的忠诚……”

可是，这是诗吗？

原载《杭州日报》1985年3月2日

如果成不了才

对于满怀信心的年轻人，这可能是个扫兴的题目。恰好似人家婴孩刚诞生，就预言“他将来兴许发不起大财呢”一样。不过，不满意归你不满意。在多数人身上，这些假设照例会无可抗拒地转化为事实。

哪有人人成才的道理呢？人才，是个相对的概念。作为出乎其类、拔乎其萃的这一小部分，它总是与人群中的那一大部分相比较而存在。人人当模范，便无所谓“模范”；人人是先进，便没有“先进”；人人成才，也便取消了“人才”。道理是相通的。从横向看，“行行出状元”，对的，但无论计算机专家、植棉状元，还是诗人、理发大师……他们在各自的行当里终竟微乎其微。就纵向说，即使一百年后，人人都通晓相对论，都会编制计算机程序，都会写抒情诗，但可以断言，到这种时候光会这几下子又显得太平常了。所以，“人才难得”，信乎不谬。

尽管如此，人们依然完全有理由保持自信。谁都不必为了成才道路上碰到挫折而悲观失望，就像有些青年朋友说的“高中文凭连考两年都考不出，还读什么书”，或者就像报上登载的北京某大学一位三好学生，仅仅因为患病失去了报考博士研究生的机会便自杀了。多么遗憾！这里的症结，在于用太过狭隘的功利观念看待学问。还是清人郑板桥的眼界高，他就认为：“凡人读书，原拿不定发达。然即不发达，要不可以不读书。”“科名不来，学问在我，原不是折本的买卖。”学问知识，总是多多益善。对于单个的人来说，即使知识不一定能带来“发达”的头衔、崇高的声誉，即使它很大一部分并不裨益于他日后的生产劳动，可是，所有的知识毕竟都具有另一方面的重要作用：丰富人的精神生活。

诗文、音乐、图画，都是饥不可以为食、寒不可以为衣的，但它却能给人美的享受。生物学、天文学、原子物理、微积分，也许工作中暂时全用不上，但它却能使人了解自然界的无穷奥妙。史学、哲学、经济学，纵然一个学习者不奢望以此成名，它却能把古往今来的宽广世界纳入他的视野。有这许多好处，还不够吗？智力活动就像明亮的光源一样，可以驱散生活中暗淡、单调、蒙昧的阴影，可以引领好学者永远不误入“精神空虚”这个人生深渊。从而，这些活动自然就间接地有利于人们进行社会的功利活动。苏联教育家苏霍姆林斯基曾经举过集体农庄挤奶员薇拉的事例，她在业余时间攻读法文，阅读雨果的原文著作，目的不是想“跳龙门”，因为她热爱挤奶员的本职。她只是为了满足求知欲，享受尽可能多的人类文化财富。苏氏的结论是：“知识对于一个泥水匠、厨师、牧羊人之必不可少，并不亚于对一个科学家、工程师和诗人之所必需。”“也许，人们的劳动越简单，就越加需要浓厚的智力兴趣。”极为深刻。

不可能每个求学者都成家，也不可能每个工作者都当上模范。不成家仍要多读书，当不上模范仍要尽力工作。既然只是因为有益于健康，人们可以不为当冠军而天天跑步、不想获称号而时常歌唱，那么，造益于自己且及众人的业余自学、本职工作，就更应当全力以赴才是。

人生，并不是只有出人头地才算前途。也不必因默默无闻而羞愧。听说在一些地区出现的“创作热”中，个别青年人大有“不当作家誓不为人”的气概，明明还看不出点儿苗子，便贸贸然“弃农从文”，把责任田都抛荒了，弄得里里外外矛盾一大堆。真不必如此固执一端。个人的能力差异，是客观存在的，毋庸讳言。然而，每个人的工作都是我们共同事业的一部分。美丽的苍穹由万点繁星织成，它们的光亮无论炽烈还是浅淡，都不可或缺；高大的建筑有引人瞩目的尖顶，又有不起眼的地基，谁说它们不是一样堪足珍贵。“拿不到元帅杖，就拿枪，没有枪，就拿铁镐”（别林斯基语），有何不可呢?

也许不成为思想家，但你必定要有闪光的理想；可能做不出伟大的业绩，但你必定要有伟大的情操！——这就够令人起敬的了。

原载《解放日报》1985年3月22日

“非正规”辨

“正规”、“非正规”，这是某些人据以判别是非优劣的标准。

看看中秋时节卖月饼的店铺，不就时常挂着“正宗广式”、“正统苏式”的招牌？正宗、正统，亦即“正规”。他们是抓准众多顾客的心理了：管你色香味如何，只要正规就可以。

类似的“正规”观念所在都有，以致我们到处会感受到它的威力——许多人明明经由自学或上业余学校取得了真才实学，只为“不是全日制，非正规”，冷嘲者、怀疑者照例不会少。明明从事个体劳动的青年，收入既高，又有利于社会，但一位个体户男青年谈了五个对象均一一告吹，原因是女方家长几乎异口同声，说他“没有正当工作”。还听说一名近年当上厂长的党外同志，明明工作上多有建树，可个别下属干部在背后仍时有闲言：“非党员，算啥个正牌领导？”不正当，非正牌，当然都是“不正规”。

“非正规”不好，唯“正规”是尊。影响所及，一些好事情会因着“非正规”的名声而遭到“出则巷议，入则腹诽”的待遇，变得岌岌乎殆哉。我常常想到严复，尽管他的学问为一时所重，译著不胫而遍天下，然而，不就仅仅因为他是英国格林尼茨海军大学毕业生，而非当时“科举正途”出身，所以在晚清的官场上饱尝冷眼！他在无话可说的时候，曾写诗发牢骚“当年误读旁行书，举世相视如髦蛮”，“每逢高轩过，气欲偃溟勃，慑然为之下，肩耸足自躩”。学问再精深，学历不“正规”，结果仍是逢人矮三分。“非正规”之为祟，可谓大矣。

这实在是一种讽刺！人家既然有大学问，又何必计较他的学历名称“正规”抑或“非正规”呢。察人论事，岂可因名而废实？实质高于名称，内容决定形式，这样看待问题才合乎情理。今天，我们的各项工作都面临着改革的形势，新生事物正泉涌而出。欲衡量它们的价值，我想，同样不可以依据什么固定的“正规”模式，唯一依据的应当是看其实质是否促进国计民生。党外人士为什么不可以用？“士不生于秦，而愿忠者众”，李斯早就说过的。个体劳动有何可忌讳的？它不是给你我他都带来了方便？只要为着同一个四化建设的目标，各种形式、手段、途径，都有存在的价值。古语说得对：“天下同归而殊途，一致而百虑。”这个主张，正与我们今天提倡的“广开学路”、“广开才路”、“广开门路”之类声气相通。广些，总比窄些来得好。

一个事物被视作“正规”，往往表明它具有规范的作用。因此

“正规”通常又是与“成熟”、“完美”等相联结的。不过，既要重视“正规”，又切忌迷信“正规”。世上万物，皆生皆灭，皆变皆动。成熟来自幼稚，完美起于粗糙。“正规”与“非正规”，都不是万古不变的。且不说当年严复受人讥议的留洋学历，随着本世纪初的废除科举制度，遂一下子变成为十二分“正规”。即以目前我们广大青年的自学来说，当着自学考试逐渐形成制度之日，也便是“自学”这一求学手段逐渐正规化之时……对这些已经变得正规的事情仍称作“不正规”，正表明一些人跳出旧的思想窠臼之难。

一切片面看待“非正规”的观念应该收起了。而一切受到“非正规”讥议的人们也尽可放心大胆，走自己的路，让别人去说。

原载《人民日报》1985 年 4 月 22 日

第五个烧饼

总有三十年了吧，还是念小学的时候，听母亲讲过一个笑话。一名憨汉买烧饼充饥，一连吃下四个都没吃饱，就又吃了一个，这才说："哎呀，就这个烧饼管用。前四个算白吃了。"听罢，我们兄弟姐妹都哄笑起未。真的，世上哪有这样的傻瓜呢，他也太傻了。

直到今天，我才领悟那笑话绝不仅仅是笑话。笑话乃是变换了形态的真话。它不过是将生活中不显眼的荒谬着意放大一下，就像把沾有细菌的玻璃片放在显微镜下那样。

这是事实教育我的结果。上海郊区有一家社办工厂组装的机床，由于齿轮噪音大，销售不出去，遂悬"招贤榜"，以500元酬金吁请能人攻关。一位外厂的工程师闻讯前往，花了两个小时修改图纸便解决了问题，取走了酬金。据说，社办厂的领导事后颇难安宁，耳里不时刮来风言风语，说什么“写写画画两小时，不脏不累，就给这许多，也太便宜他了”！

说“不脏不累”，这是事实；说“便宜他了”，就社办厂职工月工资一般皆不出一百元而言，也非无稽之谈。然而，诸葛亮“眉头一皱，计上心来”，于是火烧新野，水淹七军，草船借箭，种种般般，不也是轻松得很？真个是“羽扇纶巾，谈笑间，樯橹灰飞烟灭”，谁又会对他拿丞相薪俸说三道四呢？老是两眼盯住人家出力的手段，却不重视人家出力的实效；老是认为创造价值就该“又脏又累”，却否认智力创造价值、主意带来金钱……如果这种逻辑成立，那就工程师非得抡大锤不可，诸葛亮非得挥舞青龙偃月刀厮杀三百回合不可。

当我们说智力劳动“不脏不累”时，还只说了事情的一面，另一面——“又苦又累”切不可忽略。没有后者，即没有前者。唯有前四个烧饼垫了底，第五个烧饼才会济事。那憨汉之“憨”，就在于无视这“垫底”的作用，从而也便割断了事物的原因与结果之间的关系。一个饱识之士，或者说，由他发出的任何一个高水平的主意，也需要“垫底”，即钻研学问上的锲而不舍，朝乾夕惕，焚膏继晷。有这样一个故事，从前在欧洲，当一位财主取出纪念册对画家费纳说：“我能请你画个画吗？”费纳拿起铅笔画了一会儿便收住了，递过画去索要一千法郎。财主抱怨道：“只画了五分钟，就收一千法郎，不是太贵了吗？”这位艺术大师回答得妙：“不错，我能五分钟就画完这幅画。可我画画的本事，却是花费了三十年心血的呀！”我以为费纳的要求是理胜辞足的。怎么能以简单劳动的标准来衡量复杂劳动呢？爱迪生表述电灯的原理也许只需要花个把小时，但电灯的发明过程却确确凿凿经过了几百个不眠之夜！

现在每逢听人议论知识分子的报酬，我不觉就想起“第五个烧饼”来，这自然是笑话，但它真是不该一笑了之的。

原载《现代作家》1985 年第 6 期

论长生不死

长生不死——与其说它吸引着、不如说它捉弄着一代又一代的人。

好比海市蜃楼一样，人们自以为且行且近，到头来它依然远在天边。

曾经有多少英武之士，平生征伐四方，叱咤风云，不愧为一世之雄。然而在生死大限面前，他的战马怯阵了，他的宝剑失去了往日的寒光。于是，像秦始皇就不说了，即使明智睿识如汉武帝、唐太宗也未能免俗：纡尊降贵请来方士巫师，去熬药、去炼丹、去海岛深山探访长生草。结果是闹哄哄、一场空。

碰壁碰够了，人们才大彻大悟：死亡不是一种可以治疗的疾病，而是生命个体的一种不可避免的归宿。人，可以找法子拦挡它。治愈一场重病，就相应地延长了生命。甚至现代科学已研究出可以把患有不治之症的人冷冻起来，期待医学上有了突破再行解冻。美国洛杉矶的一个冷藏室里就安放着十二具这类“冻人”。不过，无论如何，人终究只能推迟而无法消除“死”。纵然五十年后所有现今威胁人类的绝症都俯首降顺了，“老而衰，衰而死”仍旧是铁一般的规律。

但是，人们还是想长生不死。

他们果真找到了一种法子。这是一种特别的法子。

两年前在广东召开的治盲防盲学术会议上，一百多名眼科专家提出“生时为病人治病，死后为病人献眼球”的倡议，并在一块写着“我的最后贡献”的红绢布上一一签了名。我想，这种做法的实质正在于，生命的整体报废之时谋求它的局部生存下来。“生存”的涵义已与从前不一样了：不是为自己的主体生存，而是为他人的主体生存。事实到了需要更新人们观念的地步——为什么“受之父母”的身体发肤器官就不可以授予他人呢，如果它们尚能发挥效用？为什么对“生存”不可以撤去自我囿禁的樊篱呢？

越来越多的有识者起而仿效。他们主动提出把遗体交给医学界，或供器官移植，或为病理解剖，或制教学标本。在后两个场合，已不存在生理学意义上的“生存”。但是既然人体继续在为公众事业服务，就是“死而未已”，是别一种“生存”。

事实上，造福人类的人，从来是不死的。我们不是仿佛都熟悉那些早已逝去的伟大先辈的音容笑貌？他们参与着我们的生活、工作、学习和讨论，他们占据了我们够多的心灵空间，以致我们有时候提及念及他们的次数竟超过了叨念自己的至爱亲朋——“这篇论文反映了卢梭《爱弥儿》的观点”，“你的说法违反牛顿的原理”，“他的奋斗精神多像居里夫人”，“这首诗大得杜甫‘沉郁顿挫’之妙”，当我们这样说话时，他们分明是活生生的。他们没有想到贡献自己的躯壳，但他们却贡献出自己的业绩和精神。前人有一种看法：“生则尧舜，死则腐骨；生则桀纣，死则腐骨。”其实哪里是这回事，伟大的业绩和精神自会地久天长。

不要误解，似乎只有功成名遂的人才配得到“不死”的金章。普列汉诺夫说过，就道义而言，每一个如《圣经》上所说愿意“为朋友舍命”的人都是伟大的。这句话的含义不妨再拓开一些。每当在边防前线，在城市，在乡村，聆听着那里不同时期为人民或献身或尽力的先行者的动人故事，我们一定会为其崇高而赞叹。他们也许短暂一生，也许“生无闻于时，死不著于后”，但他们毕生的心血已经融化在全体的事业中，他们也就在这不朽的事业中得到永生。

在论述如何免除对死亡的惧怕时，一位英国哲学家说最好的办法是生时把关心的范围逐渐扩大。他做了个譬喻：

> “人的一生应该像一条河流。开始河身很小，夹在狭窄的两岸之间，奔腾激越，冲过砾石，飞下悬瀑。河面渐渐展宽，两岸相距渐行渐远，河水流淌得较为平缓。最后归入大海，河海之间丝毫没有界线可见，从而全无痛苦地结束了河水的历程。”

河水结束了行程，只是感到安宁和欣慰，因为它的事业仍将延续不绝。

原载《解放日报》1985 年 6 月 7 日

“现管”何在

据我观察，“不怕县官，只怕现管”这句俗话现在有点不灵了。

如果还灵，那么你如何解释：只为该在马路东头还是西头砌个垃圾箱这等小事，竟然扯皮来扯皮去，从区环卫所的科长到所长都拍不下板，非得有劳区长大驾不可；另一座城市的五幢大楼竣工一年有半了，城建部门负责人仍在为通水、通电、通煤气，搔首不已，最后还是市长出马才一通百通……

真是“现管”不灵“县官”灵。虽说是“现管”的分内事，可由他自己来干，偏不行；“县官”一试，偏就行！于是，在有些地方，“县官”们即上级领导者们纷纷受到表扬，“矛盾三年莫解，区长一锤定音”之类的新闻见报，便在情理之中了。

表扬一多，却也引出个问题：“现管”何在？事情由上司或上司的上司拍板了、解决了、代办了，身当其任的具体工作干部不是形同虚设了吗？

假如上级领导者真的能包办一切，那倒罢了。可惜“假如”毕竟是“假如”。一个区、一个市，政事之繁，头绪之多，哪里是凭一己之智、一人之力应付得了的！假如下级干部都是颟顸慵懒的酒囊饭袋，那也罢了。可事实大抵并非如此。据我所知，症结往往在有些部门的干部缺少严格明确的职责权限，以致事无巨细都无章可循，动辄矛盾上交。看来，主要的不是什么个人素质问题，而是管理机构的素质问题。现代化管理的重要指导思想是系统理论。系统内部的运动能否有效，效率高低，很大程度取决于能否分清层次。就像我们思想深邃的古代哲学家说的：“毋代马走，毋代鸟飞。”（宋钘、尹文）哪里管理层次混乱，上一层次取代了下一层次甚至下下层次的工作，哪里的上级干部固然成天奔走、应付、救急，下级干部则不免无所措手足了。久而久之，“现管”就变成不管了。

自然不能把“县官”与“现管”之间的工作界限当做“楚河汉界”。于不得已时干预下级事务、为群众办好事的上级干部，确实是可敬的。韩非子有点偏激，看到郑国宰相子产在出游时偶然察破一个罪犯，就愤愤然道：“子产之治，不亦多事乎？”其实，偶发性事件是无法消除的，见机行事是永远需要的。问题在于切忌将偶然视作常规。批评下级干部不得力，可以；撤换，也可以；唯独经常性的越俎代庖不可以。

然而，某些简单化肯定上一层次干预下一层次的表扬宣传，恰恰会导致视偶然作常规，乃至视反常为正常。它给予我们的只是一种似是而非的满足——“县官”在此，何事足忧？什么建立从上而下的行政管理法规，什么健全严格明确的机关和岗位责任制，好像倒是不急之务了。

原载《人民日报》1985 年 8 月 7 日

我们需要创造

两位搞惯了当代小说创作的朋友悄悄告诉我，他们近来准备转向，将一部古典名著改编成系列电视剧本。“没问题，一定会叫座的。”真是自信得很。

我始则惊讶，继则释然：这也是风气所趋，现在不是南北争拍《红楼梦》热闹得很吗？《儒林外史》、《三国演义》也接踵上了荧屏。最够意思的是某地方竟有人不以施耐庵为然，改写出一部《水浒新传》来！

这股改编风好不好？大体是好的。时下读不通古代白话的读者尚不在少，改编一番才便于普及。不过，冷水也要泼——倘若以为原作是名著，改编便会著名，以为“龙生龙，凤生凤”，那就想错了。

倒是相反，原作是名著，改编便难以著名。这不在于改作者缺少能耐，而在于原作者太过能耐。“增之一分则太长，减之一分则太短”，一尊已经够精致的雕塑，留给人们再施刀斧的余地总是小而又小的。即使一些从事理上讲可商榷之处，改起来也难。拿《三国演义》中的诸葛亮“智而近妖”来说，认识它是一回事，改变它又是一回事。我们已经知道，“草船借箭”事实上发明权不归诸葛亮，而归孙权。是孙权乘船前往观察曹军虚实，曹操下令：“弓弩乱发，箭著其船，船偏重将覆。权因回船，复以一面受箭，箭均船平，乃还。”（见《魏略》）然而，哪部新编剧本有胆量，敢将发明权判还给孙权呢？

作者“没胆量”，往往是因为观众“不习惯”。从鉴赏角度看，任何一部好作品都是由作者和读者共同创造的。不顾及读者和观众的习惯审美心理而大笔挥改，结果便难免碰壁。非但大改难，小改也难。英国电影导演迈克尔·拉福德感叹道：“经典小说捆住了你的手脚。”“小说中的背景和人物早已为千百万人所熟悉，而你所选择的背景和演员又往往难以与观众的固有看法一致起来，难以满足他们的要求。”这不是空口说白话，而是他将30年代的文学名著搬上银幕招致失败后的肺腑之言。

“凤”常常不生凤，而是生鸡。极有趣的是，“鸡”倒有时会生凤。翻开文学史，《三国演义》、《水浒传》、《西游记》等名著，几乎都与先前比较粗糙的话本小说有一段血缘关系。王实甫的《西厢记》更是直接从董解元的《西厢记诸宫调》脱胎而来。陆文岳在《大众电影》撰文说明欧美某些二流小说改编成最佳电影

(《乱世佳人》、《蝴蝶梦》、《克莱默夫妇》等获奥斯卡奖的影片均是)的原因:"因为它们本非经典作品,改编者可以比较自由地按照电影艺术要求和观众口味进行编导,而评论家对此也一般能宽容对待。"这个观点同样有助于认识我国古代小说的改编工作。修饰一尊完美的塑像容易弄巧成拙,雕刻一块简陋的毛坯却可以自由施展刀斧。换言之,前者难以再造,后者听任创造。而创造正是艺术的生命!

前面已经说过,为普及而改编古典小说是件好事,然而同时,我们何不多一点创造,再多一点创造?

原载《光明日报》1985 年 12 月 8 日

勇士的观念

不知还有没有人会认为我们的战士是鲁莽武夫？如果还有，那他们的观念真该革新了。请看事实——

当有的报纸以“将门虎子”英勇杀敌为题，报道了杨少华的事迹后，一位大学生征询他的读报感想，杨少华答道：“我对‘将门虎子’提法反感。战士要靠勇敢建立功勋，不能靠门第获取荣誉。”我认为，这两句话很有反封建的思想锋芒，值得回味。

谁都不会认为报道者有意宣扬封建家族观念。报道本身感人肺腑，即使这一笔也是不自觉、却又极自然地反射着社会意识的折光。我们这个社会，因岁月久远而深入民族心理的封建意识实在还是余威犹存。人们总好在“出身”上做点文章，比如相当长一段时间里，对“查三代”竟像有什么瘾似的，大多数人竟也都没想到说个“不”字。只是到十年浩劫，“城门失火，殃及池鱼”，一个人沦为“黑帮”，妻子儿女孙辈统统要与之俱“黑”，人们才对这做法愤怒了，不能容忍了。然而，这不可容忍的做法，正以长期容忍乃至习惯了的封建意识残余为基础。

是的，人们终于不容忍父辈的“罪名”传代了，历史真的进步了，可是好像又有人企求父辈的荣誉和劳绩泽及后代。你看有的地区，少数人就靠“某书记的儿子”、“某经理的女儿”之类招牌，不该办的事办成了，不符合政策法令的“公司”、“中心”成立了。要查处还真不容易，因为随之而来的“这不是查孩子，这是冲着我老子来的”怨言是难免令一些人踌躇的。“殃及”叫人吃苦头，“泽及”给人的却是甜头，前人栽下树，后人即使收不到果子，能有点庇荫也不错。所以，憎前者而喜后者就是人之常情。

“泽及”与“殃及”，其实恰好相反相成。好比一张皮，它总有两面，光亮的正面与粗陋的背面都是皮的存在形式。旧时代封建宗法社会的一个支柱是家族制，是雨果在《悲惨世界》中讽刺的情形：每个贵族都“带着卫星前进，那是在行进中的整个太阳系”。他们是一荣俱荣，一损俱损的。可以说，今天虽然历史条件已根本变化，但隐藏在“泽及”后的封建主义尾巴，一点也不比“殃及”的短。光除去“殃及”而听任“泽及”，那就为旧时代的陈腐痕迹网开一面，迟早有一天还会被“殃及”也说不定。

原载《人民日报》1985 年 12 月 12 日

“叔叔”无愧

一个流氓分子，仗着父亲曾是当地的党委负责人，在鼓动同伙作案时嚣张地说：“怕啥？闹出再大的事，我只要喊一声叔叔，他们准放人。”有一次他与两名同伙落网后，果真凭此招“破网”而出。但第二次又落网了，当他旧招重用时，一位新上任的法院领导尽管过去也是受过该犯之父提拔的，却没有网开一面。

消息传出，与人心大快形成鲜明对照的，是某些人的嘀嘀咕咕：“哼，还算是做‘叔叔’的呢。今后碰见孩子的父亲，愧也不愧？”

对这个“愧也不愧”，那位当“叔叔”的该如何作答呢？会不会就此脸红耳热起来呢？我无从知道。但从过去到现在，都确实有这样的执法人员，他们可以不受贿赂、不怕报复，唯独碰到“老上级”、“老战友”的子弟牵连上的案子，就难免会笔尖打滑，程度不等地高抬贵手起来。这里的症结，在于怕伤了友情，或者叫拗不过一个“愧”字吧。

然而，我以为那个当“叔叔”的可以理直气壮地回答：“我无愧！”用社会学的观点来看，人们总是一身而兼几种角色，每种角色都含有特定的权利和义务。“叔叔”这个角色，毫无疑义地要求他对老上级、老战友的子弟予以关心和爱护。但是“法官”这个反映着更广阔的社会关系的角色，这一更重要的角色，却又理所当然地要求他只能关心和保护合法者，而必须惩治一切不法之徒，哪怕他们与自己交情再深，甚至是自己的至亲。古来就有法不徇情的说法。不然，因私情而忘国法，就是角色的错乱，就是严重的失职。唐代文学家白居易说：“论恩则丘山不胜，在道则湖海可忘。”哪个人照拂和提携过我，从个人恩情角度看，这真是如同山丘般重大；但是一旦私情与国法发生冲突时，则该将这些旧情置诸脑后。戏剧里，徐九经是王爷保举的，“知恩必报”，按理他应当向着王爷，但他却秉公而断，执法“忘恩”，有谁会出来说他愧也不愧？须知，执法者乃为天下执法，非为一人一姓执法也。

我还从另一面为那位“叔叔”做了设想：当初某个老上司、老同事之所以培养你或关心你，正确的目的是期望你日后好好地为人民尽力。今天你对犯罪分子严惩不贷，包括不给那些自诩“喊一声叔叔”就可以逍遥法外的人物以特权，不正表明你无愧于他们的培养和关心？倘若他们中间竟有某一个因此而不满意了，也嘀嘀咕咕起来，那惭愧的该是他自己：提拔、培养他人，到底是出于公心还是私心？

所以，无论从哪一面看，铁面无私的“叔叔”都是无愧的。那些闲言碎语、嘀嘀咕咕，该收起来了。

原载《人民日报》1986 年 3 月 5 日

少见多怪

一位青年友人涉猎过几本西方传记名著后，写信来说："好多'出洋相'的事情怎么都写进传记里去了？"

回信时，我给了他一个迹近冒犯的评语："少见多怪"。

知否，知否？有一说一，有二说二，大凡世上站得住的回忆录和传记就是信守这一条的。所以丘吉尔就写自己少年时代如何耍泼，如何将旁人推入河里自己逃跑；人家写居里夫人，也可以放胆地写她年轻时如何失恋，为这差一点儿"立意和可恨的世界告别"……这类读物，见得实在太少，就难怪要发出前面的惊叹了。

我其实主要还不是批评那位友人。"多怪"源于"少见"。这"少见"，责任就不在读者，而在作者或者是领导者。不知从哪一年起，我们好像就有一条不成文的规矩，写英雄、写伟人一定要如同雕塑像一样全无瑕疵。本来有点瑕疵怎么办？一定要用银漆金粉涂饰掉。《西行漫记》还是外国友人的写的呢，就因为记录了领袖同志少年时代的一些调皮行为以及后来的生活经历，也便犯了忌，藏得严严的，只能“内部阅读”。直到近几年才松动了，《西行漫记》固然到处买得到，英雄的缺点也在一些回忆录中觅得着了。不过，见也不多，写“透”的尤其不多（很奇怪，一写到缺点，我们有些作者就格外惜墨如金），总还是“少见”。

说起来，这样做也自有道理。英雄暮年，所以还要挤占他一部分安享清福的时光，所以还要叨扰他，要由他本人或旁人花心血整理光荣一生，目的是在教育后人。于是有人问：“写缺点，又有什么教育作用呢？”有的山间公路上不常插有“此处危险”的路标吗？这就是警醒的作用。罗曼·罗兰说过，他所以写伟人传记，是要在读者“周围集合一般英雄的友人”。既然是友人，就该胸怀坦诚，开诚布公，不给自己的历史抹掉点什么或添加点什么。须知只有诚实才能动人，精诚所至金石为开。华东有一家报纸曾经登载一位老英雄的历史，说到他曾九次立大功，还荣获斯大林勋章、金日成奖章，并被华东军区授予“战斗英雄”称号。然而真实情况是他只立过四次功，“战斗英雄”称号不是军区级而是师一级的，至于勋章、奖章则属子虚。其实，老英雄的一生只要如实写来，已是够光彩的，会有教育作用的。好事者偏生要涂抹一番，结果上海的《新闻记者》杂志刊出揭发文章，舆论哗然，弄巧成拙，遑论“教育作用”乎？

在一个高尚的灵魂面前，不实之毁与不虞之誉同样不可接受。

谁都认为说话虚伪是可鄙的。那么，把一个虚假的形象留给后人又是怎样的呢？美国诗人惠特曼，在得悉特罗贝尔准备为自己立传时就叮嘱他：“我的胡言乱语都要放进去。我恨许多的传记，因为他是不真实的……上帝造人，但是传记家偏要替上帝修改，这里添一点，那里补一点，一直到大家不知道他是什么人了。”最初读到这段话只以为是自谦之辞，后来才明白这该是惠特曼的肺腑之言。一个杰出的人物总是充满自信的。他不惮于解剖自己，他不相信什么“白璧无瑕”。恰恰由于这里那里有一点微瑕，倒显示出璞玉浑金的天然光彩。

爱尔兰人弗兰克·赫理斯写过一本很苛刻的《萧伯纳传》，把萧氏说成“最多不过是个在诙谐中常常含有小聪明言论的宫廷弄臣或小丑而已，一个第一流的才子，但绝不是哲学家”。萧伯纳呢？竟还积极为其张罗出版。如此传主与如此传记作家，大概会被我们相当多的读者目之为“怪”吧。谢云同志在《一本怪书》这篇文章中说得好：我们“所以觉得他们的态度都有些怪，其实不过是自己头脑里的传统偏见——根深蒂固的隐恶扬善观念在作祟”。一语中的！丢掉传统偏见，勇敢起来，坦率起来，我们才不会少见多怪。

原载《人民日报·海外版》1986年3月21日

同是碳原子

一直就知道金刚石是最硬的，无坚不摧。当从化学课本上读到，金刚石和那柔软的、可做润滑剂的石墨原来是本家，都是碳原子按不同密度排列的“同素异形体”，我是多么惊讶：怎么可能呢！

后来见得多了，我渐渐也就明白，同样的事物，因为不同的排列组合方式而产生天差地别的功能，简直就是我们这个世界的常规。

设备还是那一些设备，生产场地还是那么一块，仅仅由于人们今天重新加以科学的规划和管理，于是就像用什么“魔杖”指点过，一下子产品数量和质量都大幅度提高上去，“亏损户”帽子甩到爪哇国去了。这说的是建设。

同样一名超级球星，与球路相熟的本国队友一道，他搴旗破城，力敌千军，神得很。然而一旦脱离这个环境，语言、训练迥异形成的配合障碍，使得一支全数由各国超级球星临时组成的“明星联队”，比赛起来总是别别扭扭，雄风顿减。这是在体育比赛上。

军事上也一样。法国骑兵的骑术与刀法都远不如马木留克骑兵，但每逢沙场上大规模厮杀，法军照例战绩斐然。拿破仑如实地评判过：“两个马木留克兵绝对能打赢三个法国兵；一百个法国兵与一百个马木留克兵势均力敌；三百个法国兵大都能战胜三百个马木留克兵；而一千个法国兵则总能打败一千五百个马木留克兵。”原因呢？在于拿破仑军队有严整的阵列和高度的协调，散漫的马木留克兵却只有匹夫之勇。

事例还可以举下去，但道理就是一条：事物的整体协调和组合太重要了！当然不是说事物的各个局部的素质便无关紧要，如果拿破仑养的尽是些骑不来马、舞不动刀的“少爷兵”，那他用兵之道再精也是白搭。然而只有在高明的指挥下，谈论单个士兵的素质才具有现实意义。或者用系统论的语言来说，每个单元只有通过系统的有序结构才能表现自己的性能。并且，“整体大于部分之和”，系统的整体将具有其组成单元在孤立状态中所没有的新质。明乎此，当我们处世理事的时候，多么需要放开眼光，重视整体协调，着眼整体效应。

许多事情说来容易，行之实难。一个剧团，大伙都争挂头牌，谁也不肯跑龙套，结果几年拿不出一台好戏；一个科研室，人才济济，却也不出成果，因为互不服气，力量在内耗……某些沉浸于小悲欢、小得失的同志，不会不知道整体之可贵吧，但他们不接受整体对个体的调整和制约。有组织而无纪律，组织就形同虚设，整体效应便无从谈起。这是问题的症结。

我记得布莱基说过的话："组织得好的石头能成为建筑，组织得好的社会规则能成为宪法，组织得好的词汇能成为漂亮文章，组织得好的想象和激情能成为优美的诗篇，组织得好的事实能成为科学。"不是聚拢了便完事，还要"组织得好"，很有意思！须知，再多的石头堆在那里，不按照图纸修凿、搭配、黏结，一万年也不会变成大厦的。

原载《光明日报》1986 年 4 月 13 日

左宗棠留下的笑话

友人丁凤麟点校了晚清政论家薛福成的见闻随笔集《庸庵笔记》。翻阅过他的赠书，我的眼光最后停留在这一篇：《左文襄公晚年意气》。

左文襄公，就是大名鼎鼎的左宗棠。“文襄”，是他身后的谥号。在清代号称“中兴名臣”的曾、左、李三位中，我以为值得称道的还数左宗棠。上个世纪70年代，他率领老湘军长驱新疆，剿除阿古柏，收复伊犁失地，曾经以一系列辉煌战绩给衰颓的“天朝上国”奏起了一支回春之曲。“大将西征人未还，湖湘子弟满天山。新栽杨柳三千里，引得春风度玉关。”诗人赞颂，岂无因哉？

除了严肃的事业，此公还有可笑的脾性。这也值得谈论，虽说两极相距甚远，却也一线相通：正是完满的成功，竟使他完全失去自知之明，整日价将入新疆、清西陲的劳绩挂在嘴角，逢人必道。本来是不世之功业，谁都服帖；吹擂过甚，絮絮叨叨，直叨得人家心生烦、耳起茧，于是上下左右纷纷摇头。事隔多年，有一次在军机处讨论海防部署的奏折，左宗棠仍然每展阅一页，都要由“海防之事而递及西陲之事，自誉措施之妙不容口，几忘其为议此折者。甚至拍案大笑，声震旁室”。再悦耳的歌曲，月月听，天天听，时时听，也是要腻的，何况是他那“西陲之事”？也真难怪同僚们要大摇其头呢。

与自我夸耀相联系的，是贬低他人，尤其是力攻与他发生过争执的曾国藩，这就到了更其荒唐的地步。饮水思源，左宗棠早先仕途上的显达，是颇得曾国藩举荐之力的。否则，凭他“举人”这个不够格的学历，在事事依例循格的晚清官场上要擢升为封疆大吏简直就是难于上青天。左宗棠似也不讳言及此，同治十一年（1872 年）他悼念曾国藩的挽联写道：“谋国之忠，知人之明，自愧不如元辅。同心若金，攻错若石，相期无负平生。”但是，他的心胸狭窄得可以，这边墨迹未干，那边又喋喋不休地攻讦他这位所谓“同心若金”的师友来。“文襄每接见部下诸将，必骂文正（文正，曾国藩的谥号）”。部下诸将中多的是曾国藩的老部属，骨鲠在喉的左宗棠也顾不得那许多了。或许面对与曾氏熟识者而漫骂，毕竟可以解解气，也犹有可说。只是对全不相干的人也言必骂曾氏，就令人莫名其妙了。江南绅士潘季玉为地方公事赴金陵见左宗棠，回家后对人述说了他的奇遇：

“吾初谒左相，甫寒暄数语，引及西陲之事，左相即自述西陲功绩，刺刺不能休，令人无可插话。旋骂曾文正公，语尚未畅，差弁侍者见已日旰，即举茶杯置左相手中，并唱送客二字，吾乃不得不出。翌日，左相具柬招饮，方谓可乘间言地方公事矣。乃甫入座，即骂曾文正，迄终席，言尚如泉涌也。越数日，禀辞，左相始则骂曾文正公，继则述西陲之事。……侍者复唱送客，吾于起立时，方欲陈地方事数语，左相复引及西陲之事，吾乃疾趋而出之。”

这段实事记录真可以放入《笑林广记》！一个“疾趋而出”，抵得上千言万语，表明了人家对这位留声机般无休止重复自夸和骂人的左相的反感程度。盖为再不拔脚开溜，听觉神经实在吃不消也！

从清人留下的笔记资料看，军功赫赫的左宗棠在朝廷内外都有不少忌视者。这是不是因为“名满天下，谤亦随之”，或者用今天的话就叫患“红眼病”的人太多，造成了左氏的“光荣的孤立”呢？我看有点这个意思，又不纯粹如此，至少有一小部分责任该由缺乏修养、脾性乖张的左氏个人来负吧。时人评他“天资豪爽，圭角毕张，一切睥睨视之”，在外治军则“诋军机为无才”，入朝从政“凡事必不以为然”。摆出一副举世俱昏我独醒、众人皆蠢我独慧的架势，到处打击别人，抬高自己，这样便在人际关系处理上犯了个大错误，自然诱发出数不清的冤家对头。

我们今天批判庸俗的“关系学”，这很对。但是撇除了庸俗的前提，关系学在国外却是一门新兴学科哩。人非鲁滨逊，总是生活在一定的人际关系中，所以离不开协调关系、和睦共处。一个人功劳再高，本事再大，倘若不懂得苏东坡说过的“自用其才”，不知晓世间有“谦逊”二字，不具备厚道容人的肚量，那就有得麻烦了。读读左宗棠留下的笑话，可不惧哉？

原载《现代作家》1986 年第 8 期

母子篇（二题）

本来就不该打孩子

对于一些蒙受过冤屈的知识分子，有的人照例会拿一个譬喻来劝解："孩子被母亲错打了，也不必耿耿于怀么。"是的，谁能保证母亲的每一声斥骂、每一记手心，都罚当其罪呢？妈妈毕竟是妈妈，孩子就是再疼，也只管"打落牙齿和血吞"罢了。

质疑意见却仍然有："错打"不是什么偶然失手，而是我们长期存在的"左倾"指导思想的必然结果，岂可轻轻一笔带过？孩子不跟母亲纠缠旧账、冤冤相报是对的，但那位做母亲的藉此不认真清理"错"在何处便不对了。

想一想，这质疑真有道理，尤其是当着某些地方某些部门至今还流行"今天为你平反是对的，当年整你也没错"的说法之时。只是再想一想，这质疑又可以做出补充，就是：不宜停留于追究"错打"之"错"，而应该追究到"打"的本身。因为，本来就不该打孩子的！即使母亲手里捏着什么把柄，打孩子也不是明智的表现，总是专制的显示。只要知识界的著书立说、百花齐放、争来论去是在法律范围之内的，行政力量凭什么去当裁判员，横加干涉，更不用说组织什么“大批判”了。

游子与孝子

每逢看到放弃出国机会而留在国内兢兢业业的志士仁人的事迹，我会肃然起敬。报章上表扬他们是“儿不嫌母丑”，也恰到好处。然而，再迈过一步，有的文章、有的报告中竟出现“是忠诚儿女，就与祖国不分离”的赞语，我感到别扭了。

只有留者才配称“忠诚”？或者说，只有厮守在母亲身边的才叫孝子？都什么时候了，“父母在，不远游”，这样形式主义十足的古训也该收梢了。记得我的老家——广东开平的农村，以前一家人有几个儿子，常常是留两个侍奉老母，送两个漂洋过海，奔金山、赴吕宋的。众乡里谁也不会把背井离乡的游子视为“不孝”。因为游子们总是身离心不离，会在地球的各个角落隔海焚香，祷祝母亲幸福。还因为殊途同归，留者可以报效，游子亦可尽孝，侨乡的建设所以到处那么兴盛，海外游子与有力焉！

游子的贡献又不仅是形诸金钱物质。万千海外华人为祖国提供了了解世界科技最新信息的渠道，反过来又向世界展示了中国人的智慧和勤劳。中外交流中，“民间使节”的作用之广泛而深入，无可估量。

原载《人民日报·海外版》1986 年 11 月 4 日

谈“知人论世”

“梁实秋”这三个字，60年代读中学时就从课本收入的鲁迅那篇著名的杂文中熟识了。以后从几本现代文学史专著上又都看到，他于烽火连天的抗战年代还提倡过什么“抗战无关论”，反对文学为抗日战争服务——“简直对民众、对祖国全无心肝”。我就此毫不犹疑地认定。

终于发现自己的偏颇，是近两年的事。对“抗战无关论”，今年已有人著文澄清。正像世界上好些复杂不过的问题，拆穿来看，竟是异常简单。这一回的“澄清”也者，要点无非是将梁实秋当初发表于重庆《中央日报》副刊的那段后来招致诸多批评的言论。重新披露一下：

“现在抗战高于一切，所以有人一下笔就忘不了抗战，我的意见稍为不同。于抗战有关的材料，我们最为欢迎，但是与抗战无关的材料，只要真实流畅，也是好的，不必勉强把抗战截搭上去，至于空洞的‘抗战八股’，那是对谁都没有益处的。”

读过这段40多年前的文字，顿时我若有所悟：给梁实秋扣那样一顶帽子，不是失之于断章取义了？抗战时期无需“言必称抗战”，犹如今天无需“言必称改革”，道理应该是好懂的，只要我们真正对人家不抱成见。

还有另外两件事，也令我感动。一件是台北市1970年出版的梁先生《关于鲁迅》一书，其中对于台湾当局将鲁迅著作列为禁书的现行政策，他坦率表示：“我个人并不赞成。”一件是前年春，他在台湾《联合报》发表《想念金华火腿》的文章。文中说到金华火腿在台湾之难觅，有一回好不容易弄到一只真正的金华火腿，便请一位大陆去的老师傅奏刀。火腿劈开，老师傅连称“数十年不闻此味矣”，梁实秋慨然分赠火腿，共慰故园之思。读着读着，一种新的感觉油然升起：梁先生除去在外国文学研究上卓有成绩外，在人格品行上，在民族感情上，也自有他值得称道的所在。

可惜，像这样的好处，我们却常常难于一睹。即如上文的两条材料，我都是于偶然的场合里发现。要是到公共图书馆去找，你就无缘得见了。古语云“知人论世”，论离不开知，论必依托于知。对人家的昨天和今天一知半解，知其一、不知其二，“知”既阙如，“论”便失去了准星。看来，约定俗成的这条规矩是要不得的——“对反面人物，不必讲好话，不必全面介绍。”因为事情恰好相反，不做全面介绍和研究，凭什么说人家是“反面人物”？倘若以前各种论文和专著的介绍全面而公允，那么我断言，梁先生在年轻读者眼里本来决计不会这般可怕。

“反面人物”的帽子不应当随便扣。尤其不慎重的是，在主观认定某某人为“反面人物”之后，对他就似乎可以有美无需显、有污无需洗，他就命定地成为历史罪过的垃圾箱。我想到了吴稚晖。凡是说到辛亥革命前轰动一时的“苏报案”，必说到他的“献策告密”，谁也没想到此中还会有何隐情或委屈。因为这可是民主革命先驱章太炎在《复吴敬恒书》、《再复吴敬恒书》中言之凿凿的，更因为吴稚晖是1927年倡议“清共”的代表人物呀，谁愿去为他辩护？近年来总算有唐振常先生《苏报案中一公案》一文（载《上海图书馆建馆三十周年纪念论文集》），列举史实，矫正旧说，我看是理胜辞足的。我赞同柯灵先生由此引发的说论：“对吴稚晖其人，应如何评价，是另一问题。但诬古人为奸细，不是一件小事，自以实事求是，采取对历史严肃负责的态度为好。”（见1985年第三期《上海大学学报》）当然，实事求是作为一条原则，应当适用于所有的人。四百年前曾经谄事魏忠贤继而又投降清廷的阮大铖，为世不齿，大概算得上地地道道的反面人物了。即使如此，文学家张岱仍如实品评阮氏的戏剧创作“本本出色，脚脚出色，出出出色，句句出色，字字出色”哩。不给有污行的人物甚至反派角色隐善添恶，民族传统中的这种求实精神乃是我们今天要极力来发扬的。

用求实的眼光看，时下一些书刊对优秀人物溢美和讳过的倾向，也相当可笑。坏人无须片言褒，好人不着一字贬，论者固然政治观点“分明”矣。偏偏天公不作美，读者不买账，事实通不过。功与过、是与非，一个人总是程度不等地要两边沾沾，哪里“分明”得起来？比如一个现今热衷于民主改革的地方负责人，也许在没觉悟以前，欣赏并推行个人专制那一套，那也是正常的，没什么丢脸。在宣传报道上大可不必隐瞒或改铸他的历史，不然倒是会贻为笑柄。须知人是要多复杂就有多复杂的：吟咏着“安能摧眉折腰事权贵，使我不得开心颜”豪放如此的李白，却也用庸俗不过的笔墨写过“昔在长安醉花柳，五侯七贵同杯酒”！所以我佩服司马迁，他的《史记》一点不回避描写对象的复杂性。《项羽本纪》把汉王朝的老对头项羽写得勇武刚直，英气逼人，虽败犹荣。《李将军列传》浓笔重墨歌颂李广之余，却不忘书他官报私仇、杀灞陵尉的一笔。

喜剧《威尼斯商人》里有个波西娅小姐，面对着按照契约前来割取债务人一磅肉的夏洛克，她说：“可以割一磅肉，却不可流一滴血。”——这不流血、无杂质、纯而又纯的“一磅肉”，其实是一个解不开的死结。我们在研究人、评论人的时候，切不可去钻这死结呵！

原载《人民日报·海外版》1986 年 12 月 10 日

龟兔赛跑的另一种结局

在我的印象中，“吉卜赛”似乎是一个永远充满生命力的民族：广袤的欧洲草原上，一长串大篷牛车欢快行进，车前车后，男女老少，载歌载舞……唯其豪放、乐观、机灵，古往今来的文学家就大感兴趣，就得以塑造出卡门、艾丝米拉达、叶塞尼亚这些流光四溢的形象。

所以，当听到一位欧洲艺术家下断语“再过几十年，吉卜赛人可能就会灭亡”的时候，我是大吃一惊。怎么“可能”得起来呢?

可能的！读过了梁明诚同志的游记《吉卜赛女郎》，我认为是确有可能了。

不存在外来暴力，不存在希特勒那样的“灭绝犹太人”的阴谋，原因出在自己身上。

吉卜赛女郎洋溢着原始风情的歌舞，今天在欧洲都市的街头已经招徕不到几个知音。看手相算命吧，也没人相信了。于是在生计日蹙的环境里，许多依旧是浓黑眉毛、大眼睛，穿上了几层花花绿绿裙子的吉卜赛姑娘，新的谋生手段就是行乞和偷窃。梁明诚记述在罗马见到的吉卜赛女郎："当外国人经过时，他们就把她包围起来，一面叽里呱啦地说话，意思是讨钱，一面挨过身去，伸手在他身上摸。到了紧要关头向他腮帮处亲一下。当他终于逃脱之后，他会发现，钱包不见了。"

然而，行乞和偷窃毕竟还是于无奈中的一种苦斗。吉卜赛男人呢？他们不事耕稼，不进工厂。"他们更不懂得一个人乃至一个民族既要生存就必须劳动，必须创造！吉卜赛女人还为生存挣扎着，吉卜赛男人却懒惰到这样的程度：终日游手好闲，连讨饭也要女人去干，去养活他们，这样的民族，能有什么希望呢？"

这一问，发人深省。要在世界范围强手如林的角逐中立住脚跟，一个民族绝对需要的是奋斗不息。先进者尚且要居安思危，保持竞争心态，落后者更要具备危机感，急起而直追。光有先进者一样的干劲，还不行，因为这依然维持着彼此间的差距。没有先进者一样的干劲，更不行，因为这意味着日益扩大差距，最后会遭到淘汰。可惜，一百多年来，欢歌掩饰了危机，豪放冲淡了窘迫。他们太没忧愁也太没眼光了。吉卜赛民族始终缺少犹太民族那种危机感和紧迫感，他们原先的落后状态正是一天天愈益严重起来！倘不彻底改弦更张，败象日露，危机日深，前途确实难言之矣。

“龟兔赛跑”的寓言，在落后者、在落后的群体听起来总是特别顺耳的。因为故事的结局给了他们安慰，给了他们一颗后来居上的定心丸。可是，说实在的，既为竞赛，争先恐后，兔子哪里会蒙头睡觉？它照例会撒腿奔跑的，所以兔子战胜乌龟——这另一种结局才更合乎常规。要突破常规，劣势的一方必须花用非常的力气，使出非常的绝招，而前提就是具备非常清醒的危机感！

也许是“当局者迷，旁观者清”吧。细细查来，我们自己何尝不也在大脑深处保留着某种程度的盲目乐观？我们有时竟至可笑地认为，似乎目下方向对头，就稳可以轻松愉快进入世界工业先进国行列。好像“危机感”，连同艰苦奋斗，连同力气汗水，都不再是自己的事情了。症结正在于此。听日本企业家室伏佑厚说，他每次去美国必定住便宜饭店，搭乘便宜的车，省下钱去买书买资料。却从不见有中国的访日人员省下钱往回带书的，他们兴趣只在逛商场买几大件。“这种状态和日本复兴时比，有天地之差！”

如果室伏先生言之不虚，那无异就是说，兔子正在跑，乌龟却在玩（幸好还没睡），可怎么得了？

原载《现代作家》1987年第3期

读两首爱情诗

匈牙利诗人裴多菲的一首《我愿意是急流……》，我曾经是屡读不厌的。

这首诗的好处，在于用极深沉的语言抒发了爱情的“自我牺牲”精神。同时，它又跟“说教”之类绝缘，通篇活动着的是激情充溢的形象——

我愿意是废墟，在峻峭的山崖上。
这静静的毁灭并不使我懊丧……
只要我的爱人是青青的长春藤，
沿着我荒凉的额，亲密地攀援上升。

我愿意是草屋，在深深的山谷底。

草屋的顶上饱受风雨的打击……

只要我的爱人是可爱的火焰，

在我的炉子里，愉快地缓缓闪现。

只要寻得纯洁的爱，诗中的“我”不惜舍弃世俗的幸福，宁可沦为“急流”、“荒林”、“废墟”、“草屋”和“灰色的破旗”！不知别人怎么想，至少在我看来，后来成千上万的歌颂爱情“自我牺牲”的诗作，没有一首及得上它，远不像它那样感人至深。

但福建女诗人舒婷的《致橡树》，却足以与之媲美。它的主题是新颖的，不在于呼唤“自我牺牲”，而在提倡“自我保存”。“爱情难道不是无私的，意味着可以向爱人奉献一切？怎么又要保存‘自我’呢？”——《致橡树》妙就妙在对许多人的习惯意识做出反拨，给我们过于简单化的关于爱情的理解注入全新的养料。

我如果爱你——

绝不像攀援的凌霄花，

借你的高枝炫耀自己；

我如果爱你——

绝不学痴情的鸟儿，

为绿荫重复单纯的歌曲；

也不止像泉源，

常年送来清凉的慰藉；

也不止像险峰，

增加你的高度，衬托你的威仪。

不屑攀高枝，鄙夷充附庸。在他人的高枝上雀跃，或做他人威仪的点缀，那就失去了自我，那就不是爱情，倒更像求乞！而“我”，执着地追求唯一可以接受的爱情，即双方人格平等的爱情。你听，她热烈而沉静地吟咏：

我必须是你近旁的一株木棉，

作为树的形象和你站在一起。

根，紧握在地下，

叶，相触在云里。

……

你有你的铜枝铁干，

像刀，像剑，也像戟；

我有我红硕的花朵，

像沉重的叹息，又像英勇的火炬。

我们分担寒潮、风雷、霹雳；

我们共享雾霭、流岚、虹霓。

仿佛永远分离，却又终身相依，

这才是伟大的爱情，

坚贞就在这里！

橡树与木棉因为有坚贞的爱情和共同的事业，所以结合起来“终身相依”。这里，一个“相”字很重要。树与树应当相互平等，你有你的“铜枝铁干”，我有我的“红硕花朵”，你有你的擅长，我有我的优越，谁也不是主宰，谁也不是奴隶。以树喻人，在爱情中，人与人应当相互平等。两个相爱的人各有自由意志，各有独立人格，他们是立足于生活和事业的同等位置上，同样是生活的主体。忠诚是相互的，挚爱是双向的，牺牲是对等的！要求相爱的一方放弃主体性地位，将爱情理解为片面的牺牲、奉献或怜悯，爱情就完全违背人性，于是爱情只能蒙上历史的积垢而丧失现代社会的光泽。

我认为，裴多菲的诗是他写给男性读者看的，而舒婷这一首则主要献给女性读者。“丈夫打我骂我都可以，只求不要抛弃我”——存有这类想法的女性，读一读这首诗吧。

我们喊了这许多年的“妇女解放”，看来一直都忽视了：不是有工做、有饭吃就叫解放，还须实行高层次的，即精神上个性上的解放。应当明确，个人意志的自由，欲望的满足，乃是个人生存的根本理由。针对“三从四德”那一套，陈独秀在五四运动前说得对：“人间百行，皆以自我为中心，此而丧失，他何足言？”恋人双方，夫妻双方，在事业上可以分主副，在能力上可能不平衡，在人格上却不可不平等。

很好，裴多菲教会了我们“自我牺牲”，舒婷教会了我们“自我保存”。接下来的事，便该是我们自己在实践中学会使两者对立而统一，并行而不悖。

原载《现代家庭》1987 年第 3 期

猜猜看

住进省城宾馆，白天开会、游览，晚上却只有看电视。

巧了，我是见了智力竞赛就头疼的，接连两天中央台与省台的“黄金时间”偏是给智力竞赛占了，真叫冤家路窄。

躺下去，也睡不着，似醒非醒，辗转反侧。迷迷糊糊之中，竟走入了电视播映厅，周遭彩灯闪烁，中间几排端坐的莘莘学子愁眉苦脸，正搔头皮来着。

“你知道近年出版的哪一本社科类书的书名最长？”“你知道鲁迅给谁写信最多？”“你知道九一八北平学生南下出发的火车站名吗？”……节目主持人彬彬有礼，一一发问。

几个学生接连迅速站起：“《先秦诸子宣传思想论稿》！”“《普策利新闻奖获奖作品选》！”“《马克思恩格斯列宁斯大林论历史科学》！”……但从节目主持人那里得到的都是“错了，不给分”的扫兴回答，于是又接连颓然坐下。

不知从哪一刻起，我这三十几岁的大汉已幻化为毛头小伙子，恢复了中学时期的装束、容颜，坐在应试学生中间了。对邻座的垂头丧气我颇不以为然：哪本书书名最长，哪本书书名最短，算啥学问！谁把图书馆的目录卡片都倒背如流，我看他才十足像个傻瓜蛋。至于要知道鲁迅给什么人写信最多，到《鲁迅书信集》里去查就是，何必背？记得博大精深如爱因斯坦也常有背不全物理学定理的时候，他老人家就毫无赧色："定理都记载在书上，我们可以随时去翻嘛。"

节目主持人仍然和颜悦色，一遍又一遍地启发："同学们别紧张，现在已经很接近标准答案了。思路开阔一点，谁再来试试看……"

应试学生正羞愧紧张的时候，我却忽地站立了起来。俨然绅士风度的节目主持人以期待的目光转向我。天晓得我这个从中学迄于今日一直怯于在公众场合发言的人，这时哪来这股勇气，竟然在庄严的播映厅里（而且面对着荧屏外几百万人呢！）诘问起来："节目主持人同志，为了开阔大伙的思路，我在这里助助兴，也向您提出个问题，好吗？——您出题目的方式，使我想起一个我们都知道的人物，猜猜看，他是谁？"

到底是久经考验，虽说"半路杀出了程咬金"，节目主持人只是略略尴尬了一二秒钟，便重新又是那副温文尔雅、矜持自信的样儿。你看，他轻轻地清了一下嗓子，开腔了："这样很好，这也是改革。主持人可以考同学们，同学们也可以考主持人。我出题目的方式……孔子是经常给学生出题目温习功课的，你想到的是孔子，对吗？”

“错了，不给分。孔子说‘温故而知新’，重在通过温习已有知识而产生新知识。而我们的智力竞赛只见其‘故’，未见出‘新’，不相同。”我也学着样儿，是微笑作答的，并且也是“启发式”的：“我来启发一下，这个知名人士不是古人，而是生活在中国的近代。”

“那么，是教育家陶行知，对吗？”

“还是猜错了。陶行知提倡‘知行合一’、‘教学做合一’，他倾向于学生培养从整体上驾驭知识的能力，而不是扭住枝枝节节，搞死记硬背。我现在再缩小一下范围，这个人物在鲁迅先生的著作中。恕我冒昧，这是个作者有所批评的善良人物。”我用一种半开玩笑的口吻。

节目主持人显得有些不自然，犹豫着猜测说：“《从百草园到三味书屋》中的寿镜吾老先生？”

“不，不是。”

“那么……”他再答不上来。

“好，揭谜底了：是小说《孔乙己》中的主角！孔乙己先生考小孩子，最得意的题目就是：‘回字有四样写法，你知道么？’”

我话音刚落，周围那班忍俊不禁的学生早已哄笑成一片：“哈哈！哈哈哈哈……”

这一闹，蓦地，眼前人物、图像、音响顿失。我急欲伸手去抓……啊！醒了，原来做了一场梦。

原载《现代作家》1987 年第 4 期

太炎先生又一事

现在很少有人提起章太炎了。甚至去年是他五十年大忌，通常所谓“最佳纪念时刻”是也，竟也没见有引人注目的大块的回忆文章，邮票倒好像出过一枚，但那就只能起象征作用了。

在上世纪末、本世纪初，章太炎可实在是个万众瞩目的风云人物呢。鲁迅为悼念他，曾经在辞世前几天扶病写过一篇《关于太炎先生二三事》，说到“考其生平，以大勋章作扇坠，临总统府之门，大话袁世凯的包藏祸心者，并世无第二人；七被追捕，三入牢狱，而革命之志，终不屈挠者，并世亦无第二人”。热情的语言，高度的评价，不啻是为他老先生雕了一尊凛凛犹生的立体全身像。

不过，据现今的研究者考证，鲁迅列举的几条业绩中有一两条属于“事出有因，查无实据”。这不减色了？不有点扫兴么？

也不要紧，好在章太炎一生可称誉处实多，尽可以挖去几条又补几条的。前几天随手翻翻《章太炎政论选集》，就是一条——一篇《却还内务部所定报律议》，高举法制的旗帜，而对南京临时政府内务部1912年3月4日颁布的《暂行报律三章》严加批评，真是字字铿然作响："立法之权，职在国会，今纵国会未成，未有编定法律者，而暂行格令，亦当由参议院定之。内务部所司何事，当所自知，辄敢擅定报律，以侵立法大权，已则违法，何以使人遵守。"坚定表示"所定报律，绝不承认……若贸然遵守斯令，是对于官吏则许其侵权，而对于自身则任人凌践，虽欲委曲迁就，势有不能。除电告孙总统外，特公布驳议，以明内务部无知妄作之罪。"

对敌人的压迫不低头，对自己人的错误也不迁就，总之对一切不合理的事情都不姑息，我很佩服太炎先生的风骨。皇权推倒了，革命成功了，但是如果法律秩序照样可以遭轻侮或凌践，那么原先的流血牺牲又还有多少意义？法律必须遵守，法律又必须捍卫。大多数人不遵守，法律会变为废纸；少数人不遵守，多数人对此予以默认，法律也会搁浅的。这就叫"徒法不足以自行"，这就叫互为前提——人民需要法律保护，法律也需要人民维护。观之于今日，凡是法制建设深入之处，必是公民法律意识、主体意识浓厚之处。反过来，所以法律在有些地方总是树立不起权威，所以"领导指示是硬杠杠，法律条文是软杠杠"之类奇谈怪论会在当地流行，所以那里的地方党委可以随随便便且毫无拦挡地更改法院裁判，关键不正在于多数人缺少太炎先生那份护法的自觉性？

这一回，太炎先生的批评，是得到好报的。临时大总统孙中山当时与章太炎纵有矛盾，但秉公而行，就事论事，依然接受了章太炎的驳议，立即饬令内务部取消《暂行报律》。孙中山显示了从谏如流的雅量，章太炎则表现出无所畏惧的胆量。这个胆量很要紧，历来许多事情搁浅不是搁在缺少识辨，仅仅是搁在缺少胆量！这胆量又来之殊不易：无畏源出无私，我们正可以从章太炎一贯地不屑于功名、不耽于仕途中，找出他大胆无畏的深刻思想根源。的确，一个从不准备有所牺牲的人，一个一事当前考虑的是“领导对我怎么看”而不是“我该怎么办”的人，一个只说会“是”不会说“不”的人，指望他来维护法制便是空想。

谁说太炎先生不值一提了，理应被新一代人淘汰了？只要我们还做不到他那样敏锐，那样勇敢，那样为捍卫正义和法制而凌厉无前，就趁早别说大话罢。

原载《解放日报》1987 年 8 月 26 日

世界容得下你我他

有一件事，给我的印象是毕生难忘的。

一位担任水上派出所警察的女士，曾经以她循循善诱的说服开导，先后使十几位决意投河轻生者转变了念头。可是当我准备将采写她的通讯发表时，她执意不从，连平时总挂着微笑的脸也虎下来说：“你要发表，我就自杀！”“真是个傻大姐，谦虚过了头。”我心想。后来从侧面才打听到，前几回因为上级领导表扬了她，她已在同行中招来不少诸如“好出风头”、“想升官”乃至一些不堪入耳的讥议。为此她立下誓言：今生今世再也不可出名了。我听过后，一种说不出的悲凉顿时袭上心头。

有些人的妒忌心理真是浓烈得出奇。对周围的人或熟悉的人，虽说无冤无仇，可能还有情有谊，但他就是要耿耿于怀。不要说是发明了技术成果、升了级这样的大好事，他要愤愤不已；就是人家评上个班组“季度先进”，参加有奖储蓄得到个几十元的小奖，他也会酸溜溜，难受大半天。在他的眼里，别人的优越和高明，正意味着、反衬出自己的不长进、不顺利。换句话就是，你愈见好，我愈见差，你的“好”挤去了我的“好”，“就你走阳关道，偏我走独木桥”——哪里忍受得了？

谁不希望自己好？谁会愿意自己差？就此一面而言，忌妒者的心理有其合理性。然而，越出这范围，进一步推论出什么他人“好”必定意味自己“差”，便大谬不然。因为事实完全可以是这样嘛：你好，我也好；你发挥你的优势，我发扬我的长处。一句话，你走你的阳关道，我未必就走独木桥！

在一个很小的视域里，甲的成功往往会导致乙的失败。过去的原始部落争夺树林，此方部落获胜，对方部落只好卷逃。今天的研究室里，新来的年轻人中张三率先得科技奖，李四、王五的地位也似乎明显下跌。问题在于一个目光四射的现代人，总要超越这一切，总要跳出这样狭隘的竞争范围，不争一日之长，不计一地之得。你做出成果，好呀，我祝贺，同时努力钻研，争取再发展这一成果——这是从纵向上说的。从横向上看呢，你研究马铃薯的遗传密码津津有味，我却志在解开西瓜品种退化之谜；你在全厂技术操作赛中夺魁，我则凭文学创作占了省市报刊一席之地……

曾记否？同是英国人，达尔文创立进化论，赫胥黎宣传进化论，结果都彪炳史册；还有，盲姑娘海伦一生不甘沉沦的人格产生的感化力量，在马克·吐温眼里，竟是“和伟大的拿破仑一样伟大”！

世界是无比宽阔的，它容得了我，也容得了你。成功是无限多样的，东边不亮西边亮，此路不通彼路通。你的成绩并非注定是我发展的障碍。何苦作茧自缚，庸人自忧？更何必你挤我，我踩你？

我对忌妒心理起过一个雅号，叫“冬青丛心理”。你见过公园里、街道旁那一排排矮小而又整齐的冬青丛吗？它们是容不得其中任何一棵冬青树出人头地的，谁出了头，就剪谁的头。于是今天剪来明日剪，剪了你来又剪它，于是就永远那般长不高的可怜模样。确实，它们中间谁也不见得低了，却是大家都长不高；彼此倒也拉平了，然而是往低处拉平。

一个昼思夜想“往低处拉平”，要别人跟自己一样浑浑噩噩才舒服的人，是最没有出息的。“冬青丛心理”就像一柄两头剑，不仅害了别人，并且必定误了自己。人家升了级，得了奖，你耿耿于怀，寝食不宁，不是自找烦恼吗？你花了吃奶的力气，将人家贬低了，你同时却浪费掉宝贵的时间和精力，又何以提高自己呢？损人不利己，多么糟糕。

是着力于抹煞别人，还是着力于提高自己？换言之，即损人不利己，还是利己不损人？这对于一个心理健全者来说，要做出选择真太容易了。

原载《黄金时代》1988年第3期

太实惠

“中国人不够实惠”，不仅外国人士，就是我们许多同胞也时常这样评论。比如年初报载一名美籍华裔女士主动要捐资修长城，就为人家解放前当过妓女，好，主管部门争来论去，差一点儿没把这笔高额外汇踢回大洋彼岸去。重虚名不重实利，一至于此。

不过，我有时又忍不住要说：“中国人也不要变得太实惠。”处在发展商品经济的大潮中，国人不变不行，变过头也不行。过犹不及，太过实惠与不够实惠一样，都足以令人哭笑不得。

星期日与朋友一起看电视剧。正当我方打入走私集团去的侦察员与坏人周旋时，蓦地，镜头移向旁边的电风扇，将那扇罩上的“×× 牌风扇”字样来个“大特写”，足足停留五秒钟。莫非风扇里藏有事关剧情的黄金、玛瑙，抑或定时炸弹？百思不解之际，内行的友人一语点穿：“×× 牌风扇厂肯定是这电视剧的赞助人了。

现在不管什么牌号的冰箱、台灯、抽水马桶，只要出钱，都可以享受‘蒙太奇’待遇哩。”

广告化入剧情，宣传效果更足，赞助费自然更多，这是可以想象的。难以想象的是，到处商标闪烁，形同产品展销，这电视剧还成什么样子？观众又怎么不倒胃口？须知商品社会讲实惠、重交换，也不等于“钱能通神”，仍有许多崇高事物不可以因实利而“交换”。

英国的剑桥大学前几年接受富商大卫·罗宾逊捐款1700万英镑后，固然作为“交换”而满足他的“出名瘾”，让“大卫·罗宾逊学院”与剑桥其他以伟人姓名称呼的基督、圣彼得学院或丘吉尔学院齐名。然而，“交换”到此为止，任你再出多少钱，不读满学分，剑桥决不换给你一纸“毕业文凭”的。既讲变通，又守分寸，这就是人家的“实惠”观。相形之下，我们有个别学校为赚几千元钱，就可以用什么“办班”名义发一张议价“文凭”；还有当作家的，竟会对当厂长的如此开口：“谁出一万块钱，我保准给他写一本报告文学出版”……不是称呼问题，而是连工作宗旨、事业心一股脑儿给“交换”了，真叫太“实惠”！

人，多少超脱点儿才好。费尔巴哈说得深刻，动物只为饮食必需的光亮所激动，人却会关注那遥远星辰所发射出来的无任何功利性质的光线。作为从事精神创造的人，尤其需要多一些超脱的气质。甚至，像哥白尼冒着预料中的危险研究日心说，达尔文在“猎兔犬”号船上做漫长航行，曹雪芹背了债来写《红楼梦》，当此时也，他们没有也不可能考虑“我这成果将来卖几个钱”，驱动他们的只是内心的求索与倾吐。唯其如此，他们成功了——不是金钱的成功，而是事业的成功。科技文化事业具有商品经济属性，却又不是一般商品，再不要企求它像集市上的黄瓜、鲜鱼那样一一标价吧。它在有的时候和地方呼唤的，恰恰是“朝闻道，夕死可矣”、“明其道不计其功”的超功利献身态度。

不是说文化人活该“君子固穷”，不该谋求实惠。今天不是颇有些朋友津津乐道于马雅可夫斯基写“广告诗”吗？这营生劳薄而俸厚，确实实惠。不过别忘了，如果马氏当年太过实惠，不把主要精力用于创作抒情诗《列宁》、《好》，而是成天赞颂皮茄克、伏特加、染唇膏，那么我要说，苏联文学史就会将他一笔勾销。

太实惠，其实对所有人都不相宜。就是做商人的，也不该所有行为都商业化吧。记得美国有一则《墓碑文》笑话：“先父老约翰安息于此。本人秉承父志，于皇后街西首开一新式肉饼铺，味道好极了。每天7时开门。小约翰哀立。”——你看，连非常实惠的美国民族也要嘲笑小约翰们太实惠的行为。

原载《文汇报》1988年8月27日

〔附〕本文收入朱铁志主编的《中国新文学大系·杂文卷（1976—2000）》，上海文艺出版社2009年5月第1版。

“一块牌子主义”

对于这一类消息，我总是抱无所谓的态度——沪西勘查出某革命家早期携眷借居过的一所房子，现在却被五六家房客割而居之；沪东又发现了诞生过某部重要文稿的亭子间，限于搬迁资金而无法恢复旧观……总之，记者焦急，报纸惊呼，不得了了。偶尔读过之后，我却不禁想反问一番：伟人住过一下，这房舍就成圣境了？让凡人再住就有渎神明了？

上海这块地方，地灵人杰，近代以来留下过多少英雄伟人的踪迹，他们又在这里上演过多少震动中国乃至世界的壮剧。从孙中山到毛泽东，呼动风潮的政治领袖们历经的住宅、会场、宾馆之多，就不消说了。随着“政治中心主义”的淡化，人们的眼光又必将并且已经渐渐扩及学术界、艺术界、技术界的名流。论教育则蔡元培、胡适，论创作则鲁迅、茅盾，论表演则梅兰芳、周信芳、赵丹，论科研则李四光、华罗庚……细究起来，灿若群星的中国各界泰斗式人物无不或长或短地当过上海的住客哩。如果所有的“圣踪”都要现住居民搬迁，都要修复，都要搭个管理班子，只怕不胜其搬，不胜其搭，不胜其烦！

杰出人物是需要纪念的。不仅从振奋民族精神的深层次着眼，就是看在“前人种树，后人乘凉”、感恩图报这样的浅层次上，也不该忘却先行者的功绩。然而我们的纪念方式总也令人感叹，要么就来个泽及后代，给人家的子孙安排这“委员”那“理事”；要么再进一步来个泽及房舍，到处修复“故居”、“旧址”之类。好像成批出版先行者的著作都算不得数，好像纪念的要旨并不在于弘扬其思想和事业。很滑稽，纪念充满革新思想的人们，如今沿用的却是一种颇为陈旧俗气的套子，还是“丘垄必巨，香火必盛”！为了已故的杰出人物借居过一年半载的什么“旧址”而扰动今人，让死者挤对生者，真难设想，这会符合那些以天下民生为念的先行者的本愿。

从国外游历归来的友人，说起在英国伦敦，不少房屋的墙上贴着一种圆形的瓷牌，上面有很简单的文字，比如“查理·狄更斯（1813—1870），小说家，在此住过”，“查理·罗伯特·达尔文（1809—1882），生物学家，在此住过”，一望可知这里曾经是狄更斯、达尔文的旧居。伦敦为它历代精英居民的住宅颁发的这类纪念牌，至今已发了近380块。有意思的是，论名声许多人早已誉满全球，比我们一些名人“级别”高得多，但人家的旧宅照样可出售，可租赁，可居住，死者得其名，生者安其居，互不干涉。彭子冈生前也在文章中说到，她去过莫斯科的一家大剧场，场内第五排位子中有三个钉上了铜牌，那是该剧场总导演丹钦柯在世时，每一个戏到最后彩排，他和斯坦尼斯拉夫斯基的座位，以及每剧执行导演的座位。这三个钉铜牌座位现在照样售票。人人喜而坐之，人人得而坐之。所不同者，伦敦用瓷牌，莫斯科用铜牌；所同者，都是一块说明牌解决遗址纪念问题，都是“一块牌子主义”。

人家这种“一块牌子主义”，我以为聪明而简便——既收纪念之利，又无耗资之弊；生者可藉此崇敬逝者，逝者却毋庸干扰生者。除去少数例外，我看一般遗址纪念均可照此办理。当然，引进的不止是一种方法，并且是一种观念。华人重虚文，洋人崇实利，华人重历史，洋人崇现实；华人重昔贤，洋人崇生者。不知何故，华洋界限在这些方面总是隐隐乎可见。舍虚而就实，轻死而重生，我们亟须来个观念转轨了。应当明确一条：物质利益是逝者不需要，只有生者才需要的。将“一块牌子主义”推广开去，这就是我们今日要做的。

原载《上海滩》1988 年第 10 期

即使夜深人静时

看惯了美国警匪片的中国观众，大概多少会留下些那里街头汽车乱撞、枪弹横飞的印象。所以，留学生苏炜归国后写的一篇实地考察使我好像眼前一亮，人家那里“十字路口前从没有警察压阵，如流的车队却按照红绿灯的指挥，或停或驶，井井有序”。还有这样更精彩的对照呢——

“好几回夜深人静时坐美国同学的车子回家，路上空无人车，车子遇见红灯照停不苟，当时觉得既新鲜又感动。碰上坐自己中国同学开的旧车就大不一样了，半夜三更，见无人监管，遇上红灯也照冲不误。”

一个高度发达的社会总是与高度的有序结构、法制系统同步而来。如同我们这里也少不了不逞之徒一样，大洋彼岸也有劫机强徒、贩毒大王出风头的时候和地方。不过，更具本质性因而也就发人深省的一层在于，长久的法制传统，已使法的观念如同血液般渗透到美国公众的日常行止中。而在大洋此岸，我们多数炎黄子孙还是习惯于将法视作一种管头束脚的框框，于是你看，一有空子，一当“夜深人静”，一当约束力不强，就纷纷想来个自我解放——岂止是交通问题！

一个没有敢闯敢干精神的民族，是没有活力，没有前途的。所以我们今天在各行各业提倡竞争，强调创新。不过，竞争不可无规则；无规矩便不成方圆，那将是兽性的竞争，不复为人道矣。事实上，“兽性的竞争”在我们时下社会的某些场合业已出现，什么巧取豪夺、化权为资、通同作弊、贿赂公行……谁无切肤之痛！对照赫拉克利特说过的“品性是一个人的守护神”，现在有些人真可谓“神”不守舍，把“品性”二字直当做破袜子扔得不知去向。

也难怪，人类的始祖是从大森林里走出来的，野蛮的“森林法则”也许像基因一样深植于20世纪人类。“岂不爱权位，权位高高耸山岳；岂不爱粉黛，爱河饮尽犹饥渴”，陈毅的这两句诗，我总以为可以当做当代人的共同自白来看。不过，人之所以为人，在于他虽然具有原始的欲望，而同时又能用品德，尤其用法律作为“守护神”来制约和规范这种出格的欲望。遗憾的是，我们过去老是讽刺人家欧美法律汗牛充栋是什么“法律繁琐主义”，却迷信自家首长的即兴式、朝令夕改式的“指示”。好了，这一回“夜深人静”下的中西国民文明竞赛，我们输得惨也！

“法律守护神”的作用是双重的。它一边禁绝人的不正当图谋，一边恰恰保证他们健康地发展。制约和发展，相反而相成。风筝不是凭借着纱线的牵制，才会高高飘扬吗？人们也只有把自己纳入一个无所不在的法制系统中，才可能保证同一个太阳底下的平等竞争。一旦法律成为所有人生活中的一种“下意识”，人们的创造力自然为“无法无天”时代所不可比拟。今天，当我们为西方人的快节奏、高效率惊讶时，先让我们叹服人家高度的法律意识罢。

时时要听“法律守护神”的，这不拘束了点？其实也未必。一个人能够经由自我修养，将法纪规范内化为个人信仰观念，他就会习惯成自然；他就进入了“随心所欲不逾矩”（孔子语）的高级精神境界。

原载《光明日报》1989 年 4 月 2 日

虚名儿

“著名”

好像直到今天，我还没见过一幅广告说“著名作家鲁迅写下了《阿Q正传》、《孔乙己》云云”的。好像也没有人提及胡适、巴金、萨特、海明威这些真正出名的人物时加上个“著名的”定语。对他们的称呼照例是朴素不过——直呼其名。

反过来，许多“著名作家”，至少在名气上是有点“野野乎”（上海话，即不合格）的呢。甚至，“什么‘著名作家’，我还是第一回瞧见这名儿”，也有人发过这牢骚的。

“巨星”

也许是甲也“明星”，乙也“明星”，“明星”贬值了。于是，这也有升级换代，就叫“巨星”——大家看，巨硕庞大、光明耀眼，多神气。

一说穿，可就煞风景了。人类的视野所及，那些硕大闪耀的星球往往是小而又小。它们所以看起来大，不过是沾了距离的光。近，则小者亦为大；远，则大者亦为小。“月圆如盘”，月亮看起来最大，“巨星”当之无愧，但其实极小，上不了台面。完全是靠38万公里的地利之便，欺骗了人类的视觉。而另外那些遥远的恒星，比如40亿公里之外的比邻星，十几光年之外的牛郎织女星，在夏夜的苍穹上只是默默地闪烁着微弱的光，还比不上萤火虫起眼呢。但实事求是地比较起来，它们哪一个不要大过月球亿万倍！

“大师”

翻开一部世界文学史，从文艺复兴到批判现实主义，荣膺大师称号的简直寥若晨星。当人们称歌德为“启蒙运动文学大师”的时候，竟不肯给席勒以同样的荣誉，好似这也“定量供应”，一个时代一个国家是只配有一个名额的。

是不是该叫作厚今薄古？吝于昨却宽于今，前人太难后人太易。从报纸上看到，有关部门正在评选我国现时的“艺术大师”，配额有50名之多。倘若这消息属实，倘若“评选大师”今后形成制度，一年一度，或几年一度，则兴许若干年后我们的一个剧种乃至一个剧团，都会拥有三四五名、八九十名大师。那真是超越世界，猗欤盛哉。

还是知易行难，“物以稀为贵”都上了古训了呢，可一实行起来就天晓得。

门外汉的话

尼克松是个道地的文学艺术门外汉，虽说他领衔敷演过一场“水门事件”。然而只要不因人废言，他见多识广的回忆录值得“门内汉”们一读：“这些年来，我注意到那些伟大的领导人不试图用宽敞的办公室来向客人炫耀，不管他是一位政府、商界或者各行各业的领导人。常见的是这样一条规律：越是小人物才越坚持要大办公室。”

多像在说我们。一个富有成就的大文艺家，是不会借助于任何外在的东西如职务、学历、参加革命年份等等的，更不必为评论文章没标明自己是“巨星”之类就气狠狠打上门去。越是小文艺家才越坚持“讨个虚名儿，惹时人钦敬”哩，这同样是一条规律。

原载《文学报》1989 年 7 月 13 日

外国人与中国事

中国人写历史，所失在多避讳。东也犯忌，西也回避，那历史常常就没法子好写，非模糊则走样了。

所以这几年外国朋友写的中国现代史，便以其叙事率直无讳，而备受推崇。

这中间，我却想提醒一句：推崇尽管推崇，千祈不要迷信。借用沙叶新一句名言，“崇洋而不迷外”，可也。

一本《毛泽东传》，美国人特里尔写的，现在正风靡书市。评价之高，竟有“世界关于毛泽东的最重要的著作”之誉。但翻开看看，总有些段落令人不免要有“太外行”的感觉。比如说到1965年对《海瑞罢官》的批判：“吴晗用剧本反对毛罢免彭德怀的国防部长职务，毛在四年前就已看出了它的寓意，他现在觉得可以反击了。只有毛才会对剧评大做文章，因为剧本是冲着他来的。”

天哪，如果吴晗泉下有知，一定要抗议。因为这正是当年批判家们强加给他的“罪名”。虽说今天谁都清楚罢免彭德怀是一大错误，但在创作剧本的1961年，作为一名学究气颇重的党员历史学家，吴晗跟大家一样对党中央庐山会议的决定是至敬至诚的，他甚至在文章中为这决定鼓吹过呢！吴晗从未设想去“用剧本反对毛”，倒是相反，他平生绝无仅有的这个剧本恰恰是秉承毛泽东“提倡海瑞精神”的旨意才写的。事隔四年，毛泽东却又说“彭德怀就是海瑞”，“《海瑞罢官》的要害是罢官”。这就是六十年代中国政治的复杂性，非外人所能理解了。

比较起来，尼克松的回忆录《领袖们》更有惊人之笔。关于毛周关系，历来为海内外史家所关注。尼氏得近距离观察之便，给读者留下精妙独到的论述：“如果没有毛泽东，中国革命之火可能不会燃烧起来；如果没有周恩来，中国的革命则可能会被烧毁，只剩下一堆灰烬。”当然由于身处巨人之下，“周恩来是这么一个人物，小心翼翼地让聚光灯集中在毛泽东的身上”……凡此种种，都可以说是旁观者清。然而尼克松还是闹了笑话：“当周恩来卧病在床，奄奄一息，长期深居简出的毛泽东到医院同他一起度过了他弥留的时刻。当时，除了医生之外，毛泽东是与周恩来最后诀别的人。”作为中国人，我真希望历史上确有这样的奇迹，以便替毛周半个世纪的友谊续上一个圆满的尾声，或者还可以抵消一些曾经围绕他们的令人惘然愕然的传闻。不过，事实毕竟是事实。一九七六年初的毛泽东，已经不可能再像散文《在延安中央医院》中描写的探望关向应那样，说去就去了。这时候与其说是出于感情因素，毋宁说主要因为毛本人也已经病入膏肓。读过张玉凤女士的《毛泽东周恩来晚年二三事》，便足以了解毛泽东当时步履维艰的窘状。

外国人对中国事的隔膜，不是一种偶然。追溯起来，我说甚至最权威的斯诺的《西行漫记》——这部常常被当做信史来读的考察报告，也没有例外。说来难怪，短短几十天，一个友好却陌生的外国人要采写偌大的陕北根据地，怎么少得了破绽？前几年，我曾与当年为毛泽东、斯诺交谈当翻译的吴亮平（时任陕甘宁中央局宣传部长）谈起《西行漫记》，吴就对书中关于自己身世的记述苦笑过。记述中的这么一小段介绍："他是蒋介石在浙江的故乡奉化一个大地主的儿子。几年以前，因为他那显然有野心的父亲要叫他和蒋总司令的一个亲戚结婚，他就从家里逃出。"——便句句有问题存焉。因为吴父从来没有土地，更谈不上有土地出租当"大地主"了。至于所谓的"攀高枝"原委，吴亮平辩正道：事实是我父亲作为高级知识分子，在乡下还是有点社会地位的。"所以我父亲的一个朋友、亦即蒋介石的那个远房亲，曾提出要把他的女儿与我订婚。父亲是同意的，但我却不同意。不过，他也没有强求我同意，因为他实在不是真的有什么'野心'。"（注）不仅仅是失真，而且有的简直就闹颠倒了，不是吗？

有一回，在上海的礼堂里拿着笔记本认认真真听日本某博士讲中共党史人物，一边听一边却差一点要笑出声来：怎么好几条材料竟张冠李戴起来了？一边忍住笑一边不禁又想到，世界上有些事情原本是难以假手于人的，研究本国历史即其一。异域人士独特的研究角度会给我们很多启发，然而说到底“中国通”只能是中国人自己，真如完整意义的“日本通”、美国通”、“苏联通”从来是他们本国人一样。隔着雾看花，总缺一些鲜艳，少一点真切。

《史记》是只有中国人才写得出的。不过不可盲目乐观。如果没有崇高的使命感，如果不是鲁迅说的“有自信，不自欺”的中国人，我们今天还是不会有《史记》的。

〔附注〕参见笔者以“闻纪之”署名的文章《〈西行漫记〉中的吴亮平》，载1981年3月22日《文汇报》。

原载《现代作家》1989年第10期

要悔且待青山烂

只知道罪人会后悔，真没想到功臣也会后悔。

从《上海支部生活》上看到，有几名跌入贪污受贿泥坑的人物，原先竟是先进模范、高级工程师，甚至还有从当年战火硝烟中过来的。就因为悔心一起，“人快退休了，什么好处都还没捞过”的念头一动，于是晚年轨迹大变。

我为他们可惜！他们的昨天多么令人羡慕。不要瞧不起昨天，不要怠慢了昨天。人生在世，明天还可能改变，昨天却不容重铸，是墨渍斑斑就是墨渍斑斑，是锦片也似就是锦片也似。盖达尔的童话《一块烫石头》不是讲到，无论谁把烫石头翻个身，就可以返老还童，一切重新开始。但是那个卫国战争的老战士，又瘸又瞎的，唯独他出乎意料，不肯去翻一下。原因很简单，明天的成功是十里挑一，昨天的成功也是十里挑一的，同样是最幸运的人才会拥有的。

“要悔且待青山烂，水面上秤砣浮，直待黄河彻底枯。”一个用心血汗水浇灌过祖国现代化伟业的人，我常想，这首爱情词正好于他合用。昨天是光荣的，奉献是虔诚的，“爱情”是圣洁的，珍之重之尚且不足，何来的“悔”？

昨天是昨天，今天是今天。昨天无私奉献的人，今天并没有成为“先富起来”那一部分中人，不平之感由此顿生。“昨天奉献需要我，今天享受轮不到我”，这牢骚不无合理性，就是说目前政策上确有分配不公之处，是到下功夫调整的时候了。但它又有破绽存焉：不管政策如何调整，贡献与报酬总不会像天平的两头那般齐崭，总有错落脱节的时候和地方。这也是没奈何的事情，好像从古以来这就是一道解不开的题。“举家食粥酒常赊”，你看写下划时代巨著的曹雪芹，收入居然不及村里小酒铺掌柜的，居然要腆着脸皮向他告贷。即使今天，在发达国家，一名获诺贝尔奖的科学大师，上上下下对他算得优礼有嘉，但要让他跟个什么修车铺、夜总会的老板比阔气，那也保准输。规律就是如此，牢骚太盛不必，更不消说出此下策去搞什么法律外的“自我补偿”了。

当我们立志为人民做贡献时，其实就已经做好了讨苦吃的准备。平常的时候要不怕清苦，特殊的时候要不怕艰苦，总之要吃得起苦。传说中，格林尼治天文台长回答英国国王的加薪建议：“不用了，一个高薪的职位只会给人家夺走。”与其说这是对腐败官场消极的避让，不如说它深蕴着一种积极的人格——薪金算得什么，事业重过薪金！为致富而勤恳工作的人，诚然什么时候都应当予以保护，再不要随便割人家的“资本主义尾巴”了。不过，总还要有不为致富而勤恳工作的人呢。一个民族没有那么些公而忘私、奋不顾身的人，就等于没有脊梁，也就注定不会有前途和希望。

一个志在济世的人无所谓后悔，求仁得仁又何怨。他当然不是苦行僧，只是他追求的幸福的确与众不同。小溪有小溪的满足，大海有大海的抱负。这是一种特殊材料铸成的人，他向往的是超乎寻常的幸福境界。也许他的衣饰太过落后，也许整幢住宅楼就数他们的电视机寒伧，也许隔壁的个体户好几次嘲笑他家饭菜“没有高蛋白”……然而看到自己设计的电塔已高高耸起，看到黑暗的原野已灯火通明，或者看到手莳的绿荫正遮蔽着万千赶路的人，那么不管怎样，他总是甘之如饴了。须知他每日价吟诵的正是一首《不管怎样，还是应该》的外国小诗——

你今朝的善行，世人会在明晨淡忘；

但是不管怎样，还是应该多做好事。

你多年的建树或许没有回报；

但是不管怎样，还是应该努力建树。

献出你的全部精华去造福人类，可能使你一身清贫；

但是不管怎样，还是应该奉献自己全部精华。

原载《文汇报》1989年10月24日

外婆的年龄

都已经三十几年了吧。那时外婆每到上海来，我们就喜欢问她同一个题目：“外婆，您今年几岁？”

答案总是变化无常。有时是：“噢，61 岁。”有时，仅仅才过两天，却又是：“宣统做皇帝那一年，我满 6 岁吧。”折算一下，只有 57 岁了——两天里竟减去 4 岁！

外婆当然不会骗我们，她辛劳一生，无非为儿孙尽心尽力。当然她也不颟顸，会连简单几个数字也计算不清。实在是乡间生活风雨太多，比如从前那时节给族长上寿，是依年岁收缴礼金的，谁敢不缴，谁又愿缴？结果是人人减岁。后来“大跃进”年代，像个劳力的就得抽去“全民炼钢”，于是上了点年纪的便纷纷加岁（虽挤不进“病残”，总也够得上“老弱”啊）……减了又加，加了又减，加加减减，时间一久，难怪外婆的年龄真个是说不清了。

时光流逝，到如今自己也满下巴胡子的时候，有时又忽然想起，当年取笑外婆是多么不该，即使是善意的也罢。

倒不是要作卢梭式的忏悔。人类发明数目字，本来为了更清晰地勾勒事物，可到了我们手里恰恰用以使事情变得“说不清”，难道还不叫可叹也么哥？可笑也么哥？但值得取笑的自有更具职责的人在，远远轮不到外婆及一般乡邻就是了。

“亩产万斤粮”之类不去说它了，我们现在说的是现在。为了某些冠冕堂皇的数字，我们有时依旧只好空欢喜一场。我在中国人的“寿命”上一直是乐天派。统计数字不是一再表明我们许多城乡的平均期望寿命怎么怎么高吗？但近来却乐而转优。你瞧，《健康报》载文指出由于各地婴儿死亡漏报率逾40%，“就使卫生部门掌握的我国居民健康情况难免失真，平均期望寿命偏高”。看来所谓“超过70”、“达到72”之类都有点靠不住，岂有此理，竟有此事！

反过来，也有忧而转乐的，于是明白当初是一场白担忧。无分中外，说到我国的耕地面积谁不叹气：“15亿亩，平均数少得可怜。”不过，莫着急，好事情在后头呢。从这几年卫星遥测，加上严格丈量一些地区耕地的结果看，实际数普遍比上报数高好多，全国耕地不会少于19亿亩，甚至可能高达23亿亩！绝处逢生，平添8亿，虽云大可喜，亦属大笑话。

忧而转乐，乐而转忧。心情转来转去，数字变来变去，何变化之多，何轻率至此。其实，光到“轻率”为止，还不算最糟，因为只要改变了马虎的态度，只要今后认真起来，他就还是可以报出准确的数字。真正可怕的，是时下一些地方的数字掺假之风。工厂里现在有一句戏语："领导出题目，财会做文章。"每临岁尾年头，效益好的单位需要"留一手"，效益差的单位也会报虚数，于是什么"经理成本"、"厂长效益"各种名堂都出来了。自然不会人人有份，但"有份的"毕竟也不会太少，反正大家心中有数。不是无心造过，而是有意作伪，事情竟至这个地步。

向几位身当其任的朋友请教了一番，才晓得他们也有苦衷。"这年头，老实的厂家吃亏。""会叫的娃子有奶吃，说句把假话实惠。"……究竟是上级的疏失，是下级的虚假，抑或各打五十板，真也弄不明白了呢。

只有一点是应当明白的：科学的决策，从来以准确的数据为前提。一旦哪个地方的数据掺了水分，则那里的现实决策就会打折扣，再不用说可靠的未来预测了。实逼处此，欲不"摸着石头过河"，又怎么着？

从前，外婆的年龄令我们好笑。今天面对更多更荒诞的数据，我却忽然笑不出声，也不想笑了。

原载《上海滩》1990 年第 9 期

为一个好人作传

正直、公道、赤诚，好像这些现在都少有人提了。甚至有时会听到“良心，良心值几钱一斤”的质疑。

良心是开不出价钱。不过，绝不是因其太轻贱，只是因其太贵重。

昨天，站在八宝山的礼堂，望着这许多识或不识的人都自发赶来向廖沫沙致最后的敬意，我忽然又想到这一点。

他们不是冲着廖沫沙从前的头衔来的。冒着零下8度的严寒，也许还挤上两三部公共汽车，他们来了，就因为廖沫沙是“三家村”的一家，曾经唯一幸存的一家。

廖沫沙，还有邓拓和吴晗，三十年前他们开设的《三家村札记》专栏，今天的年轻人也许感到生疏了吧。这是三个正直的共产党人的心声啊！庐山会议一开，彭德怀挨批，空气沉闷起来了，

“大跃进”的若干遗留症一时间居然好像又不成其为问题，又可以招摇过市了。马克思主义哪是这样的？经济建设岂容折腾？从批判“伟大的空话”，到提倡“心中有数”，三位作者当然还不曾从最高领导的决策上，但确实从局部的角度用委婉的方式表达了自己正当的不满，说出不少可贵的真话。他们在需要勇气的时候焕发出勇气，在需要良心的地方显示了良心。

我是廖沫沙的新朋友，是为一次文字因缘而结识的。尔后当他“文革”监禁期间写的大量“检查交代”材料发回来，廖夫人陈海云忽然觉得不替他写个传记挺可惜，就来信邀约我合作。于是我有幸窥探到一个前辈的心灵世界。有这样一份“检查”，叫作《检查我的顽抗态度》，那是1967年3月18日，廖沫沙在拘押地为不肯按“革命群众组织”来人的要求将某中学校长牵扯成“‘三家村’分店代理人”，而被勒令写下的。“在回答问题中，我说过：‘要讲实在话，我不熟识 ××× 这个人；如果叫我胡说八道，我是不干的。’我说过：‘我的罪行已经很大，再加上一条二条，也没有什么要紧。’我说过：‘你们这样逼供，什么问题也得不到答复。’我还说过：‘我是准备判处死刑的，死吓不了我。’”只要将事实复原一下，我们看到的就是一个正义凛然的场面：一位陷于缧绁的老人抗辩炙手可热的权势者，而将一己安危置于度外。“时穷节乃现，一一垂丹青”，这是考验人的时候，也是暴露人的时候。多少人在危急或者尴尬关头，明哲保身，顺风扯篷算了。良心却支撑着廖沫沙宁折不弯！

在写作《廖沫沙的风雨岁月》一书过程中，我几次走访廖沫沙。他的记忆力真好，对半个世纪前的往事依然能一一道来。尤其是他的胸襟真宽阔。对于几十年的风风雨雨，乃至人生遭逢的一切横逆、痛楚，他总是放在社会历史发展的大背景上来观照。即使对江青，对这个从批《有鬼无害论》到批《三家村札记》，一手制造了他的冤案的谋主，他谈及彼此的来往也是有一说一，有二说二，决不张大其词。他的独到之处在于对人对事都超越了个人恩怨，恰如夏衍在本书“代序”中赞叹的“他皎洁诚实，平易旷达，无私无畏。”他的风格令人感动。以致对我来说，合作写这本书，竟不似通常那样感到一种负担，而是受到一次精神的陶冶。

“三家村”中，邓拓、吴晗的传记已经出版。这本廖沫沙传记，倘能在这“三家村”唯一幸存者尚健在时问世，让他自己来读一读，该多有意思。遗憾的是，由于某出版社方面的原因，终于没能赶得上。我们正在努力使它尽早与读者见面。因为，一个这么好的人，一个“苟利天下生死以”的人，是不该也不会被忘记的。

原载《解放日报》1991 年 1 月 19 日

〔附〕本文写于 1991 年 1 月 5 日。该传记已于同年 12 月，由十月文艺出版社出版。

来自佛罗伦萨的玩笑

佛罗伦萨，很早就从欧洲小说中熟悉它了。在我的想象中，这座聚集过但丁、米开朗琪罗这般伟人的艺术之城，一定是美不胜收的。

巧了，“不必说老式有轨电车叮呤呤慢悠悠地从身边晃过，不必说造型独特的94米威克乔奥宫直指蓝天，也不必说遍城的雕塑，单是那座金桥，就令人心驰神荡”——杨潇女士的《城外随笔》（见《四川文学》）用简洁的笔墨，正画出了我心目中佛罗伦萨古雅而富足的图案。

只是我实在料不到，一个中国旅游者在这里一饱眼福之余，会承受如此大的心理压力。

原来，就像我们上海的新客站广场、十六铺码头的情形一样，佛罗伦萨火车站也活跃着“旅馆掮客”。你看，杨潇一下火车，就碰上了——“不少意大利老人围过来，抢着塞给我们旅馆介绍，同时口中叫着：‘Japan! Japan!’（日本！日本！）我一面按着我的箱子，一边说：‘No! I’m not Japanese, I’m Chinese!’（我不是日本人，我是中国人！）几个老人立即返身，一个老人眨着深眼眶里灰蓝的眼珠，还不甘心地盘问：‘Hong Kong?’（香港？）‘No! 北京！’老人瘪瘪嘴，丧气地放开了我。”

佛罗伦萨到底是佛罗伦萨，它的拉生意也算有点教养的呢。至少这里没有由于买卖不成就啐你一口咒你几句的恼人场面。不过，还应当搞清楚的一点是：一方面是人家不愿一咒，一方面则也许是不屑一咒。一个“立即返身”，说明多少问题！有如一名高贵的公主，佛罗伦萨很美很可爱，但她却决计不会来爱一个清寒的过路客的。这使我想起一位友人的海外来信，说起在他课余打工的餐馆，洋老板见面时完全合乎礼仪，但那眼神是不屑的。我在回信中，管这叫作“有教养的歧视”。

这种歧视，不必亲历身受，也会刻骨铭心。我最难过的，是在读到杨潇解答同行的日本人柴野夫妇关于“为什么一说是Chinese，就放了你”的疑问时：“‘因为’，我突然觉得喉头发哽，‘因为中国穷。’天真的夫人立刻掉过头去，对她丈夫说：‘那以后遇到这种事，我们也说I’m Chinese!’他俩都笑了，我却笑不出来——这个玩笑太残酷了……”

不必责怪人家。不能设想更不能要求所有外国朋友都具备白求恩一样的国际主义胸襟。事不关己，高高挂起。人家不穷，人家没有压力，人家就有笑的权利。在这笑声中，一个中国人的感受，只能是十倍的震惊，十倍的清醒。因为，重负在我们的肩头，压力在我们的心头。

一个出席社交聚会的人切忌衣饰寒酸，一个自立于世界民族之林的国度岂可长久清贫。欲使炎黄子孙不仅在淮海路、长安街昂首阔步，而且在纽约曼哈顿、东京银座、佛罗伦萨车站广场都挺起腰板，我们就需要全身心地来实行这句经常提及又经常漠视的口号："变压力为动力！"就需要齐心协力，千方百计加速完成整个中华民族脱贫致富的现代化建设进程。如果还有什么人在磨磨蹭蹭，像格里希摇头的"一张'参考'一杯茶，东拉西扯过半天"那种风气，像曾乐叹息的"从国外引进技术资料，国内同行却彼此封锁"那种做法，如此这般，我们就该点他一下：中国人，你怎么不焦急？人家开玩笑是人家的事，倘若我们开自己的玩笑就会误大事。

曾记否？来自佛罗伦萨的《神曲》鼓舞过"五四"一代中国人。愿今天这一来自佛罗伦萨的玩笑也能令我们每个人由自警而奋进。

原载《文汇报》1991年4月26日

两个好孩子

有两个小孩儿，我总也忘不了。

世界上的事情就是这般奇怪，一些创立偌大业绩的人，曾经鼎鼎大名的，过了几十年几百年大家也就淡忘了。而另一些无名人焉，你却会想起一回就感动一回，比如有两个孩子。

一位是本世纪初，美国西部某客店小老板的儿子。当夜间从父母的窃窃私语中得知他们刚刚谋杀了个客商时，他当即表示要告发。父母安抚他，许愿给他多少多少好处，他仍一口咬定“必须告发”。于是，狠心的父母连他也杀了！

另一位是300年前德国图宾根市的流浪儿。某一天，一个街头同伴失踪了，不知怎么那昏庸的官府竟会认定是他杀的。杀人是要偿命的，但审判官说只要流浪儿认罪可以减刑。流浪儿却不愿做这笔交易，“不是我做的事情，我就不能承认！”结果甚为悲惨，就在他被处以极刑——用车轮辗死不久，那失踪的同伴从邻近的小镇回来了！

没有一部通史或者断代史，会记载他们过于短暂的一生。然而，也是在这样一个春寒料峭的夜晚，呷着新茶，听一位研究法学的友人讲过这两个故事后，我就一直记住了他们：多像两支小红烛，点不长，但很亮。

两个好孩子，一个坚持亮出真相，一个拒绝承认假象，总之是一个样——实事求是，只讲真话。讲真话不容易，甚至要遭杀头呢；讲假话有好处，那会带来父母的礼物、官府的宽恕以及其他什么什么的。但是面对福与祸、生与死的选择，两个孩子一点儿也没有苟且。因为在他小小的脑海中，跃动着一条神圣的道义和法律原则，而原则是不能出售的。

历史自然不会简单重复。但是这种崇尚真实的精神，对于任何一个时代和民族不都是弥足珍贵？在一个连真实情况都无从确认的场合，还指望什么呢！在说假话脸不红的人群中间，法律的道义的旗帜是飘扬不起来的。很显然，尊重事实就是尊重法律。司法裁判必先“以事实为根据”，方有“以法律为准绳”，难以掌握事实也就难以准确判案。所以，真话一定不可无，假话一定不可有。美国的那个城镇后来是将孩子忌日作为纪念日的，那是对宁死也要忠诚老实的最高奖赏。图宾根市则将流浪儿受刑的场面镌录在这座美丽小城的城徽上，意在告诫后人再也别干惩罚诚实的蠢事了。

现在要求强化青少年法制意识，很对。只是在这过程中，作为一个项目，我建议不妨也讲一讲两个孩子的故事，强化“诚实”意识。遗憾的是，现在常常是在弱化——每逢听说有个别为人父母者在家教中叮咛孩子“不要介老实”的时候，我从内心深处感到一种心酸。记得法国罗卡尔总理等几千名政府官员分赴各地给小学生上普法课，照例有一句“从密特朗总统到小学生都有义务纳税”。那么我们或许该这样说“从领导者到小学生都有义务尊重并捍卫事实”。

因为捍卫事实就是捍卫法律。

原载《上海法制报》1991 年 9 月 29 日

告别“杰茜现象”

每逢谈及我们同胞的外语水平，我就会想到杰茜。

这位几年前来沪旅游的德国姑娘，在南京路逛商店时忽然想上厕所，然而无论她用德语或英语，问了八九个人都得不到回答。情急之间，她只得向过路的出租车司机出示住宿证，这才乘车赶回近郊的宾馆，解决了问题。

据我观察，像杰茜一样，在上海遭遇“交流障碍”的外国游客并不是个别的（虽说在戏剧性效果上各不相像）。而且遭遇的缘由也大抵一样——不是我们的人懒得回答，而是听不懂，答不上，我管这种尴尬相叫“杰茜现象”。

“杰茜现象”，当然不止于街头答问一端。你看吧，当英语已经成为沟通国际交往的公共语言的时候，我们的出国人员不会讲英语，国内接待外宾寸步离不开翻译，都还是常见现象。还有，南方一家大报社筛过来、选过去，竟挑不出一个能用外语直接采访的出国记者。甚至，上海一位颇有名气的医学专家，就因为不会用英语发言，而失去在一次重要的国际会议上宣读论文的机会。

从国外游历归来的一些朋友，差不多都有一种感慨，就是在国民平均外语水准上我们相当落后。不要说跟欧美比了，他们的语言体系本来相近，得“天时”、“地利”之便；就看新加坡、韩国一些地方吧，他们的店家能用英语会话的比例，也明显高过我们。落后不可怕，可怕的是我们不着急——除去少数急于出国留学者外，很长一段时间里，又有多少人拿学外语当回事儿的？

也许，这也算是一种传统。清末，严复留学归国，因为他会操一口英语而遭受士大夫的讥笑，他后来惶惑了：“当年误读旁行书，举世相视如髦蛮。”今天，严复式的惶惑诚然不再有了，但是我们曾经至少有另一种迷惑——好像不学外语，不会与外宾会话，看不懂外文资料，对于堂堂中国人来说，都是无关宏旨的，好像学人家的科学技术就够了，语言嘛，就属不急之务了。

我认为一名美国学者的论断里有真理：“中国对外开放的第一道障碍就是语言。”提高国民平均外语水准，在一定意义上就是提高一个国家的开放程度。不然的话，我们天天在喊“对外开放是基本国策”、“要强化开放意识”，而普遍外语水平如此低下，连杰茜们问个去处也无法解答，则与人家的进一步交往又从何谈起？能直接用外语获取信息的学者少得可怜，大多数人在充当“二传手”或“三道贩子”，则中国科学技术的超前研究又何啻梦想？确实，已经达到泛滥程度的“杰茜现象”一点也不是小问题。从深层意义上看，与其说对外开放的成败归结于政策，不如说也同时取决于国民的素质，包括文化程度、外语水准，等等。

毕竟是时代不同了，迫切的交往需要毕竟在鞭策着中国人，有的人终于坐不住了。看，在上海，华亭路、柳林路小商品市场的一些卖鞋卖裤的摊主面对纷至沓来的“高鼻子”顾客，也开始跟着收音机学起了外语，于是就有《外语声朗华亭路》的报道。在大连，更有趣了，中外合资的液压件厂为普及英语，每日早晨在厂门口用黑板高悬一句“中英文对照”，比如某一天竟有这样一句：“He is a long time gone.（黑姨子　鹅狼——太母　根——）”好笑吗？好笑。然而无论如何没有以前在外人面前瞠目以对可笑，是吗？

让我们在笑声中向“杰茜现象”告别。

原载《解放日报》1992 年 2 月 29 日

数字的“捶打”

时常碰到一些新论说，感觉告诉你不可靠，却又似乎拿它没办法。因为人家也是裹挟着有力的证据，风风火火而来的。

比如“天才与精神病存在必然联系”一说，意大利学者切萨雷·萨布罗索就举出莫里哀、福楼拜都患癫痫，牛顿、叔本华都神经不正常，连伟大的贝多芬也精神失常过……言之凿凿，不由你不信。

好在自有目光明睿的人挑出了他的毛病。尤其是哈夫洛克·埃利斯从英国《国民传记词典》中收集1030位名人，发现其中仅有44人确实患过精神病。“合格率”竟只有4%强一点儿!

这说明什么呢?说明了光有几个例子不济事。察人审事论世，原来注定需要有数量观念，要学会定量分析。没有准确的定量，就没有可靠的定性。一切社会现象都有它个别的情况，都有例外，没有比胡乱抽出个别事例来证明某种时新说法更省事，却也更误事的了。

当然，传统学说有时候也与时新学说一样，会经受不住数字的捶打。“四方的脸，两道剑眉，显示出他的冷峻性格”，“从他的圆鼻子、圆下巴，可以预感到他的圆滑”，我们的小说不是常常这样描写吗？其实自亚里士多德时代以来，从学者们到平头百姓们都已经接受了这种“脸型显示性格”说。然而，数字，还是数字，破除了我们固执的信念。研究者对几百名处世圆滑，或者反过来意志坚毅的知名人士考察的结果表明，就其中 70% 以上而言，是“人不可貌相”。看，性格坚强的铁腕人物维多利亚女王，还有纳尔逊、捷尔任斯基，或者还有希特勒、林彪……脸型都瘦削削，离“四方”不亦远乎？

一个论题、一桩事件，即使已经有了去伪存真的定性，定量分析仍不可少。这时，定量是定性的精化，它帮助人们更加具体、明晰地认识和把握对象。“地球承受不了人口膨胀”，我们常这样说，却总也没大着急。因为这“膨胀”总也模模糊糊，这“承受不了”的日子似乎也遥远着呢。但你看，人口学家却用数字将这“模糊”捶打掉，将这种“承受不了”的前景精化了——“地球 6371.1 公里的半径决定了地球只有 51000 万平方公里的面积，而海洋和陆地面积的 25∶1 的固定比率又决定了人类最多只能在 14900 万平方公里的陆地上扎根。空间的有限性决定了资源的有限性，110 亿的人口将是维持人类比较体面生活的极限。按照目前

1.7%的人口增长率，只消45年，即到2033年，地球的容量将被世界人口突破。”这一来，谁不着急，谁还坐得定？小小寰球，怎载得下恒河沙数的人口？真叫“双溪舴艋舟，载不动许多愁”！

计算，是模糊化之敌。我有时想，这几年，好些单位在“分房”这个最敏感的问题上，所以能安然不惊，无大积怨，诀窍就是一个：拿出数字来。什么年龄、工龄、职务、人口、功绩，统统输入电脑，折算成分数。经这一“捶打”，于是孰高孰低，一目了然，公道可期矣。相反，有些现实工作所以难收实效，甚至动辄啧有烦言，症结便在缺少精确的数据上。就以评比“文明楼”、“文明村”而论，倘若事前认真考核过有关候选单位的有可比性的实情及数据，用科学的尺度对各方文化程度、科技贡献、子女生育(这可牵涉优生优育呀)、环境卫生、身体素质，以及每种素质所含各要点作出计量测定，那么评比本来就可以大大减少主观随意性，而不至于尽是“走过场”。

看来，一事当前，一策在筹，不妨让数字来“捶打”一下。就像物理学家汤姆逊强调的“把研究的东西测量出来并用数字来表示”。他还说过：“如果不能用数字来表示，那么你的认识是不够的，不能令人满意的，可能只是初步的认识。”这当然不仅是物理学家或者自然科学家才需要注意的。作为一种行之有效的科学思维方式，它需要引起我们每一个人的重视。

原载《今晚报》1993年1月4日

瞧，那个遥远的邻居

同处亚洲，以色列却是我们最遥远的“邻居”。君住洲之西，我在洲之东，真个叫“动如参与商”。所以那里投几枚炸弹、放几下枪，总轮不到我们来着急。

最近纪念“二战”，犹太民族的历史重新成为报章热点。这才晓得我们上海人与犹太人，其实是患难之交，距离于是一下子缩短，虽远犹近了。犹太人团体提供资料而由美国出版的一本《大屠杀百科全书》表明，在犹太民族惨遭纳粹杀灭、驱赶的空前浩劫中，上海是罕见的一块“只要犹太人叩门，准会给你开门”的求生之地。世界 20 多个国家才接纳 81 万犹太难民，仅上海一座城市即接纳 3 万！拉宾总理前年在沪参观犹太教会堂旧址，这位当代“铁血宰相”一边题词致谢，一边就噙着泪水，倒是不做作的。

作为老朋友，彼此间的了解却显得太少。人家就不去说了，说说我们自家看。从日本到韩国、新加坡，都是循环往复、再三再四研究过的，论文、专著不知出过多少。以色列呢，对不起，印象相当模糊。当然谁都知道马克·吐温100年前描绘的“那里寸草不生，色彩单调，到处是难看的沙漠，令人伤心的地方”那一页早已翻过去，从特拉维夫到海法已是一座座绿树掩映、鲜花盛开的城市，以色列人均国民生产总值则超过11000美元，跻身于世界20个最发达国家之列。问题是：原因呢？人家何由至此的？

沙漠中的奇迹不止于以色列。仅仅10年工夫沙特阿拉伯从一个粮食进口国变成了出口国，小麦出口量占世界第六位，甚至每年出口上千吨产自沙漠的玫瑰花及其他鲜花，即为一例。区别在于，所有中东国家的奇迹都以石油资源作支撑，唯独以色列先天不足——“我们没有石油，只有太阳、死海与头脑”，这句犹太格言不无辛酸却也豪壮。作为一个只有沙漠却无石油的特殊中东国家，作为一个曾经因为没有国家而屡被驱杀、亡命天涯的民族，他们深深知道非拼命工作、排除万难建设起强盛国家则无以在世上立足。于是让沙漠变成良田，叫死海贡献化肥，他们无所不为！有一件事我始终难忘，那是《中国青年报》上一篇考察报告说的，由于以色列水资源奇缺，年人均占水量不及世界最低标准的1/14，他们在全国兴建起浩大的滴灌工程：“凡是有绿色植物的地方，你都会发现一条条手指粗的黑色皮管，相间半尺并行排列。仔细看，皮管上有一个个小孔。按季节与植物特性设定程序后，电脑会定时定量地向植物提供水分，不会浪费一滴。”想一想这漫山遍野、布满一国的“黑色皮管阵”，就可以理解小小犹太民族何以人均订报量最高、著书量最高、诺贝尔奖拥有量也最高，何以诞生爱因斯坦、弗洛伊德、卡夫卡等精神界巨擘。顽强、自强，处处可见，令人肃然而浩叹。

光赞叹还不够。“看看感动，想想激动，过后没有行动”又怎么行？我们理应“见贤思齐”。每个民族都有其长处与短处。平时说“这个人很‘犹太’”时，最好除去“生性吝啬”那一层外，再如实地赋予人家“忘我工作”这一层吧。须知我们现在一些地方落后就落后在缺乏顽强刻苦的精神，无关工作的应酬倒是兴趣浓，逢上工作却这也“困难多”，那也“少条件”，结果就是时光空过了。至于好多企业一讲强化管理，必是“指标太高”“节奏太快”的抱怨声四起，精神状态也太不济了。精神诚然不能创造世界，但精神影响了人，人能够改造世界。记得一个以色列专家组在华北山区某贫困县考察，面对沟壑纵横的黄土坡，其观感令陪同者惊讶——“这里有泥土有降雨量，自然条件真好。”毋宁说，犹太民族的精神状态真好！

苦干离不开巧干。以色列47年的长足发展，是由科技事业引领的。但是同时请记住，巧干离不开苦干。没有奋不顾身的工作精神，他们所有那些引起世人瞩目的科技工程本来就是不可能的。千万不要幻想在迎接“信息高速公路”的时候，“顽强奋斗”之类尽可以抛开。即以我们这里情形而论，报上曾介绍过宁夏沙坡头，这个被联合国环境委员会誉为“治沙楷模”的地方，如今随着老一代科学家的退休，新来的人太少，补不上缺额了——怕就怕技术装备在进步，吃苦精神在萎缩，那还成得了什么气候呢？

原载《四川文学》1995年第12期

说不过去

为诺贝尔文学奖老没有中国人的份儿，就有作家圈内及圈外人士的心理不平衡。

不平衡，起因于事情的若干环节的确不够公平。比方说吧，西学东渐也好，东书西行也好，总要求地球一边的文字让另一边的人领会得了，译介这一环真要紧不过。可是你看，我们对人家，“信、达、雅”兼具的上乘译品数不胜数。不说别的，光是那书名就传神。赫胥黎的《进化与伦理》化为《天演论》，狄更斯的《奥立弗·退斯特历险记》译成《雾都孤儿》，米切尔的《随风而去》高度凝出一个字：《飘》！

即以最近沃勒的当红小说“The Bridges of Madison County”而论，如果依样画葫芦，起名《麦迪逊县的桥》，该多么扫兴。所幸的是我们这里取了个意味深长的《廊桥遗梦》——柔情、惆怅、忆念，尽在不言中。

反过来，看看人家对我们。多少中国名著，一经外国汉学家的手，就变味了。不说别的，还是那书名，如果再倒译回中文包管叫你泄气！张德鑫先生撰文介绍，《西厢记》法译，起名《热恋的少女——中国十三世纪的爱情故事》；《聊斋志异》有了《老虎作客》的意大利文本和《人妖之恋》的英文本；《西游记》有个译名叫《侠与猪》；《水浒》名堂最多，从《四海之内皆兄弟》到《在沼泽地》、《在河边发生的故事》、《强盗与士兵》、《中国的勇士们》，等等。就意思说来，虽不中，也不远。只是就原先汉语所包含的意境与神采说来，却相去远矣。在汉译外面前，相当部分的外译汉显得不济，高下顿分，文野迥异，说不过去了。即此一节，我们同胞的文字去世界上搏什么大奖的机会不能不大打折扣。

别光顾着抱怨。抱怨的只是结果，疏略的却是原因。有的事情，论结果会说不过去，查原因反倒说得过去。原因就在于热心译介中国文字的欧美人士不仅数量上，尤其质量上无法与我们的翻译阵容相比。一百年前的严复便是当时泰斗式的思想家与散文家，吴汝纶揭示出严译《天演论》一纸风行的双重原因："匪直天演之学，在中国为初凿鸿蒙，亦缘自来译手，无此高文雄笔也。"以后一流的"高文雄笔"投身翻译，从鲁迅、郭沫若、胡适到傅雷、巴金、萧乾，成为中国文坛习见现象。其背后当有深感落后的古老民族亟谋取法乎上、急起直追的历史动力在。人家没有实逼处此，少了如许动力（或者又多了点偏见），那么在欧美国度的汉语译界里自然难以想见茨威格、萨特、海明威们会披挂上阵，难以一睹再创作的大手笔了。此乃过往一个漫长时期中外国力格局的折射，不用多说的，就让它成为我们的清醒剂吧。

事情总是要反求诸已。切记要聚精会神来发展经济了，即使仅仅从本民族作品走向世界这样一个角度。国际关系历来嫌贫爱富，谁有耐心聆听一个孱弱民族弹奏的曲调呢？好在“人斗人，瞎折腾”在我们这片大地上终于收梢，坚冰突破，航线开通，前景光明。中国文化人勉乎哉。

搞文化，也要聚精会神才好。作品是第一性，反应、介绍、评奖全是第二性。有好文章好书，却评不上奖，或者销路也不畅，这不足忧，“不患人之不知己”。放开眼界，优异卓越的作品会以一根无形的线跟大众相联通，或迟或早而已。可忧虑的倒是文化人面对这般那样的潮流而心浮气躁，不再刻意追求作品的卓越。不说别的，仍然讲书名。《丰乳肥臀》四个字，作者已经辩解过，但读者总还是疑虑这算不算一部颇具功力的小说的上佳选择？还有，《四个最有吸引力的男人》的名称，会不会让这部记述革命导师的政治图书削减了它的庄重？

最说不过去的是，连中国古典名著也蒙上了时髦的“包装”。晚报一位记者报道说：在江宁路一间书亭看到一本《三个女人和一百零五个男人的故事》。旁边张贴的广告煞有介事地介绍它“阐释了男女之间的微妙情感”，“反映了在战争环境下人性的真挚情爱”。翻开看内容，原来是本新版的《水浒传》！——自己出自己洋相，又谈何走向世界。

原载《解放日报》1996 年 2 月 8 日

量化就怕简单化

每临“五四”，不由得就想到从前的北大和清华。

如今什么都时兴“定量分析”，聘人才、评职称，少不了的是拿出论文篇数、著述字数来。像当年梁漱溟那样一篇《究元决疑论》被蔡元培看中，就进北大教书的佳话，怕是重演不起来了吧？

还有钱穆呢，凭一本没出版的手稿《先秦诸子系年》，今天断难被承认的，不作数的，竟也上了大学讲台。最妙的是陈寅恪，开初梁启超推荐他进清华大学国学研究院，因为明摆着“既不是博士，又没有著作”而让校长曹云祥作难。然而听过“我梁某算著作等身了，总共却不如陈寅恪寥寥数百字价值大”一语争辩，曹校长即欣然笑纳（注）。

豁达、开明、轻形式而重内容，这样的用人风格多么值得今天玩味。据说有的地方招聘管理专家，论文十篇就上，九篇则下，不容置辩；又听说一名文化馆的创作员精工细作的剧本、故事都特别受农民欢迎，在乡间不胫而走，可是为着“比人家少2篇”而评不上中级职称……好处是够省心，不费事，无奈胶柱鼓瑟，难免误事！倘使陈寅恪们年轻那会儿，碰上持这等“单纯数量观点”的衮衮诸公，想来只有落聘一途的，也许后来现代中国史学界失掉一位几位泰斗式人物也说不定的。

实行定量考核，比起“凭印象”（甚而是“依关系”）下断语，自然是一种进步。只是事物的合理性都有范围。量化需要，但切忌绝对化，不可简单化。考核生产流水线上的劳绩，来个“计件制”就可以了。但是，精神产品的生产，也可以像物质产品生产那样，让学者、教授、专家们“大干快上”，以便每月每年的篇数或字数都同比增长几个百分点？

有些人常常忘掉脑力劳动是一种复杂劳动，它既有一般劳动的共性，更有其自身的个性。从来没有一部传世作品，是限时限刻制造出来的。“吟安一个字，拈断数茎须”，这还只是说的遣词造句。至于对事物的观察、实验，对生活的领悟、思索，或者对古今典籍资料的综合分析，更是各依禀性，各显神通，难以用统一的“进度表”去衡量。所以那位“五日画一石，十日画一水”的慢性子画师，因为画得够漂亮，杜工部老人家就不以为讶，倒是作诗夸他一通。

既多且好，诚然上上大吉。但这也许是少数天才人物所为，我们作为“大多数”的凡夫俗子可羡慕，却不必奢望焉。在两者不可兼得时，一种选择是多而孬，结果即周振鹤教授近日在报上告诫的“陷于急功近利而做学问浅尝辄止的误区”。显然应当在政策上鼓励人们做好中求多的选择，退一步也是宁可少而好。法国大仲马是高产的，小说的字数远远超过莫泊桑、司汤达，但是为什么文学地位却远远不及他的两位同胞？还有我国那么多古代作家曾是那样吝惜自己的笔墨，但凭着他们的几篇或者只是一篇佳作，如李密以一篇《陈情表》，王之涣凭不足百字的《凉州词》、《登鹳雀楼》，竟足以使千载后人仰其高风。原因无它，盖在文化史从来不依照数量而仅根据其最具功力的少数精品给人定高下。

既然如此，单纯做“字数”“篇数”的统计，未免太过简单化了。也许加上这一串数字统计会更接近于本质：他的论文被人家引证过几回？他的著作在专门家委员会投票时打了几分？他首创的观点或方案在社会生活中得到应用的又有几何？……

〔附注〕三则掌故均引自谢泳《知易行难说“规范”》，载《读书》。

原载《文汇报》1996 年 4 月 26 日

最后的棚户

每从报上看到“药水弄矗立群楼”、“西凌家宅改造竣工”、“永源浜居民喜获乔迁”……我就会不厌其详，一个字一个字读下去。不知少年人青年人有没有同感？在我，确是以为在阅读一幕激动人心的历史变革，近距离感受时代巨轮轰隆转动。

曾几何时，谈起上海，外地朋友照例在称赞其繁华发达的同时，叹一声“上海的棚户区也真是看不下去”。大墙背后，高楼广厦长长的阴影下，夹杂着星罗棋布的危房棚户简屋，你看，油毛毡芦席片竟也充屋顶，有的用碎砖有的甚至就用竹篱夹泥作墙，令东方第一大都市春色顿减，明珠蒙尘。

看不下去还属其次，苦恼的是住不下去：夏日如同蒸笼，冬季户内凝冰，雨来滴漏彻夜，风来掀翻屋顶。更甭提“鸽笼”般局促的空间必然导致的扰扰嚷嚷，生存倾轧了。三十多年前我在沪西读书，每次前往余姚路棚户区的同学家，小心翼翼穿行于那里宽仅容身，锈铁皮、烂板条遮天蔽日的泥泞弄堂，感触太多。一名品学兼优的同学，工作后谈了个对象，结果是对象第一次上门就告吹。不用怪谁，人家姑娘也说得实在：“迭格房子呒没办法生活。”

当家做主的工人阶级，怎么可以依旧生活在这样的环境中？棚户区，上海产业工人最集中的居住区——从五卅运动、三次武装起义到护厂斗争，涌现过英雄几辈辈人。一定意义上，它真也称得上是革命的“老区”。陈毅市长当年进城，鞍马甫卸，就用浓黑铅笔将上海地图上各处棚户区一一标明了。在派出干部走访药水弄等棚户区，让大家切身体会那里的低矮、潮湿、破败，“四周大小烟囱喷云吐雾，浓烈的化学品气味呛得直打喷嚏”之后，他说得再痛切不过：“每六个上海人中，就有一个居住在这样的地狱之中。”“上海，是中国工人阶级的摇篮，可是上海的工人就是在这样的‘摇篮’里长大的！”（见铁竹伟著长篇传记《一个人和一个城市》）

完全合理的痛切。而随着时间推移，十几、二十几年过去了，眼看着上海的危棚简屋总量依然庞大，眼看着有时此减彼增，有时还减不抵增，我们更有十倍的理由痛切。

一个了解上海的人，就应该了解上海的棚户区。如果他同时还是个共产党人，就必定的，会坐不宁，睡不香，心如汤煮，背有芒刺。历来具备责任感的作家无不眼光向下，哀生民之多艰，写作出一系列不朽的悯农诗、惜贫文。那么共产党人的“作品”，则是立誓在实践中消除老百姓面临的艰难烦愁。请记住，这是党的宗旨，也可以说是命运所系。邓小平在建国前就告诫过，不给人民以实际利益，人民并不是注定要跟我们走的。诚然，群众利益有“眼前”与“长远”之分，但今天的长远利益注定为着明天的眼前利益。

事不宜迟，“住也如何住，去也终须去”。问题却依旧是：到哪里去？全上海70年代后期危棚简屋的总量超过1000万平方米，搬迁安置所需资金不啻是个天文数字。专家们算过一笔账：要是仍按照以往的筹资方式与安置进度，改造全部危棚简屋工程需要整整100年。所幸的是渺茫中忽然有了希望，上海和全国一样迎来了改革开放！不能墨守成规，非常的事业需要非常的思路。从解困工程到租赁房出售、公积金制度，到商品房市场、土地批租、引进外资……全新的想象力催生瑰丽的奇迹，但见资金、住宅就像从地底下涌出来似的，但见这些年处处乔迁之喜，搬场车满街跑。上海从19世纪层叠累积起来的“天字第一号”难题，转眼间解决在望。专家们算了第二笔账：原先预计的100年已缩短至10年，亦即剩余的危棚简屋到本世纪末将从上海版图上抹去。

这是一个盛大的节日。上海的住房从来没有今天这样宽敞，上海的人心从来没有今天这样顺畅。有时间到各处动迁户装潢精美的新居走走，迎着饱经风霜的老人们舒心、满意的眼神，也许还噙着泪花，你想必会感同身受。真的，不变革怎么行？社会主义是生机勃勃的，改革开放给人民群众带来实惠，明显地密切了党群关系，一部上海棚户变迁史可以作证。不消说，大搬迁中有小麻烦，诸如公交车一时通不过来呀，煤气明年才用得上呀，幼儿园也远了一点呀。只是谁都懂得天下没有“但道欢乐无所苦”的变革，前进中的烦恼总是暂时的。

让我们设想一下，将来的某一天，“上海棚户区”将成为博物馆中独特的微缩展品，那时的孩子在它面前指指点点，惊诧不已吧。那么今天，各区街道像竞赛似的争分夺秒改造、拆迁，就具有深远不过的历史意义。那么今天，研究民俗学的，还有研究社区发展的学者，都该抓紧了呢。须知在欢声四起中，棚户简屋的历史终于翻到了最后一页。

原载《解放日报》1996 年 8 月 22 日

拒绝“老熊哲学”

不知其他地方情形怎样，在我们上海，这类镜头已经不再令人吃惊——少年宫内、学校教室里，入夜灯火通明，孩子们正端坐着补习钢琴、提琴、图画、电脑等等说不尽的科目，两边时常就伴着一群耐心的父母。或者室内太窄，容不下，这一群就会无声地包围在室外。

到了双休日，大白天的街上，补习的男女少年肩背画板、风琴、书包来来去去，在他们身边，照例又有父母如影随形……

年复一年，陪读得够苦。不过，只要孩子学业有成，当父母的就不悔：“希望在小家伙身上，我们这辈子就算啦。”——好几回了，听到年轻人自然流露出如此深厚的父爱母爱，我都是大大地惊讶。一个“我们这辈子就算啦”多么伟大，透露出的已不止是辛苦，简直是牺牲！真的，为了孩子的上进，他们是将全部闲暇时间，亦是生命的可支配的大部分一股脑儿都牺牲掉了。

只是见闻多了，有时也会隐隐生出大不敬的念头——牺牲，这伟大壮烈之举，不应当慎用吗？轻言牺牲，军事上叫作“不必要的牺牲”，经济上就叫“赔本的买卖”了。

沪东一所中学发生的故事给我这方面的感受太深。那是一所几乎年年高考“剃光头”的学校，有一回却石破天惊，出了一名考进本科大学的应届毕业生。于是家长被请上台，向下一届考生家长介绍育儿经验。我从一名与会的友人那儿听到这番经验——原来，那位家长是高校的文科讲师，其妻子则为同校的理科讲师。“我和孩子他妈每星期只需上两个半天课，其余时间在家备课、科研。好在我们都是中年教师，上的是老课，也不用备课了。我们在家就是全力以赴辅导孩子功课。为了辅导功课，我俩业务上牺牲不小，六年来我不开新课，也不接新的科研题目，孩子他妈不写论文，谢绝参加辞典编撰。还有，我俩这几年也不敢出差，为的是每晚要盯住孩子，帮他弄清每一个难点。”

六年耳提面命，终将儿子送进本科大学，成绩不算小。但是儿子这一番成绩，却挤掉了父母另一番成绩，孰得孰失呢？一个知识分子，人到中年，正是出成果的最佳年龄区呀。至于儿女那一面，说得透彻一点，就是进入本科大学，将来能否学有所成、卓然独立也难说得很哪。就是说，为了儿女尚难预见的成功而牺牲自己出成果的最佳岁月，亦即牺牲自己已经看得见的成功，就是这么一笔账。在这样的场合，且不去细究到底亏了多少，赔了多少，至少是赚不了！我替这笔账起个名号，就叫“老熊哲学”——东北人讲熊瞎子进苞米地，掰下一根苞米夹在腋下；再掰一根又往腋窝夹去，前一根便掉地上了；掰来掰去，到头来只夹着一根苞米回去。

丢弃一根，夹住一根，当然有可能丢了一根短而细的，夹住一根长而粗的；同理，放弃父母辈的自我发展，全力教育儿女，到头来或许也会有亏少赚多那一天；尤其是在一些文化程度较低的家庭，概率还相当高。有些年轻父母下岗后，其中的他或她也不急于谋职，就一门心思为孩子请老师、陪读书……以及由此而来必不可少的筹款借资。坚持数年，成效自见——孩子的文化迅速超逾父母，有的上了专科、本科，有的还留洋得了学位，有的当上白领，收入可观得很了。于是真叫作牺牲“小苞米”、换来“大苞米”，从整个家族着眼，这桩买卖真叫赚了。

但还有没有问题呢？有的。问题在于这里用的还是传统的旧眼光，只是从家族的观点来看，而忘了个体的价值。“小苞米”与“大苞米”都是人，都有尽情发挥一己潜能的人生需要，牺牲谁都不合道理。似乎文化低就活该“牺牲”，只配当社会进步的旁观者，这是天大的误会！相反，唯其如此，你应当急起直追，补上文化这一课，以谋求发展才是。“让小狗与大狗都放开喉咙叫吧”（契诃夫语），须知个体的表现与发展是你我他与生俱来的权利，是不可揖让的。茫茫宇宙，经过多少亿回偶然的碰撞，才演化出一个有生命的地球；又是多少亿个偶然的机缘，才生成万物之灵长——

人。你有一万条理由善待人生，可没有一条理由忽视它啊，岂容轻率地说什么“我这辈子就算啦”。

其实，“这辈子算啦”就是永远“算啦”，因为下一辈子压根儿不存在。轻易放弃人生盛年的发展机会，不啻是将一个比获得亿元彩票机会还要稀罕一亿倍的巨大机会在到手后又随意地、永远地放弃哩。所以自己这根“苞米”再小也须珍视，“老熊哲学”定然要拒绝。

不消说，父爱母爱是崇高的，辅导儿女功课花一些时间心血也是必要的。只是今日之父母要谨防失却自我，切不可再抱“为儿孙做牛马”的念头，应该与儿女一起实现人的价值，共同上进。如果世人都以上一辈人的自我牺牲来换取下一辈的所谓发展，代代因袭，那将不仅是个人，亦且是群体的悲哀。

原载《家庭》1998年第2期

高兴过后还叹息

动笔写写文章的人，谁不希望自己的“宁馨儿”寿祚长远呢？今天才发表，明天就无人提及，或者今天就已经被忘个一干二净，简直太叫人伤心。但是这种可能性偏偏来得大，尤其在传媒日多、版面日扩的现时，受众分配给每篇文章的阅读时间在不断“缩水”之中。

所以，各种选本的编者来函来电邀约，我会喜出望外——那些文章已经封存的生命，将由此得以延续。只是“鉴赏辞典”也好，“选萃丛书”、“杂文大观”也好，甚而就是“新文艺大系”罢，总还是印数有限，不出文学研究家与爱好者这个圈子的。

唯有教材不同，一印行就是多少万，而且年年开学必重版，那读者数量真个是“无穷匮也”。打从12年前，中学时代的老师打电话告知他们高中毕业班用的《中学议论文读本》收有我2篇杂文起，这些年来不时有热心的友人“通风报信”：或者是在他孩子的《语文》教材中发现我某一篇啦，或者是孩子发下的配套读本、辅导读物中又有这篇那篇啦，连用笔名的竟也会被一一“查获”。每一回，我的激动都难以抑制。说老实话，就是受宠若惊。怎么不呢？我从少年时代所见的语文教科书，里面就尽是仰之弥高的大师名篇。今我何功德，有幸叨陪其后。当然有时也发笑：怎么思想改造多年，一个“名”字老是未能忘情？

没想到，乐过了会来苦。好几回，友人的孩子为教师布置的议论文阅读分析题找上了门，那逻辑原本不错：“你会写议论文，自然也会分析它的字、词、句、段呀。”岂料第一回合就败下阵——从三个意义相近的连词中选一个填空格，我说选哪一个都行，但听话的孩子第二天这道题便吃了个叉。“隔行如隔山”，我顿悟自己之不济，就此高挂“免战牌”，不敢再好为人师，即使孩子有所抱怨，噘起小嘴也罢。

可惜，教训仍吸取得不够。终于又有一天，一个孩子的爸爸来电话：“这道题是从你的文章里引出的，你总该有把握回答吧？”经不起激将法，自忖自家文章自家知，这一回总可以试试的。十余年前发表的《正是为了保护人》，被收入浙江出的《高考总复习导引·语文》，从中引出了两道习题。一道围绕文中第三自然段——“保护人，本来是至高无上的事业。但是君子爱人以德，小人爱人以姑息……就像春秋时期政治家子产告诫游吉的：你日后为相，‘必以严莅人。夫火形严，故人鲜灼；水形懦，故人多溺。’

唯其有火一样严厉的法律手段——执法必严，违法必究，吏不容私，法不稍纵，心存不轨者才不敢以身试法，倒容易得个善终。”习题问的是：“作者引用子产的名言，其用意是：A. 借此证明治国以严即爱人以德的观点。/B. 着力强调采用严厉的法律手段可以减少犯罪人数。/C. 意在说明中国自古以来就有人主张用严厉的法律手段治国。/D. 含蓄批评今天有些人对目无法纪的人姑息纵容的错误行为。/ 答：(　)”我迟疑一番，C 项意义不大，A、B、D 三项则不失我本意，都可以填。但是，电话那头传来哈哈一笑：“错啦。书上面有答案，只能填一项——B 项。”我哑然，木然。

不仅一般地答不准“标准化考题”，而且特殊地竟连自己文章中化出的“标准化考题”也弄错了，何以自解呢。记得以前念书时，做语文卷子倒是十拿九稳的。自然当年习题都是非了了分明，不似今天般可此可彼、似是而非。可见自己跟不上一日千里的形势，真是不中用了，赶不上趟了。是不是这样呢……

感谢近来报刊上接二连三的信息帮助我捡回自信，告别唉声叹气。读过以后知道“落伍者”无独有偶，非止一个；时下相当多的语文标准化考题让学生叫苦不迭，教师也瞠目结舌，高水平的中学教师动手答题只得 60 多分的大有人在。特级教师钱梦龙在《上海教育报》上说，扬州师院中文系教授顾黄初为孙子答语文题，结果是老师给打了个大叉。《语文学习》上登北京 113 中学张必锟老师的文章，说他“一位朋友，是著名的诗人、杂文家，著作等身”，拿来语文卷子中的标准化部分做一遍，只得 70 多分。不是“掩人下水”，但眼见愈益多的“同道”，我终于开始想到：症结大抵不在我们能否答题，而在于出题那一面吧。

然而还是免不了叹息，只是改换了对象。唉，什么时候才能让那些又偏又怪又含混的“筛选”“填空”少些、再少些，让我们的孩子重新捧回“多读多背多写”这个曾经造就了无数大师大家的语文学习传家宝呢？

原载《解放日报》1998 年 3 月 25 日

闻一多画像该修改吗

是座谈会上一位老师的发言提醒了我——“现在报刊介绍闻一多诗文，配发的画像怎么还是不离烟斗。有的还是青少年读物，就不可以修改一下？”真是的，我也在好几个地方看到过闻一多半身插图画像，一律是浓眉、大胡子，端着长柄烟斗。

一幅画该改乎、不该改乎，所涉者具体而微，本来可以按下不表的。问题在于，学界大师，社会偶像，一举一动的号召力，对青少年的影响，非比寻常了。类似的“影响”在出版物上还来得个多，爱因斯坦托烟斗做沉思状，丘吉尔演讲时吐出烟圈，我们的鲁迅先生也手夹纸烟与文学青年侃侃而谈……又是画像，又是插图，还有照片，简直应有尽有。没做过抽样调查，不知一度盛行于市井坊间的“抽香烟动得出脑筋”论，是否多少受有这些视觉形象的影响？

“影响”云云，毕竟属于第二性。别忘了第一性，即由此对自身健康的损害。许广平曾经为替鲁迅买廉价烟，有损先生肺部而后悔。其实今天看来，买得再高档，加上烟滤嘴，也挡不住尼古丁！请瞧一瞧，现代医学揭示出的抽烟害处与日俱增，甚至已发现吸烟产生的苯并芘会改变P53基因，使人体这种抗癌基因转而致癌。

难忘北大吴小如的一篇《教授与烟斗》，将三位文学大师的嗜烟如命写得活灵活现，令人不禁捧腹。读罢方知五十年代为我们报界开过“文章病院”、讲授文字规范化的朱德熙，他老先生点火柴、抽烟斗也挺规范，“注意风度和姿势，很带洋绅士气派”。而另二位，特征更足——“如果组缃先生的烟斗是常不离手，则王昭琛（王瑶字昭琛）的烟斗是永不离口”。以致与王瑶一起下乡“三同”的学生，爱讲这样的笑话：“王瑶老师除睡觉外，一天到晚总叼着烟斗，连洗脸时也不把烟斗拿开。”吴惊讶于这还怎么洗得了脸，答案是够夸张的：“王瑶老师在擦左边面颊时，把烟斗歪向右唇角叼着；等到擦右边时，再把烟斗推到左唇角。”好笑吗？没料到结果却是心酸，吴文的煞尾最沉重：“昭琛和组缃先生都是从患肺炎开始，而以肺心病夺去了他们的生命。德熙则病逝于肺癌。如果他们大半生不以烟斗烟叶为伴，或者会延长他们的年寿，至少在病危时不致受那么多的痛苦。”

往者已矣。可怕的是教训并没有多少人在认认真真吸取。不仅搞人文科学的照例烟民比例高。还有从事自然科学的，有的干脆就是医科的，名气也很大，你看他们不照旧整日价喷云吐雾？谁不知道保健的至关重要，但那都是对人家说的，轮到自己，就对不起，马马虎虎算数。学问是一种理性，它与行为习惯从来不会轻易合一。

根本的症结就在这里，自我保健的自觉意识，即使在知识界也阙如。浙江省的调查显示，35 岁至 50 岁这个年龄段的高级知识分子 95% 不参加体育锻炼，34% 已过早地患上了高血脂、脂肪肝等“老年病”。(据《健康报》) 北京市的调查则表明，问及“您对体育锻炼的兴趣”时，在六种职业人员中，回答“一般”或“没兴趣”比例最高的为科技人员，达 56%。(据《光明日报》) 我们的新闻同仁也未能免俗，“嗜香烟”“开夜车”两根接力棒早就从老一辈手中接过来，且攥得紧着哩。不是说突发性的赶任务也开不得夜车，而是说读书写作天天向睡眠借时间，熬夜成为常规生活方式，则必定是透支生命。还是要站高望远，付出毅力，改变自己。

让文化人“下马草军书，上马击狂胡”的矫健形象不要成为远古的绝响吧。文化人有一百个理由走在全民健身潮流的前头啊。须知荧屏上出现一名社会贤达抽烟，与一名小贩子抽烟，社会示范效应有天壤之别。而一名老教授天天来到公园跑步，会给周围人们多大的鼓舞！

绕了一圈，话说回来，闻一多的画像应修改吗？不妨一改，也不难改——他经常手里揣着的除了烟，不是还有书，或者笔吗？他爱烟斗，难道胜得过他爱书和爱笔吗？

原载《解放日报》1998 年 5 月 13 日

“我们从前都是乡下人”

这是一次地区各界人士座谈会。那位白发苍苍的老教师语重心长：“我们从前还不都是乡下人？放心，上海这块地方是开放的。机会就在学习里头。”他忠告的对象是一名纺织厂女工与一名饭店领班，两位外来务工人员都表示希望融入周围的生活，可是“有低人一等的感觉，被称作‘外来妹’‘外来哥’也罢了，然而有叫我们做‘乡下人’‘阿乡’的”。

某些上海人的超常态自豪多么令人反感啊。其实，它压根儿没有充足理由来支撑。

上海，美丽、繁华，充满活力。记得巴金有一篇散文就叫《上海，美丽的土地，我们的》。须知这里对立于“我们”的，是外来侵略者；而“我们”，即全体中国人，丝毫不拘泥于户籍的。

上海是开放的。一个外来者，要在这座城市唤起被认同的自信，最简单的办法就是向相识的上海友人调查一下他们父母或祖父母的出生地。答案，保准令他欣慰：超逾80%的上海人，“血统”上是外地人，无非上一辈或再上一辈从江、浙、皖、鲁、粤等地移民而来。原来连“上海人”，也是个开放而非封闭的概念！今日众多上海人与“外来妹”、“外来哥”们是一种先来后到的关系，何来高下贵贱之分？

是开放赐福我们上海。当上海大都市格局未显，处于从前的闭锁形态，一千年间闪现的知名人物从陆机、陆云到黄道婆、徐光启……可谓寥若晨星，屈指能数。进入近代以来，在一个开放的上海，出类拔萃之士乍然像繁星般撒满苍穹。绝大多数正是外来户哩：鲁迅来自绍兴，茅盾来自桐乡，苏步青来自镇海，朱物华是苏北人，张香桐是冀中人，又有四川籍的巴金、湖南籍的贺绿汀、湖北籍的王元化、福建籍的吴孟超，当然还有实业界说无锡话的荣宗敬、荣德生，说广东话的郭棣活，如此等等，数不胜数。这种情形，世界各移民城市已是规律，概莫能外。卡耐基介绍过纽约——文格特考察了纽约居前100位的名人，其中90多个来自外地，且多为小乡村、小镇市。所以在上海，“轻外”“排外”从来形不成气候，因为这种庸俗习气逆移民城市发展的潮流而行。

当世纪伟人说“上海人聪明，素质好”的时候，我们最好不要飘飘然。因为他实际上是肯定上海开放的历史。移民城市的好处是五方杂处，杂交出优势。在生物学范畴上，不仅水稻、马铃薯、番茄需要杂交，举凡生命就需要杂交。旧时代贵族封闭型通婚不是导致后代愈益孱弱、退化吗？以致晚清宫廷有“五十年不闻儿啼”之说。要抑制事物自然退化的“熵”值，按照耗散结构理论，一个开放系统总是不断与外界交换物质或能量，以促成无序状态转变为新的稳定的宏观有序结构。社会学范畴上也一样，正是汇聚了五湖四海的知识、经验、风俗，互相冲突、参照，从而才使一个开放、流动的“上海人”群体不会停滞，就海纳百川，见多识广，真的聪明起来。

进入这个开放的城市，人们的心态也须开放起来才好。外来务工人员抓紧机遇，投身学习，善于汲取科技文化营养，前途必定无限量。“机会就在学习里头”可谓至理名言，可以终生受用。像洪泽那样从工人成长为专业技术人员的，在全市外来务工人员中已占3.9%——百分比尚小，绝对数颇大，且正日益扩展。不消说，自强绝对需要自信作支撑。尽可以将两千年前的“打工仔”名言改成“各界人才，宁有种乎”。既不低估自己的发展潜能，又不在乎他人的称呼之类，于是就获得精神解放，轻装上阵了。

原载《解放日报》1998年7月1日

〔附〕本文收入朱铁志主编的《中国新文学大系·杂文卷（1976—2000）》，上海文艺出版社2009年5月第1版。

名人脾气

一个人出了名，真是处处沾光。即如施拉普纳教出的球队尽管踢得挺“臭”，但人家当过“洋教头一世”，所以即使卸职来华旅游仍一路的花团锦簇。“我在中国，比在老家德国还受欢迎。”此无他，盖在他的名气在此不在彼也。

有谁弄不懂无形资产的价值，于此可以大抵明了的罢。我们无名之辈，就不要去跟人家攀比啦。车站、码头上的服务小姐见我辈则冷冰冰，见老纳却灿若桃花，竟抢着与他合影，围着请他题词（还是谁都不懂的德国“词”），你看不顺眼，想不服帖？当心别患上东方式嫉妒！

不嫉妒，是对无名者的制约。另一面，自然对出名者也就有了制约——人格是平等的，你我他的制约就该是相互的。人家老百姓敬你一寸，你不回敬一尺，也该有一寸，至少一分，才合乎礼仪。

可就有这样的沪上球星，嫌人家求签名的少年球迷太过拥挤，加之又“没有进账”，不耐烦之际竟一巴掌甩将过去。《经济日报》一篇文章题目就标明《明星们为什么老是打架》，不仅几个风风火火的硬派小生，而且连银幕上羞羞答答的娇小姐儿，都有过动武的记录。可见人无制约，将不知其可。

要求无名者不嫉妒，该。那么给予有名者的三字箴言，就该是：不放肆。

然而据说名人都爱耍“小脾气”，很需要照顾点的。

如果名人脾气只是像魏晋名士的学狗叫、翻白眼，像今天男腕儿蓄长发、女腕儿剃平头，那统统算作“艺林佳话”也罢。倘若事涉创作风格，还须予以保护的。但是“发脾气”而出格，而放肆到侵犯他人权益、侵占社会利益的地步，还能予以法外开恩，还怎么照顾？毛阿敏偷税案，调查两年，前些天终于有了结论：处罚款 8133 万元。这类公平的执法，实在罕见施之于名人头上，所以见报那天乘公共汽车，车厢里七嘴八舌热闹至极。同样大快人心的，前几年记得也有一回，那是中央歌舞团将几名无视团规、屡屡擅自外出“走穴”表演的明星开除公职。其他的，似乎就光听打雷，不见下雨了。

名人效应，绝对应当是正面的。说是说“做名人难，做名女人更难”，事实却是哪一个都在炒知名度，种种策划已不言自明。因为社会给予名人的甚多，而要求不甚高，仅仅是检点言行，遵纪守法就够了。怪就怪在很多人连这起码的一点都做不到，丑闻频出。于是就呈现负面的示范效应了——“他干得，我为啥干不得”，心理一失衡，蠢事就多了。结果呢？很有些活计，名人干得；非名人就是干不得，因为你不是册上有名的“照顾对象”。

不是说不允许“特殊公民”吗？一讲“照顾”，必然特殊。是的，电车上该照顾老弱病残，生活上该照顾贫困人群，工作上该照顾同事……然而须知这都是限于伦理范畴而言。就法律范畴而言，却是只能人人平等。法律面前讲“照顾”，则法律本身无公正。合法的，无依无恃一样保护；违法的，红得发紫一样追究。

索菲亚·罗兰，那一回为偷税而出国不归。一旦回国，马上被司法当局拉入冰冷的囚室。多少意大利影迷为之哭泣、集会、呐喊，司法当局睬都不睬。潜台词很明白——你欣赏明星的精彩表演就得了，怎么可以“扩大化”，竟扩展到他的违法行为上呀！

原载《今晚报》1999年1月7日

莫让流血英雄再流泪

从报纸上，从电视上，看到那些无畏地抨击经济犯罪的斗士披红挂彩受表彰，你该会崇敬他们，还会羡慕他们的。他们称得上是新时代“最可爱的人”。

有机会近距离接触他们，却感慨了：真的，“让羡慕玫瑰花的人，也睁眼看看它的刺吧。”（泰戈尔语）原来，除了鲜花和掌声，我们英雄的生活中还有够多的蒺藜与荆棘。“湘中女强人”蒋艳萍现在是锒铛入狱了。然而，当初湖南省六建公司廖一恒等十名职工举报她的贪污劣迹，“女强人”是干脆以“改革”的名义将他们全部解聘的。这也难怪，利益之所系，拼命之所在。人家本来笃笃定定在那里变私为公、化国为家，你却要坏人家的头等大事，他能容你，能不必欲除之而后快？！

如果我们的英雄身为执法者呢——威慑力度陡增，还有什么烦难吗？可别天真，别以为城狐社鼠们就会乖乖投降，他们的抗拒力度也会同步猛增。就像物理学上证明过的，作用力与反作用力相等。且不说公丕汉追查泰安那一窝赃官，开初黑云压顶，这位检察长竟至准备好与家属一起回老家种地。听过姜瑞峰的报告，就知道要当好“黑脸”，光是不吃请不受贿仍不够，要加上不怕整不怕死才行。有这种时候，我们的执法英雄是要冲着奸商和贪官的威胁、伤害甚至雇凶杀人，一路浴血战斗过来。

在执法英雄看来，这些其实又都不在话下。枪林弹雨，正面冲撞，我们的英雄本来就有备而来，准备好出汗、流血的。料不到的倒是背后吹来一阵阵冷风，虽说大抵是发生在少数地方和时候，却也令人心酸。我常常想到屠格涅夫的寓言名篇《门槛》，那位百余年前不惜一切投身正义的俄罗斯女郎，她也不惜从亲友中接收“憎恨、嘲笑、轻视、侮辱”。今天我们某些场合的执法者的遭遇还真有点相像——怪了，明明是同一营垒中人，你干得好他却不高兴，你会因为坚持原则而遭到孤立，会因为不迁就说情而遇到阻难，到头来竟获赠一套套反“包装”，什么“六亲不认”、“忘本”、“出风头”……何不理解、不相容一至于此。

不相容的原因，可能是出自庸俗的处世之道，或者是囿于封建的宗法观念，也有的仅仅是为了掩饰自己的无能。然而亟须重视的是，确有蓄意为恶者，确有隐藏在我们队伍中的那么几条蛀虫在作祟，近期媒体已屡经披露。《南方周末》有一篇通讯，写一名公安刑警为侦缉经济犯罪嫌疑人，被对方砸烂家什，砍断手臂，他没皱过眉头；向局长请援却遭冷语嘲讽，他泪如泉涌了。英雄流泪，岂无由哉？想想看，当战士浴血而归，发现本属理所当然的上司关爱有加、后方箪食壶浆原来是一片空白，他该何等伤心和委屈。因为他压根儿料不到局长大人竟是对方的“哥们”！

原来，意大利影片《警察局长的自白》里，追查黑帮的英雄蓬纳维亚遭到体制性排斥乃至谋杀，可不是虚构出来的惊悚。

英雄流血难免，这也是职责所系，却再不该让他这样流泪了。一名遭上司叛卖，失去后援的战士，连自保都难，何谈打胜仗。最根本的一点是，一个国家倘若连执法者都无从立足，它必定岌岌乎殆哉。“将军者，国家之爪牙也。”司马迁在《史记·李将军列传》中这样赞誉过。执法英雄是人民利益的卫士，亦即“国家之爪牙”，其锐利与否，锋利与否，犀利与否，事关经济运行之安危，人民生活之福祸。我们要时时保持其威震敌胆的凛凛寒光，就有一百条理由爱之护之，拥之助之，装备唯恐其不精，后援唯恐其不及才是。岂容设置羁绊，又撤除掩体，压制他的战斗力，那就叫作自损爪牙，自毁长城。

本来，只要我们执法队伍是纯洁的，遏制机制是有效的，经济罪犯就无从猖獗。怕就怕某些地方的权力机构中，乃至执法队伍中，局部场合正气不抬头，还混入腐败分子，遂使那里的英雄无路请缨，甚至腹背受敌，只能扼腕、流泪、长太息。那么，就该全力防止这种局面的发生，就该从思想上扶正祛邪，就该在组织上清除腐败分子——让他们一个个都来捶胸顿足、涕泪长流好不好？

原载《检察风云》2000 年第 11 期

一份百年答卷

年年过新年，今年最热闹——日历一翻就翻过一个世纪，过年竟是过“世纪”。翻开报纸，连新世纪第一缕阳光照射谁家，也已经先是温岭、临海争来夺去，继而又有论者预测“阳光之城”当属东北的珲春，够热闹的。

虽说百年、世纪全是人为划分的产物，但是处身此刻，念天地之悠悠，观岁月之匆匆，容易唤起一个人在生存竞争中被消磨掉的历史感。凑凑热闹无甚害处，还不无益处。

有道是“内行看门道，外行看热闹”，其间又有雅俗之分。一直记得《海外文摘》曾经摘编过日本《报知新闻》1901 年 1 月 2—3 日连载的一篇文章，对“20 世纪的社会”做 10 项大胆预言，甚为有趣，可谓百年前之“凑热闹”兼“看门道”。

作者（很遗憾，竟无从知道其姓名）看出什么门道？真令人惊讶，10项当年实属“异想天开”的预言，竟有六项基本言中。其一，“不仅电报，无线电话也能与各国联络，东京人可以自由地与伦敦、纽约的友人对话。”——可不是，即以中国而论，手机时下已超过6000万部，“煲电话粥”成了可笑的时髦。其二，“19世纪末期环行世界一周最少要80天，在20世纪仅7天就够了。”——略嫌保守些了呢。难怪，这位作者写作该篇预言之际尚未见过飞机，莱特兄弟第一次飞行成功将在此后两年。今天不要说航天飞机了，就是寻常客机绕飞地球也不消2天。其三，“调节寒暑之新机器将被发明，连续送出温度适宜的空气，非洲之进步也源于此。”——没错。W·卡里尔于1911年发明的空调机，让愈益多的“办公族”冬天不再缩手缩脚，暑天告别汗流浃背，工作效率获得革命性提高，岂止一地而已。其四至六，从“图像电话”、“一个月前作气象预测，灾害因此被避免”，到“汽车可以低价买到，马车消失，马匹成为好奇者饲养的动物”，我们也大体上做到了，或者可以说虽不中也不远吧。

在“城头变幻大王旗”的本世纪初，这位高瞻远瞩的日本前辈作者透过漫天硝烟预见科技才是社会发展的原动力，不简单。自然，凡预见必有局限。远期的计算机、因特网、核能、基因工程，无从进入其视野。就是近在他们眼前的相对论和量子力学的势头，这些引发尔后无数发明的最高智慧——比如据诺贝尔奖得主李特曼估算，与量子力学相关的技术每年贡献当今世界产值的25%——他限于学识也未及一字。

我最感佩的是20世纪联翩涌现的灵丹妙药，那是使得中国人期望寿命从30余岁一跃而为70余岁，让“人生七十古来稀”民谚失效的重要原因哟：19世纪无分中外一概“谈痨色变”，肺结核菌直至20世纪40年代还所向披靡，令多少可敬的先人英年早逝，曾几何时，一个异烟肼却制服了它；在我认识的年长者及同龄人中，都有因脊髓灰质炎致残的，前程便无分贤否一概变得艰难，然而经由基础研究发现存在三种抗原型病毒后，如今只消给幼儿喂几颗糖丸即可终身免疫…… 作者当然没有料到，其实又有谁料得到种种破天荒的变化竟会发生在我们身边？不必苛责前人。只是我们回答出前人的考题，还完成前人见未及此的课题，谁说20世纪的人类不足以自豪？

人类啊人类，却又该羞愧。且看另外四道题，我们怎么答来着。“人兽自由对话”、“蚊及跳蚤灭亡”，似乎只好交白卷，不过还无碍大局。但是，两道事关生态环境的大题目——“撒哈拉沙漠将逐渐变为沃野”呢？100年来从非洲到亚洲、美洲，分明到处都是沙进人退！还有，“将看不到狮、虎、鳄鱼等，只是在大城市的动物园里残剩几只”，今天倒真是差不离了。本世纪人类最大的欠账，就是对生态环境的糟蹋。我们太短视、自私了。珍稀动物从前为四年消失一种，滥伐森林使近十年来上升为四天消失一种，目前则是四小时消失一种。全球近13亿人已没有清洁水源。看看我们自家，滇池污染了，淮河黑臭了，白洋淀快干淀了，“东南明珠”的太湖也浑浊不堪——上个月有机会赴无锡华东疗养院，邻太湖而居，每天沿湖边走上长长一段，浅水滩里再也寻觅不到从前伸手可掬的游鱼跳虾。

站在世纪的门槛上，有自责，却也不失自信。各国有识之士回顾之余，近来纷纷预测21世纪，我的眼光又停留在来自日本的一篇——《每日新闻》2000年12月8日刊登专家撰写的《21世纪的科学技术展望》。每一条“展望”都是一个攻关课题啊，“脑科学将发展到可以操纵记忆的地步”，“到月球和火星旅行将是家常便饭”，“可以以小时为单位来预测地震”……。还有，恁多恼人的疾病也许会被制服，包括心脏病、糖尿病、癌症。你看，排在第一条的就是“医学将使用排除可致病基因的手段”嘛。最敢于想象的则是“将开发出把垃圾分解到原子单位后重新合成的完全循环技术”这一条，它意味着人类可以对大自然不再有任何欠账。当14年前埃里克·德雷克斯勒提出“我们为什么不能制造出成群的、肉眼看不见的微型机器人，让它们在地毯或书架上爬行，把灰尘分解成原子，再将这些原子组装成餐巾、肥皂和电视机呢”，是被目为“巫师”的，今天纳米技术的突飞猛进却使之变得虽朦胧却遥遥在望了。

新课题不一而足。又一份百年问卷等待我们去回答，可得努力了。经济全球化的形势，催迫我们该答得更快些、更好些。记住，“今之视昔，犹后之视今”。一百年后的今天，后人会给我们打分的。

2000年12月27日改定

原载《理论与实践》2001年第2期

缺了“应变”这门课

在缅怀追思英雄的座谈会上，大家都沉浸在崇敬之中——一名青年职员，多么年轻的生命，却为了在返乡探亲期间，抢救一名落水者而壮烈牺牲。

像每一回参加类似的聚会一样，我作为采访者照例受到感染，引起共鸣，总是精神顿趋净化，心境渐呈升华。

然而这一回又有不一样。它给予我更深入的思考，只因为英雄的祖父表示了独特的歉疚：“是我教他游泳的，可惜我没教他这一招：救助落水者该从人家的背后出手，这样才不会被求生心切、失去自控的对方缠住。缺了这一课，我对不住他。”

自然没有哪个心智健全的人会来责备我们的老前辈，倒是跟他一样惋惜：只需事先掌握一点水中救人的常识，英雄本来可以不死的。初阳喷薄的年华，来日方长，他本来可以一路高歌猛进，为社会做出多少贡献。

我们该感谢老人家，他其实道出了一个带普遍性的缺漏：没有什么地方在重视、在研习因应灾变的学问呢。十几年前为了哈尔滨那场大火（地点似乎是在白天鹅宾馆吧，一个美丽而惨白的名字），罹难者甚众，却有一队训练有素的日本旅游者死里逃生，人们惊叹过、呼吁过。可是事过境迁，又终究没当它一回事。从“心理卫生”到“法律常识”、“环境保护”、“电脑上网”……新课目何其多也，不知为什么，就是总轮不到“应急应变”的份儿。难怪目之所及，每遇灾变，我们的同胞受害受损比例居高不下；救人英雄的死难率也就令人遗憾，格外高了。

一名游历过半个地球的友人，说起有的国家的老百姓，家中常年备足灭火器、救生绳。“人家书橱的显眼处，也会放置防灾应变常识的小册子，随手可翻，有空就读嘛。”应急应变，既为常识，绝无高深之理。只是你不翻、不读，不屑一顾，也绝无生而知之之理。莫要“手电筒光照人”——手头借得一本《实用应急应变手册》，打开考考自己，真叫人汗颜（当然全是冷汗）：高楼起火咋办？我的下意识是赶紧乘电梯开溜，岂料大错！因为“电梯可能出故障，万一卡在途中，会被活活烧死”。夜间闻到煤气味咋办？我想自然该先开灯察看再电话报警，又是全错！手册的答案是此刻使用厨房的电话、电器都可能引爆煤气。好不得了，有无应变常识，一字之差，判然两途：前者保身安家，后者毁身灭族！

常识缺乏，源于观念缺位。我实在欣赏人家这种务实观念。

生活，生活，须知全部就建筑在一个“生”字上。学会自我救助，有生命为奠基，然后才可以谈什么爱情、哥们、薪俸、级别、私家车、高学位。忙碌于万丈红尘，岂可一日忘之？这叫分清主从。还要分清真假。中国人忌讳太多。从前在我们乡下，临家人出洋或赴外埠打工，孩子言不可及“翻船”、“火烧”、“水淹”，甚至跟“翻”、“淹”之类谐音的字眼也避讳，否则就大不吉利，该打屁股了。他们不懂得，绝对安全的前程不过是一种幻象，危险却是一种真实，需要研讨和应对，需要补一补常识。“不怕一万，只怕万一。”万一，概率确实小，但它绝对存在。

说是“万一”，小概率却也在放大。生活水平提高了，天南海北都有钱去旅游，虽说早已超越了“行船走马三分命”的时代，但是人在旅途，人际碰撞率高，周围的变数大，风险必然上升。福兮祸所伏，有啥办法？东西都买得起了，不仅城市，连乡村里都随处可见冰箱、彩电、VCD、电脑，触电和起火的可能性难道还能不大起来？所以，“万一”在变成“万二”、“万三”，以致某种特定环境下的“万百”、“万千”。不要再延宕，“应急应变”这门课，是急不可待了。

原载《解放日报》2001年2月9日

然而，孩子们在笑

我是很喜欢看记者丁志平的摄影作品的。那时《新闻晨报》上开辟“老丁热线”，推出一幅幅传神的照片，大伙可是看得津津有味。“老丁的照片有思想”，就这样传开来。

可是今天，老丁的照片叫我有点犯难了。《新闻晨报》推出陈默的通讯《“课间禁令”催生“铅笔爸爸”》，报道上海有几所小学为了防止安全事故，向学生发出“课间不准擅自去操场活动”、“教室在三楼以上的学生，十分钟小休息不得下楼”的禁令。于是孩子们只能在教室内用铅笔、橡皮之类文具做游戏。报道配发了丁志平两幅“玩文具”的照片，一幅正面，一幅侧面。奇怪的是，男生女生的面庞上竟都溢出浅浅的、满足的笑。

通讯的作者陈默在为孩子诉苦、请命，老丁却表现的是“美目盼兮，巧笑倩兮”——离开个“苦”字不亦远乎？配发的照片与正文的主旨打架，真不知老丁（当然还有版面编辑）这回打啥主意。

怎么还笑得出来？孩子的天性就是自由。课间即自由时间，他们爱好蓝天，爱好草地，他们喜欢奔跑，喜欢跳跃。小孩的今天，就是大人的昨天，我们当年不都唱着这首歌的——“小鸟在前面带路，春风吹向我们，我们像小鸟一样，来到花园里来到草地上。”然而如今，下课和上课一样，都得困在水泥六面体里，青草的芳香，连同春风、连同小鸟，全都无缘了。螺蛳壳里也可以找乐趣，然而，它又怎么能有那种空旷，那种大气，那种抒发，那种冲撞。

如果镜头反映的是师长们在笑，那倒是差不离。通讯确实是这样告诉我们的——一些学校的负责人表示，现在的学生都是独生子女，在家都是小太阳。孩子在学校活动跌个跤、碰破皮，父母都会吵到学校要求赔偿。学校的操场上毕竟有些存在一定危险性的运动器材，像单双杠、云梯等。“所以，在没有老师保护的情况下，校方不得不禁止孩子擅自去操场活动。”不难想象，禁令发出去，学生拉回来——从跑道、沙坑到双杠、云梯统统清场，“不安全”警报遂此解除，校方与家长有多痛快了。然而，画面上对着我们的，分明不是大人，仍是稚嫩的孩子。该笑的不笑，不该笑的在笑。

压根儿不该笑的，偏偏拍出他的笑靥，如此之荒诞，如此之反差。其实，这倒也恰恰反映一种事实，这是我细看下去方才体会到的。通讯写得客观，说到禁令既久，日渐适应，许多游戏变户外为室内，学生争相发明，蔚为风气。报道说“从最传统的扮家家、搭飞机，到最时髦的灌篮、打保龄球……小学生们运用手中仅有的学习工具，组合出几十种不同的玩法”呢。有的学校，低年级学生几乎全都在课间玩起室内“文具游戏”，乐此不疲，乐不思“外”。唯其有乐，故而有笑，由乐而笑，不亦宜乎？

这当然只能是一种驯服后的笑。好比小鸟入笼，始而冲撞，继而沉默，终而欢唱。凡动物，无论高级低级，必有适应环境的能力。天性也是可以消磨，可以扭曲，可以泯灭的。昨天“性本爱丘山”，今天却“性喜玩文具”，顺时而变，如此而已。

面对一群囿于一室却安然、陶然的孩子，我们还指望什么？好多年前，一场中日儿童野营竞赛下来，我们的孩子冷不得，热不得，累不起，跑不快，那消息曾经令我们惶愧、困惑。但后来在京都的寺院里——那里的寺院都有开阔的空旷地，跟上海很不一样——看过衣着单薄的日本男女中学生队列，迎着初冬的寒风小跑步行进的一幕，我顿悟了。如今看了老丁的照片，更加无话可说了。

不仅是身体素质，而且在心理素质。教育家苏霍姆林斯基说，学生在童年时代应该“敢爬上树顶，敢游过河流，敢在夜晚走进森林去寻觅一定粗细的木棍或某个同伴旅行时失落的指南针，敢在暴风雪中护送无能力的小孩回家”。回避大自然的风雨，还谈何意志品质，那就只好娇声娇气、畏首畏尾了。不是吗，节假日逛游乐场，嚷嚷“啊哟，怪吓人的，我不去”之类的，准不是小“老外”。

在做垂直360度翻转的单环滑车前，在横跨小溪流的独木桥前……我一次次遗憾地听到炎黄子孙的怯阵之言、畏葸之辞。这也难怪，放学在家，固然已经哪里也去不得，个个家长是“捏在手里怕热煞，含在口里怕化塌”。轮到上学在校，又有校长、老师挡道，又是哪里也去不得！

然而，孩子们在笑。如果孩子们不笑，还噘起小嘴，我心里会好受些的。然而，老丁，还有不知名的编辑先生，却偏偏向我们推出几张笑盈盈的脸。也许，他真的想让我们难受——在难受之余，就更能体会事情的深刻性、严重性了。

原载《新闻记者》2002年第5期

从强盗到“弱者”

一名中年人在劳务市场上屡屡碰壁。既因为文化技能不够火候，更因为10年前曾是抢劫犯，刚刚减刑提前出狱。

街道“综治办”干部为他四处奔走，一条荐介理由是：“对重新做人的弱者要给予特别照顾。”不同的声音随即出现：“他这个强盗，有力气撞门闯窃，也是弱者吗？”

爱憎分明，疾恶如仇，总是好的。但是这种朴素的感情，需要增添理性的内容。昨天是强盗，今天依然是强盗，怙恶不悛，那就叫重犯累犯，岂止不予扶助，还须从严从重打击。可是，人家悔改了呢？难道一天当强盗，就永世是强盗？万事万物，皆变皆动，顽固的是少数，求变的是多数。不说“周处除三害”这样古老的故事了，就说上海媒体前些年发表过七一运输公司这家先进单位的长篇通讯，那里面大多数职工竟都是刑释解教的。

没有理由拒绝一个改邪归正的人。搞“治保”也好，搞“综治”也好，既要紧执防范之绳，又要深谙变化之道。用发展的眼光看人，看准了“昔日强盗”急欲自力、新生，喜何可支，自当全力相助。这一点也不叫“管闲事”。因为作为“社会医生”，社区法律工作者的根本职责正是保护社会机体的健康，从而让最大多数人过上有价值的生活。

可是，有必要给予“特殊照顾”吗？“照顾”论常常让人皱眉头，因为它容易侵犯社会公平，除非对方真正是一个难以自持的弱者。问题正出在这里——也许他今天依然膀粗腰圆、膂力过人，但是都没有用。在知识经济占主导地位的时代，光凭“看咱怕谁来着”的豪气已难以找到主顾。人的劳动力是结合着智力和体力的综合能力，随着科技的进步，使以体力因素占绝对优势的传统型劳动愈益变化，愈益显示出脑力化和智力化。大部分刑释解教人员恰恰都年龄偏大，技能甚低。于好勇斗狠，他也许仍是强者；凭本事吃饭，他注定是弱者。现在亟待采取措施，帮助刑释解教人员提高文化技能素质。但这需要一个过程，而吃饭却是一天也不能耽搁的。

如此“不耽搁”，如此急急如律令，看来是成全这一个，其实也保护这一方。美国人埃德加·博登海默在《法理学》中说得深刻：“社会体系的成功与否，主要取决于它如何引导那些游离在正常的追求金钱、异性的社会渠道之外的过剩精力。”什么时候什么地方，疏于“引导”之职，听任正常渠道之外的“过剩精力”叠加起来，还不就形成彼时彼地洪水泛滥？遗憾的是，一个时期以来，刑释解教人员重新犯罪又成为某些地方不安定的重要因素。观照一下近年侦破的湖南张君犯罪团伙持枪抢劫案、广西百色周寿南黑社会性质犯罪案，等等，从犯中人以“二进宫”乃至屡次“进宫”的居多。固然是咎由自取，却也不妨话分两头。我赞同《人民日报》记者报道这一社会现象时做出的分析：“欲遏制刑释解教人员重新犯罪的势头，必须在安置帮教上下功夫。切不可缺乏帮教热情，切不可说什么‘连国企职工都找不到工作，刑释解教人员就更管不了’之类。”

难道刑释解教人员的自新意愿就这么脆弱？是的，向往却又难以融入新生活是他们的两重性。经济文化上既已处于弱势地位，意识上又不免有因袭的重负，不管他怎样立下宏愿“做新人、迈新路”，开步之际充其量也是摇摇摆摆、蹒跚而行。社会各方给予特别的关照，包括机制、政策上一定的倾斜，收到的将是共赢效应。

原载《人民日报》2002 年 5 月 2 日

为官当知足

幼时从民间故事里读过一首“天高不算高，人心比天高，井水当酒卖，还嫌酒没糟”，岁月既久，也就淡忘了。友人聚谈，偶涉浙江厅局级干部周航、罗鉴宇、朱承岭的经济案，顿然重新忆及。

三人的年收入够瞧的，薪酬加上私房租金之类，最低的都达20万元——他们却“还嫌酒没糟”，只管四处伸手，受贿、索贿、放债样样来。人心比天高啊。

平心而论，党和政府视领导干部为宝贵财富，可谓爱护有加。想当年，“筚路蓝缕”真的不是形容词而已。一位新闻界前辈生前跟我谈起他们如何坐牢、冻饿，如何与特务较劲，即使办起了《抗战日报》、《救亡日报》也没工资可领，且不支稿费。于是竟发生妻儿因挨饿不过而自尽的惨剧。“千年不遇我逢辰”（胡乔木语），今天投身社会主义事业，终于不再有抛头颅洒鲜血之虞，倒是拥有医疗、住房诸多待遇，且日益制度化。“买官”、“跑官”冒头，亟待整治，却也从反面印证各级领导职务具有相当高的社会职业期望值。官员中能达到周、罗、朱般高收入（不计入其非法所得）的固然相当稀缺，但是比一比大多数呢，须知中国老百姓初入小康，人均GDP 1000美元而已，我们该知足了。

难道就不准领导干部“不知足”？现在不是鼓励人们致富，唯恐其不富吗？市场经济是竞争经济，不知足者常乐，没有愈益多的人来勉力打拼，就谈不上财富源泉的汩汩涌流。不过，各人打拼的走向不同，谨防社会角色混淆。作为商家，你孜孜牟利，富甲天下都可以；知足倒是不可以，小富即安的经营者只配淘汰就是了。领导干部同样谋取财富，且力谋江海无穷之利，然而其出发点却在民众，“计利当计天下利”；于个人收益，要知足，须缩手。

恩格斯在论述原始社会时所谓“一开始就存在着一定的共同利益，维护这种利益的工作虽然是在全社会的监督之下，却不能不由个别成员来担当”，说的正是基于社会分工而赋予官员的公仆角色。手握公共权力，自然只能用以谋取共同利益。用韩非在《五蠹》中的话来说，当年尧舜禹这般部落首领同大伙一样住茅屋、啃野菜，还要带头劳动，干得腿脚上累累伤痕，所以“禅让”不稀奇。“为官”的原初本义，恰在无私服务。

无私，并非取消个人利益，而是指拒用公共权力谋私利。到了现代社会，为了防止公共权力异化，特别注重监视官员财富收入的合法性，保证其不妨碍公务。唯此，官员不但难以暴富，且可能减损既有财富。报载大洋彼岸，鲍威尔、拉姆斯菲尔德衮衮诸公为了顺利走马上任，竟至于市道低迷之际，也只得按照规则忍痛“割肉”抛售几百、上千万美元股票，损失惨重可以想见。我们呢，也一样。有如政论家米博华所言：“党和人民把权力交给我们的时候，也同时给了一道禁牌：为官者不可经商。正如成为裁判员的时候就不再有成为同一场比赛的运动员资格。”

为官禁忌多多，所图何来？物质上有所失，精神上有所得，如此而已。让你有机会运用公共权力在阔大空间施展一己之聪明才智，推动一方可持续发展，促使百姓家给人足。于是你深孚众望，实现马斯洛所说的人生最高需求层次，还不叫快慰平生，还不叫幸福？只是，凡获得机会，必付出成本。当官的机会成本就是富贵无缘，中等收入，知足自持。不知餍足的人千万别来当官——既要留名，又要发财，吃着碗里，瞅着锅里，紧攥大印，想当大款。“父当高官子登科，家有千顷靠山河”，这又怎么当得好官？想来要么整日价陷于“欠多还少”的不平衡心态，要么最后大多以贪官墨吏收场吧。

年轻的友人中，近年时有提拔上去者，我往往在絮叨这番颇不时尚的话语后，再抄送一条古语。语出曾国藩家书《日课四条》：“人一日所着之衣、所进之食，与一日所行之事、所用之力相称，则旁人韪之，鬼神许之，以为彼自食其力也。若夫农夫织妇，终岁勤动，以成数石之粟，数尺之布；而富贵之家终岁逸乐，不营一业，而食必珍馐，衣必锦绣，酣豢高眠，一呼百诺，此天下最不平之事，鬼神所不许也，其能久乎？”——社会需要平衡，平衡才有稳定。如果说因劳动价值差别导致的收入差距，在今天尚可经由思想教育被民众理解，那么因贪污受贿而致富的现象却在任何时间、空间都决计不会被接受。一个政党要长期执政下去，又岂能容得此等“天下最不平之事”？

原载《上海支部生活》2003 年第 3 期

该为“放大效果”惊叹

大森林远在西南、东北边陲，生活在上海写字楼、大卖场中人，也可以救助得了？可以的，只要你有这颗心。

是亲临林区、掘土下种？还是解囊出资、认养林地，抑或是研究新方、灭虫护林？……如果思路仅止于此，那它们发生在城市居民中的概率相当小，实在是制约因素多，很遗憾的。

“救林志愿者”却是一个开放的概念。所以那一年，从《解放日报》上读到记者傅贤伟的通讯，好几个朋友相约，买衬衫就买无盒“环保”的。通讯报道的是，全国一年生产盒装衬衫 8 亿件，包装盒用纸为 24 万吨，需要消耗 168 万棵树。上海华联商厦为此推行衬衫无盒化，口号是“少用一个包装，多留一片森林”。

我赞赏这个口号。衬衫包装日见其豪华，有什么必要呢？通讯引述行家的话：“国外商场中衬衫一般都没有包装，一些进口品牌在上海市场露面也不见豪华包装。”其实我们从前买衬衫，何尝见过包装？免去豪华包装，既减掉成本，又降下价格，更是一种间接的救林行为，多好！间接的，决非不重要的。大家形成共识，简化包装，就会造成环保消费新潮流。消费决定生产，没有市场的生产行为是只好收束的。

维克多·威斯考普为人类生活概括出一种“放大效果”——当然可能是大悲，也可能是大喜。以刚过去的春节论，哪一座城市不是火树银花照天烧？就最节制地来估计，人均点放5枚鞭炮吧，一放大，乘以300万人看看，遂成1500万枚！按照专家折算，500枚鞭炮耗纸相当于一棵3米高的树，那么仅仅过一个节，即点燃、毁灭三万棵树，还不叫“悲凉之雾遍披华林”（借用迅翁语）。真盼有一天，共识整体迁移，人人不买不点，等于“炮下留林”，赛过植树造林，该欢天喜地了。

尤可叹者，我们的乘数远非300万而已。人口天字第一号，国情实逼处此，“放大效果”巍巍哉。再小的糟蹋，一乘上13亿总是不得了。从大森林走出来的古道尔女士，满世界奔走呼吁青少年爱护树木和动物，但在上海听到她的演讲我格外感到沉重。人家的环保相当完美，还大声疾呼提升个体意识，我们呢？比如我国的快餐店里习以为常、屡禁不止的一次性木筷，你在西欧北欧一路走都找不到影子，尽管那里处处林木葱茏。没去过韩国，只听说他们是用钢筷，从没“一次性”这回事。以前在日本倒是见过，可他们压根儿不开发本国产品，只用中国货。

环保事业，是一项特容易被众人忽视而又最仰赖众人投入的事业。不是说每个人要投入多少金钱，未必的。有一本书，就叫

《保护环境随手可做的100件小事》。别将空调开足，少用一回洗洁精，上下班多几次安步当车，把用过的课本留给下届同学，诸如此类还不都是省钱之举。有时候，配合了收旧利废，你还会得到报酬哩。奇怪的是行之者照例甚寡，废弃物回收率依然低：纸的回收率欧共体是26%，我国是15%；铝罐的世界平均回收率是50%，我国是1%……原来环保事业亟待每个人投入的是一种高度自制的意识、一种不怕烦累的精神、一种梁从诫所主张的“比较简单的生活状态”，没有革面洗心我们无以至之。

首当其冲的，是革除攀比心态。“就我改变，别人呢”，当媒体报道一批崇明岛的踏青者成为“观鸟者”时，我又听到这种声音。事实却是，自美国加州一个爱鸟协会首创“以望远镜代替猎枪”活动后，从落基山的丛林到佛罗里达海岸愈益多地出现热情的观鸟者。根据一项调查，美国狩猎者的减少每年以百万计，转而加入远距离观赏野生动物者行列。须知善行从不孤立。人既是环境的产物又反过来影响环境，每个人都成为他人的环境。你的业绩必定会影响其他人的行为，于是产生同向叠加，产生放大效果。

另一极，还要革除“有这许多人呢，咋少我一个”的侥幸心态。就像民间故事说的四个朋友会餐，讲定各携一瓶酒来，但各打各的算盘，都带一瓶白开水充当酒，结果大家干瞪眼。“白开水结局”，其实也是一种放大效果，不过是一种负面放大，可不惧哉。

原载《人民日报》2003年3月20日

因“海外兵团”而忆及两员女将之出走……

曾几何时，中国乒乓球运动员退役后为异国效力，竟成为轰动之举，以致有“海外兵团”的说法。这自然丝毫不含褒义。既为他国之兵，就可能向我作战；且集兵成“团”，怎么叫人受得了。后来，真的发生“海外兵团”成员与我运动员捉对厮杀的场面，站在对方的他或她还真的不依不饶使狠劲。这一来，“海外兵团”简直大有“汉奸部队”之嫌。

倒是近来姚明赴美国 NBA，每一出场，祖国万千球迷见进球则雀跃，输球则蹙额，简直好感喷涌。话说回来，大伙有心境“寻开心”，盖因那是他在打人家；倘若他脚跟一转，帮上 NBA 打我们，谁开心得起来？

所以，《南方周末》上介绍说，来自韩国的教练金昶佰精心带教中国女子曲棍球队，在釜山亚运会上战胜韩国队而一举夺冠，部分韩国人认为“冠军就应该是他的目标，他应该这样做”。我是闻之动容，自愧不如的。是不是愈到社会发达，公民的眼界便愈来得宏大？强者的气度，似乎从对待人才的大方上，亦可窥一斑。

打球，究属一国之小焉者。假如，事涉一国之大焉者——经济利益，又当何如？

我想到的，是中美关于中国入世谈判中两员女将后来的出走。当她们转而为对方作战时，用一个时髦的字眼——那真是对有识者度量的“拷问”。

前些时从《21世纪经济报道》中，读到记者的一篇《巴尔舍夫斯基帮中国打美国官司》。巴尔舍夫斯基何许人也？在中国入世的漫长谈判中，给我们设置过种种“难题”的，即这位“铁娘子”式的美国贸易代表！然而此番访问上海，她却摇身一变，作为著名律师，作为威尔默美国律师事务所国际业务的资深合伙人前来——须知去年3月，美国对中国出口的轴承提起反倾销诉讼，代理中国企业应诉的就是这家律师事务所。

你看，即使贵为一国之贸易谈判主将，掌握多少经济秘密，一旦退位，也不妨自谋出路的。想来美国当局会有法律条文规定她做出保密承诺吧。有此前提，她如何发挥余热，甚至如何对付美国的反倾销起诉，则非所计也。由此突显的是对人的权利的尊重——“移民人才美国多”，岂无由哉？

更有意思的，是中国的齐红儿。在中美就中国入世问题展开的谈判中，34岁的齐红儿是中方唯一的女将，是谈判服务贸易领域的牵头人。当她所参与的谈判只剩下瑞士一家时，她选择了离开。而且，方向竟是美国微软，担任“政府关系高级经理”——专门代表人家来跟我们的政府交涉？！然而，虽说不曾一帆风顺，但齐红儿受到的始终不是责难而只是保密要求。矛盾最终上交石广生部长，他的三句话是：“第一，表示理解；第二，希望她在中国正式加入世贸组织后再离开；第三，相信齐红儿的人格和道德品质，会把所有的秘密深深埋藏在心里。”从不久前《中国青年报》上看到当年石部长的表态，我是深为齐红儿有这样开明且开放的领导而庆幸。

如果说，优容人才，听任来去，在发达国家是诚可赞叹，那么在发展中国家就值得脱帽致敬。因为，我们好多关键岗位（如涉外谈判）的人员简直是稀缺资源啊。但是，人就是人，人有人的权利。我们身当其位的有识之士绝不因人才稀缺而“坚壁清野”，不因集体的利益而遏制个体依法谋求发展的愿望。市场配置社会资源既然作为市场经济的法则，那么人才资源向最能实现价值的地方流动，包括跨国流动，不也是情有可原？

齐红儿不是孤立的。据报载，四大国有商业银行流失4.13万人，许多到了外资银行和金融机构；外资驻华机构的名录里，相当比例的首席代表是前政府官员……从论者到公众固然要求他们遵守我国有关法规，却从未贬之为“海外兵团”。我以为，这是很有气度的。

我独不解何以一轮到我们退役的运动员，公众的气度就不见了。他们未曾握有一点公共资源哩，亦从不牵涉国计民生，只有点手腿功夫，已属明日黄花。在国际比赛场合，倘若他发挥得好，打败了我们的健儿，也是“在秦为秦，在楚为楚”，为生计所迫啊。我们何必汹汹然咒什么“海外兵团”，揪住人家不放。

原载《文汇报》2003 年 4 月 2 日

健身热须防“中间冷”

欲一睹时下健身热潮之壮观，你可得赶早。天才蒙蒙亮，都市里的街灯尚未熄灭，各座公园和绿化地已人气渐聚。天放亮了，你看吧，每一块大草地，每一片大树荫，全布满了人，有的还伴着悠扬的乐曲，几十人一圈翩翩起舞，十来人成排缓缓操拳……

见得多了，却也有一点不满足：怎么中年人投入锻炼的这般少？随着搬家，我辗转到过几处健身点，印象是与其用“黑压压一片”，毋宁用“白花花一片”来形容更贴切。有一回采访“南京东路长跑队”，惊讶于每年跑全程马拉松的好汉半数是退休老人。好像这不纯然是个人主观感觉。据近年上海市有关部门的调查，市区居民缺乏体育锻炼的以中年群体为突出，其不良静坐时间最长。相形之下，青少年由于好动的天性，加以学校安排体育课，锻炼时间比较充足；老年人则参加体育锻炼的超过 50%，不良静坐时间也最短，成为全民健身的先锋群体。

一老一少“两头热”，诚然好。“中间冷”，却不妙——作为建设事业中坚力量的中年人，岂可忽略强身健体。工作需要能力，“能力”二字不妨拆解：能，就是学识、才能；力，可谓体力、体质。“能”与“力”相辅相成，缺一不可。有“力”无“能”者，五大三粗，淘汰难免。有“能”而无“力”者，也好比一台机器虽装备了高效的电脑指挥系统，可载体本身——机器却三天两头出故障，“高效”又云乎哉？

按照“用进废退”的原理，人体器官只有充分运用才会生机盎然。拒绝运动，体质无从健壮。尤其在生产活动中的智力因素愈益取代体力因素的今天，人们劳动强度降低了，饮食营养改善了，当此时也，“富贵病”大有蔓延趋势，亟待体育锻炼蔚成时尚。应当把世界卫生组织（WHO）公布的数据视为警钟：静坐生活方式使心血管疾病、糖尿病、肥胖的发生危险增加一倍。体力活动不足位居全世界引起死亡和残疾的前 10 项原因之一，每年有超过 200 万例死亡与此有关。当然，更多的场合是尚未发生器质性病变和死亡，却已处于经常感受到种种不适的亚健康状态。要摆脱介于健康人和病人之间的亚健康状态，取决于一己的主观能动。每个人健身锻炼的科学性及强度，与他对现代都市病症的感染度呈负相关。可以说，没有一种减肥药，及得上体育锻炼消解富营养化的功效。

特别迫切的，是防止知识阶层的“中间冷”。中年知识分子已是亚健康的高发群体。北京中关村医院调查的结果显示：中关村地区慢性非传染性疾病的发病率远远高于全国平均水平，高血压、冠心病等的发病率均为常人的两三倍。这也难怪，好静不好动是中国读书人传统，用颜元的话叫作：“终日兀坐书房中，萎惰人精神，使筋骨皆疲软，以至天下无不弱之书生，无不病之书生。”成年累月伏案操劳，不善于自我锻炼，就怨不得五脏六腑老是闹病。韩愈《祭十二郎文》的名句是“吾年未四十，而视茫茫，而发苍苍，而齿牙动摇”。辛弃疾低吟“今老矣，搔白首，过扬州”之际，只有39岁。前人发愤向学的精神我们需要继承，但无论如何要摈弃“终日兀坐书房”的传统，快快动起来、练起来。

开眼看看欧美的中年学人，我们当作何感想——以《组织行为学精要》而知名的史蒂芬·P·罗宾斯博士，1993年以来竟然创造了多次室内外50米短跑世界纪录！凭着一本《经济学原理》走红我国学界的哈佛大学教授格里高利·曼昆，有一年暑假会在长岛海滩当帆船运动教练。还有，1986年10月15日公布当年诺贝尔物理学奖，得主宾尼与罗尔出席记者招待会，刚开一会儿就宣称必须马上结束，因为他们实验室已与人家约定一场足球赛，而他们两个都是队员。

从跑步到踢球，健身场合俯拾皆是。那一年在日本东京，看到男女老少（包括好多中年人）迎着冬日的阳光一圈一圈地沿街长跑，我感慨。看到日本公布的《关于体力和体育活动舆论调查》公报，有24.3%的公民以“行走”作为自觉锻炼，我更感慨。原来在发达国家，也是因地制宜锻炼，未必非有高档设施不可。无所作为的观点该收起了。体育锻炼最需要一个人树立恒心，显示意志，付出汗水。

原载《人民日报》2003年4月21日

“无用”的少年宫

很多地方的少年宫纷纷变身，变得孩子们不愿去了。“没啥好玩的，爸妈带我来就上电脑考级班，还要竞争前三……”这是亲戚家一个男孩子向我发的牢骚。

当我们还戴红领巾的时候，“到少年宫去玩”多么具有吸引力！各区的少年宫和“少年之家”固然是乐园，至于市里的中福会少年宫——谁在班上抽签摸到一张入门券，准引来一片羡慕目光。那时的少年宫，简直该叫伊甸园。小伙伴在棋类、球类、书籍类、航模类各活动室中穿梭来去，流连忘返，更甭提紧张惊险得让人像特警训练般出一身热汗兼冷汗的“勇敢者道路”了。即使已经过去四十多年，那笑声、叫声、跌跤、蹦跳……种种情状犹若眼前。真无法想象，缺了一个“玩”字，还算什么少年宫。

“那样的话，少年宫就没用了。”想来如今好些家长朋友们，当是摇头的。

有用者，实用也。休息日，暑假里，既可拦挡孩子于“黑网吧”之外，更能“温故而知新”提升学业，促成尔后应考升学，如此少年宫，才算得上“有用”。于是《人民日报》载，在合肥市少年宫，针对应试教育开办的数学、英语、语文课业辅导班红红火火之际，像拔河、自行车慢行、科技模型制作、舞蹈大赛等就纷纷歇火了。盖因如此这般文体活动虽于孩子“有趣”，却于家长“没用”也。

于是《羊城晚报》载，少年宫招生场面真叫“火爆”。“即使日前广州市第二少年宫落成，增添的5000个学位亦不能稍稍降火。家长们依然通宵达旦地排队，就像小时候米店来了不用粮本购买的米一样，非得全家出动抢购不可。”那位记者的感慨，让人心酸不已：“以前，进少年宫是孩子的梦想；现在，孩子进少年宫是家长的梦想。”

家长的梦想，顺理成章就成了少年宫主办者的方向。盖因能够出钱的，照例是家长而非毛孩子也。须知如今少年宫已经清高不起来，办班创收堂而皇之，你看报道这么说：“少年宫每年的运行费用中只有5%是国家拨予的。”实逼如此，欲其不为五斗米折腰，难矣哉。孩子那一头嘛，“纵被无情弃，不能羞”。

所以，少年宫罔顾少年人意愿，诚然可恼，却又可怜。是不是该将板子打到上级主管部门呢？是的。不过事情一牵涉到“经费盘子”呵，“增加预算”呵，必大费周章，一时半会儿不会有结果，这里暂且打住。何况如果不转变这“有用”观，则你扔再多的钱，家长不给孩子来，还是白搭而已。

必须破除的，就是这个“有用”观。“有用”观不倒，少年宫无望。其实，我以为，从科学育人出发，少年宫就该多些“无用”的空间才好。不是说课余学习该封杀。送孩子进入每一个培训班，都意味着跨越一道知识门槛，从而也许在日后竞争生涯中多一分本领。只是竞争也讲究适度。即使竞争再激烈的社会环境，也必须有生活调剂，这是对立统一。豪泽尔说得对：“娱乐、放松、无目的玩耍是生活不可缺少的一部分，从心理学和生理学上说，是保持旺盛的精力，刺激和强化活动能力所必需的。”看过各种人物传记就明白，并不是凡科学家、艺术家都从小像我们古贤那般“三年不窥园”的，相反许多杰出人士在他们的回忆录中坦率地记述自己幼时如何贪玩，并且认为这对自己的健康成长有裨益。

要真正培养后代成为栋梁之才，而非考试机器，就要跳出形而上学的“有用”观。假期里的校外活动不应当理解为校内教育的延伸，“第二课堂”之类信条该抛弃。少年宫里的活动，它应当是校内教育的反拨或曰调剂。它和校内教育宜拉开距离，拉得愈远愈好。须知，校外教育以独特的教育功能及组织形式，在素质教育中起着不可替代的重要作用。校外教育应当兼有实践性和趣味性。否则，校外、校内一样无趣而枯燥，那等于取消了校外教育机构存在的理由。

时代是发展的。我也知道，以昔律今，按昨天的葫芦来画瓢，那也真叫“行不得也么哥”。看看少年宫活动室里那些锃亮的电脑、打字机，张贴着的科技的、外语的图解，你自会感受到今日之社会变化。然而，我多么希望，今天的少年宫依然充满欢声笑语。至少，不要让孩子拒绝少年宫。

原载《人民日报》2005年8月19日

温柔陷阱谁家挖

有一种“新形势”，叫人哭笑不得。

从前出游大洋彼岸，你会有太多的陌生感，因为在饭店旅途是找不到一丁点儿汉语环境的。如今有了改观，却又说来可羞，先是报道什么地方颇有几块中文标示“勿随地吐痰”、“别大声喧哗”的，近日更有在各地大赌场内纷纷开辟“华人博彩厅”的报道——从东部的新泽西州、康涅狄格州，再到西部的拉斯维加斯，陆续冒头，争相迎客，好不热闹。以致“刚到洛杉矶的人，总会在中文电视台里时不时地看到赌场的广告，还加上‘华语专场’的隆重推介”。

欧美老板重实惠，骨子里何等鄙夷，却无碍他双眼盯牢如今若干华人口袋里大把的银子。怪罪人家的“势利”“虚情假意”，我看都不必。事情怪就怪在，怎么有些中国人一阔就赌，而非一阔就学，阔而思进，费心思去扩大投资、打造品牌呢。话说回来，也就凭这副德性，又怎么配让人家瞧得起？

瞧不起，倒不打紧。危险在于，始于一阔就赌，继于一赌就输，终于一输不起。何物“聚宝宫”、“龙宫”和“翡翠宫”之类，何苦花本钱令服务员“急补”汉家习俗及普通话、粤语等，全是旨在构筑一个个温柔陷阱而已。据外报报道：“一位来自大连的‘钢铁女王’，在2003年的短短10个月期间就在拉斯韦加斯输掉两千万美元，而她的记录则在2004年春节时由另外几位华人在一夜之间就轻易地突破了。”玩的就是心跳，输得却是惨烈，笑不出来，也许哭得出来，很多民营老板就此倾家荡产。用前贤的诗句，真该叫“温柔乡是英雄冢”呵。

不是对手强大，无从竞争，亦非思维落后，决策失着——须知很多民营企业家在国内外市场竞争中能征善战，“马作的卢飞快，弓如霹雳弦惊”哩，一路搴旗夺寨，煞是了得。仅仅因为非经济的心理原因——贪婪而罔顾大体，好胜而不识自律，遂有赌台上“翻船”。这是一群带着“初级阶段”特色的“草莽”型企业家，缺乏教养根基，未经文化熏陶。于是乎，洋老板一经设置“温柔陷阱”，就使他们于掏空钱财之际又自毁身家形象。

“老外”者，外因也。还是少谴责人家吧，内因才是变化的依据。是的，外国是多陷阱，可毕竟也有那许多华人过其门而不入，难道不是吗？一个具有根本意义的论据就是，在国内，陷阱也者，是不被允准生存的——除去个别特例，各地都是厉行禁赌，但你看哟，暴发户嗜赌之风照样劲吹不误。从媒体上看到一则赌博奇闻——一支包括宝马、奔驰在内的豪华车队，载着几十名来自余姚、慈溪一带的民营企业家，于浙东一带东溜西窜。盖为躲避公安上门抓赌，只能打一枪换一个地方，“过把瘾”也。

本地无陷阱，但人家偏生要自掘陷阱。这就叫本性使然，情发于中，不能自已。甚至眼下，在中国政府严厉禁止边境赌博之后，公海赌博开始成为中国某些人的新宠。报载：“由于不受法律限制，不在警方监管范围内，这种被认为相对安全的模式更加受到大陆游客的欢迎。”当此之际，与其去怨恨提供客船的庄家，某些赌客不如反省自身：何以一见赌船，就心动，手痒，就恨不得插翅飞上去呢？

自家掘阱自家填，这是规律。他自家不急，不愿意填平它，或许还一心想着“深挖洞”，则无限同情如我辈，又能帮得上什么呢？

原载《人民日报》2006 年 2 月 21 日

不该忽略的准确

——夜读偶记

在版面上操劳一天，晚间翻检藏书，随意古今，驰骋东西，诚乐事也。

其间，还时有发现，或者让人豁然开朗，或者竟至脸红耳赤。

近来读几本传记，给我的教训是：即使对有些人物算得上了解了，其实这以往的了解中可能包含种种不准确。

获诺奖的杨振宁是中国人

“中国科学家要有获取诺贝尔科学奖的信心”，我们的版面常见此类宏愿。甚至权威的《人民日报》也未能免俗——“100 年来，诺贝尔奖已授予全世界 473 位科学家，而中国籍的科学家尚无一人入选”，就是我从两年前该报随笔中摘下的一句。

读过《杨振宁传》，方知此说之谬。因为杨振宁和李政道获奖之际都尚未加入美国籍——“令中国人感到自豪的是：1957年，杨振宁和李政道荣获诺贝尔奖时，他们持用的还是当年留学出国时的中国护照。”（《杨振宁传》，徐胜蓝、孟东明编著，复旦大学出版社1997年版）

唯其如此，1995年，杨振宁在回答记者关于“你一生最重要的贡献是什么”的提问时，欣慰地说：“我一生最重要的贡献是帮助改变了中国人自己觉得不如人的心理作用。”

唯其如此，在他们本人那一面，从来是规避此类“误区”的。我注意到杨振宁近年几次谈话，都是说“中国本土科学家将于20年内获得诺贝尔奖”。因为，如果不局限于“本土”，则中国人早就“阔过”了。

当然，他们今天都是“美籍华裔”。但历史就是历史，不可以今律昔。须知杨振宁加入美国籍，是嗣后7年才发生的事。这曾经是一个艰难得痛苦的决定。杨振宁于1983年回忆：“1964年春，我入了美国籍。从1945至1964年，我在美国已经生活了19年，包括了我成年的大部分时光。然而，决定申请入美国籍并不容易。我猜想，从大多数国家来的许多移民也都有同类问题。但是对一个在中国传统文化里成长的人，作这样的决定尤其不容易。”（杨振宁：《读书教学四十年》）

“过河卒子”具有的原初意义

胡适在最后的那场演说中，挺有自豪感地说过：我对物理学一窍不通，却有两个学生饶毓泰和吴健雄成为物理学家；吴大猷是饶毓泰的学生；杨振宁和李政道又是吴大猷的学生。

对于杨振宁的这位“太老师”，我们曾经批得他体无完肤。比如，从记事以来，我看到的报章就都判定那首“偶有几茎白发，心情微近中年，做了过河卒子，只能拼命向前”，是他卖身投靠、拼命反共的丑恶自白。

自白，诚然是的。然而，定性却忌轻易。事实是作为自由主义知识分子，胡适历来崇尚无党无派，曾公开许诺拒涉仕途、不任官职。只是在 1938 年 9 月，中华民族生死存亡关头，他才在各方力劝下出任驻美大使。

此前，由于美国政府持一种不愿卷入战争的“超然”态度，因而中国政府的借款要求屡屡遭到美方拒绝。胡适到任后，即和此前已衔命赴美的沪上银行家陈光甫一起四出奔走，不遗余力。正如白吉庵在《胡适传》中所说：“胡、陈接手后，从各方面努力绕过美国中立法规，以商业借款形式，采取以物易物的办法于是与美方达成一项 2500 万美元的桐油贷款。10 月 25 日武汉失守，当晚美国宣布了这项协议，这对敌人来说无疑是个打击，而对中国的抗日战争是个支持和鼓舞。31 日胡适为此事感到兴奋，送给陈光甫一张照片，并题诗一首作为纪念。”（《胡适传》，人民出版社 1993 年出版）此乃“过河卒子”的来历。其原初意义很显然，即为了国家民族利益而不顾惜一己利益，破釜沉舟，鞠躬尽瘁，以此互勉。

问题出在后来，胡适于 1946 年南京政府召开国民代表大会时，又把它题赠给香港来的陈孝威。陈回港后予以发表，于是流传开来，“过河卒子”的说法受到不少人的讥评。胡适为此在编《尝试后集》时加了短跋：“光甫同我当时都在华盛顿为国家做点战时工作——那是国家最危急的时期，故有‘过河卒子’的话。八年后，在三十五年（一九四六）的国民大会期中，我为人写了一些单条立幅，其中偶然写了这四行小诗。”（《中国现代作家选集·胡适》，易竹贤编，人民文学出版社 1993 年版）一是解释当年作诗的初衷，二是表明 8 年后给陈的题赠只是会议期间应酬的若干条幅之一，有偶然性。

如何理解此时此刻的“过河卒子”呢？诗无达诂，只好推想——说此中仍有坚持历来追求的民主科学理想的意味，我想可以。同时，当中华民族面临两种命运前途选择的关键期，说此中另有政治上追随国民党政府冲锋陷阵的意味，我想联系胡适的思想表现，也可以。

唯独因 8 年后加上的种种意义，而淡忘这首诗原初悲壮的抗战大义，不可以。

梁启超当不上“自制”楷模

胡适有个大名鼎鼎的忘年交梁启超，双方既有论战，却也相惜。

这位清末戊戌变法的倡导者，不料竟于 20 世纪 80 年代初期被报界再次发现，只是不再作为政治角色，而是充当引导“青年修养”的道德楷模。说的是变法失败后梁启超于1899年赴美，在檀香山结识了年轻华侨何慧珍小姐。何向梁表达了爱慕之情，朋友们也竭力撮合，梁氏终于心旌摇动。然而，最后，梁启超考虑到自己曾经反对男人纳妾，还发起成立“一夫一妻世界会”，遂“发乎情，止乎礼”，毅然斩断情丝。

记得当年的《大众心理学》约稿，我也从俗，在“谈自制”的主题下引用此典。直至2002年，还在河北日报旗下的一个刊物上读到同一故事的更完整版本。一个故事，被作者、编者反复搬用，青睐历经20年未衰，可见其道德楷模效应之绵长。

现在看来，且不说关于梁何爱恋纠葛中，“梁拒何”此一主线尚需论证，因为冯自由在《革命逸史》中说的是：“启超赏其才，大为倾倒，颇露乞婚之意。何女知使君有妇，遂以文明国律不许重婚一语却之。”更其值得关注的是，读过《梁启超传》（李喜所、元青著，人民出版社1993年版）和相关史传即可明了，梁启超接下来很快就另有所属。跟随夫人李蕙仙进门的奴婢王来喜，素受主人夫妇信任。自1904年始，梁启超与她育有多个儿女，家中财务也基本委以执掌。也许是考虑到有悖自己以往“一夫一妻”的倡导，梁启超很久都未公开宣布纳妾。直至1924年，梁启超才在《与蹇季常书》中将此事公之于众。但公布与否，都不改变他早已纳妾的事实。

这当然属于时代的局限，不可以苛责他的。但是，当着我们要在版面上张扬人生的自制，或者爱情的坚贞时，找梁启超当楷模，是明明白白找错了的。

一些明明不准确的说法，为何常常难以在我们版面上革除？“反正大家都这么说的，管它呢。”——我们有时就这样懒于考究而自我安慰，于是它们就得以“常驻久安”了，真是该汗颜的。因为这样的结果，是损害了媒体的公信力。

泛读，是疗治“寡识”的良方。老一辈新闻工作者邓拓主持《前线》时，要求全体编辑都成为杂家。每个人诚然都有分工的范围，编辑应当有“专精”，不过同时又应有“博识”。“每日价杂拾旁搜”，这是旧式学究批评宝二爷的话，其实不妨借用到我们的业余生活中来的呢。广博的阅读，会催促我们发现，还可以帮助我们纠谬的。

原载《新闻记者》2006 年第 4 期

遥念天涯沦落客

国人出境游，年年逐浪高。一位导游在《解放日报》撰文："富裕起来的中国人正感受到外国人的敬意。几年前我前往埃及探察线路，当地人辨不清黄种人面孔，见到我总先问你是日本人吗？面对否定，会接着问是韩国人还是新加坡人？如今不少埃及人会主动问'Chinese?'挥手用汉语说'你好'。"同样简单交接，今昔判然有别，问话显示国力哩。

出国走过的都有一样的感受——如今真是"天涯处处中国人"。每到一景点，看吧，准有我们黑头发黑眼珠黄皮肤的同胞，衣着鲜亮，精神饱满，比哪一国的都多。塞纳河上的观光艇，据友人说，那上面都已开设汉语播音的游览介绍了，因为有时竟是半船的中国客。也是在巴黎，圣母院里面黑黝黝的，辨不清人脸，但凭着乡音，这是来自广东，那是出自北京、江浙……我拿准有几批祖国同胞此刻正一同参观。

可是，自豪之余，却也有心酸的场合。

4 年前，我所在的中国新闻代表团从法国赴比利时、荷兰，驾车的是一位年近花甲的老司机。他热情而又寡言，谦恭不失矜持，一切无可挑剔。相处几天，方知此老曾经是南斯拉夫国家足球队员，与米卢比邻而居，退役后回斯洛文尼亚老家当过干部。后来风云突变，职位丢了，遂“五十岁学吹打”开起长途车，十天半月才回得一趟家。我们对白发苍苍仍为生计四处奔忙的老同志始而无限同情，终而以一份全体签名的《人民日报》纪念封赠别——此时此地还能说什么呢？

列宁当年曾经说过，凭着《国际歌》的熟悉的曲调，可以在世界上到处找到我们的同志和朋友（大意）。曾几何时，物换星移，歌是而人非，今天当中国人终于宽裕起来，有可能满世界跑的时候，碰到的异邦同志竟是如此潦倒。

对比鲜明，反差强烈，与其说隔岸观火而幸灾乐祸，毋宁说物伤其类而感同身受。“君为天涯沦落人，相逢何必曾相识。”这些异国同志的处境真的让人皱眉、揪心。

类似的镜头是在在俱见的。易平先生在随笔《尘埃落定后的叹息》中言及——一位友人赴布拉格出席一项国际艺术活动，全程由旅行社雇佣的一位汽车司机驾车。司机是原先的捷共布拉格市委第一书记。东欧剧变时，一夜间政权瓦解，灰飞烟灭。党的领导机关所有工作人员也从这一刻起全部加入了失业者的行列。为维持生计，这位前市委第一书记摆过地摊，后来则靠开车接待旅游团组谋生。也许，正是这多年的底层生活经历，使他能更冷静地反思剧变前后的一切。“那时，我们的党已经官僚化了，老百姓不拥护。如今，这么多年过去了，谈起当年的捷共，群众还是很有意见啊。”说着说着，前书记发出长长一声叹息。

能不忆往昔，能不叹今天？实事求是地说，共产党确实聚集着众多社会精英。杨匡满先生在纪实作品《西西伯利亚笔记》中记述原苏共干部尤拉如今在中国商人老马麾下当打字员，他是何等敬业——“尤拉目不斜视地打着文件，两个小时，连头都不抬，连口水都不喝。我真觉得他不光是劳动模范，简直是台机器了。只是当我给他送上一杯茶时，他才看你一秒钟——也就一秒钟，轻轻说一声：谢谢。”他是多么诚信——“尤拉工作起来不迟到不早退。你让他乘出租车赶来，他肯定不干，他有公交月票，他要为你节约。如果你要远行，把公司托付给他，那你就放心云游世界去吧。”就是这位尤拉·米哈依洛维奇，四十岁时就任苏联阿尔泰边疆区党委的组织部长（苏联的区、州、相当于中国的省）。可正当前途看好之际，苏联解体了，尤拉早早地办了退休手续，退休金3000卢布，合人民币800元。

叹息深处是反思。整体纲领是宏伟的，个体素质也是优秀的，怎么许多长期执政的老党、大党到头来还会“忽喇喇似大厦倾”呢？《桃花扇》临末有句怨悔交加的唱词：“残山梦最真，旧境丢难掉，不信这舆图换稿。”道是不信却成真，事实是江山变色、舆图换稿已一再发生。比起个人事业的挫跌，某些兄弟党整体路径的迷失，也许就更需要我们长叹息继以深思量。

一个观照过上世纪苏东暴风骤雨的共产党人，我以为才有幸成为真正成熟的共产党人，更甭说那些亲历者了。据云东德党最后一任总书记埃贡·克伦茨也已下海做过小生意，无从证实。只是他的那部回忆录《89年的秋天》（中央党校出版社出版）是可靠的，其中有他囚禁在看守所时说的“苏联消亡的经验教训表明，一个没有巩固的物质基础的理想社会必定导致走向危险的境地，并出现混乱的局面”说到点子上了。从来没有一个政党靠美好的理想和名称就成功的。这应了邓小平在建国前的那句告诫，不给人民以实际利益，人民并不是注定要跟我们走。贫穷不是社会主义，不聚精会神发展生产力，长期物资艰窘、市场匮乏只会驱赶走我们的基本群众。反其道而行之，我们今天就务必以经济建设为中心，致力于市场化的改革发展，照顾好各阶层民众利益，基本路线一百年不动摇。

教训不止于经济一端。丰衣足食，有时还不意味着一切。资中筠先生做过一个深刻的表述：在全世界的工人和理想主义的知识分子中，“苏联革命初期物质上的极端困苦并没有影响其吸引力，但是自斯大林执政以后接踵而来的种种清洗和镇压不断使一批一批的向往者幻灭，而且使各国忠于苏联的共产党人经常处于尴尬境地，在本国人民中孤立。”热衷于“阶级斗争”，搞得那么紧张乃至血腥，当然不可能通向“巩固社会主义制度”，而只能是败坏社会主义形象，使世界上众多本来对资本主义社会极为不满的人转向，而与改良的资本主义妥协。遗憾的是，即使尔后苏共停止了“清洗”，漠视民主、罔顾法治、“一言堂”、“家天下”等弊病仍普遍见之于苏东各国的政治生活。事实是，光有造福民众的理念，却缺少实现民权的体制安排，结果理念便会异化，苏东风云不啻以最富戏剧性的一幕做出了辛辣讽刺。反其道而行之，我们今天就务须十分关注人民的权利，坚定推行“依法治国”，讲求“政治文明”，肃清腐败现象，大力构建和谐社会，以恢复社会主义可亲可近的固有面目。

遥念天涯沦落客。我在为改革开放再造我党我国中兴而庆幸的同时，感到的是一种历史的深沉。“后人哀之而不鉴之，亦使后人而复哀后人也。”（见《阿房宫赋》）“哀之”为易，“鉴之”实难。最需要的，仍是“鉴之”，亦即吸取他人执政教训，研究政党执政规律，提高自身执政能力。唯此，我们方能永远避免“使后人而复哀后人”的命运。

原载《学习时报》2006年4月11日

像赵鑫珊那样写文章

我有时想，要写出赵鑫珊[1]那一手文章，太难，因为它糅合着丰富的中西学养，加上出神入化的文笔。这“诗化的哲学”，我辈非穷年累月、苦苦为功且休提一个“像”字。

我却又想，我们做得到的，就是像赵鑫珊一样：文章里提出的主张，自己要践行；自己准备实行的，才去写。这样的风格，我们该像。

早就看到老赵为生态、为环境请命的文章了。还在20年前，他就屡屡揄扬《寂静的春天》、卡逊夫人，等等。虽说值得我钦服，但是也该如实地说，彼时同等的先觉者并非他一个。只是，拥有此等“犯傻”型实践的，大概只会有这一个——弄堂里的合

[1] 赵鑫珊，1938年出生于江西南昌。思想家、作家，上海社科院哲学所研究员。

用水龙头正“哗哗”地响，龙头下洗衣盆里清水已满溢。旁边的老妈妈视若不见。老赵路过，忙上前关水龙头。“不用水，就关掉。”“咦，水是侬格？”老妈妈嗔怪地横了他一眼。

他显然已经习惯了这样的嗔怪。甚至还有一回在肉摊旁，他因提醒卖肉师傅关掉大白天白白开着的电灯，被那师傅认定是“老酒喝糊涂了”——殊不知赵鑫珊压根儿不喝酒。

先后与他退休前在上海社科院哲学所、欧洲所共过事的人都知道，“老赵最爱关灯关风扇。只要能看清字的地方，他就关灯；只要还能过得去，他就关风扇”。

为了助动车的油燃烧不充分，废气排放浓度为一般汽车的5倍，他写过一篇《我恨助动车》。于是，他历来跟很多上海人热衷的助动车划清界限。尽管从家到单位挺远，他坚持以自行车代步，宁可累。

除去传闻，我有幸零距离体验过他的“较真”。那是上世纪90年代中叶，他到报社来谈稿子，谈完我陪他上食堂吃饭。也许是我点得略多了些，看着他似吃不下的样子，就劝他“算了，没关系”。他摇头，笑答：“要爱护资源，我们不是教育过人家吗？”顿时，感觉他和他的锦绣文章都在我面前高高地耸立起来。

“纸上得来总觉浅”。一篇篇可以由纸见人，亦即可以由作者举手投足印证的文章，给读者的感觉才是厚实的，甚至竟是立体的。

这是一种无须公证手续的自我承诺。作为一名活跃的媒体作者、专栏作家，他写下的呼吁挽救生态的文字洋洋洒洒，甚至他们夫妇还自费出版了专论环保的《地球在哭泣》。凡此种种，全不是率性写来、有口无心，他真的视作承诺去做了！写作，正反映他内生的冲动，又成为他外在的承诺。他是认真得近于虔诚，严格得近乎苛刻。

中国老百姓“敬惜字纸”，在传统上就敬重识文断墨，实际上亦即敬重文化人的话语权。然而，有权利必有义务。你可以讲得滔滔不绝，但你又须做得步步到位——此乃话语权的两重性。一个中国文化人的良心，要求他在有幸为老百姓执掌话语权之际务须兼顾这两重性，视道德自律为圭臬，以“言必信，行必果”为风格。否则，清夜扪心，当何以堪？

风格化为戒律，令自己内省；又塑成形象，引众人关注。而且愈是名震报界、蜚声荧屏，则受关注度或曰受监督度也就愈强。工匠村妇讲话不算数，鄙夷者亦有之，三五邻人而已。你某某报某某首席撰稿、某某电视台某某金话筒主持，俨然论坛大家、媒体骄子，公众仰视之下，却言行相脱离，“口惠而实不至”，那就千万人啧有烦言，汹汹然了。结局竟是他说得再正确再深刻也没人信服——言谈止于报章，形象失却公信，话语权虽有若无。无须夺权，却已丢权。

有一种现象：媒体上同样的话语，甚至依据同一个口径写的通讯、评论，何以在甲则应者云集、不胫而走；在乙则应者寥寥、信疑参半？盖在于底气不同，可信度大异。心理学家哈夫兰特做过一个有趣的实验，由两个人分别向两个测试组讲授同样的新观点，却谎称第一组的讲授者是专业行家，第二组是普通人讲授。结果前一组信从的比例为后一组的3倍。我想，如果第一组测试群亲眼目睹本组专家曾经在课外严格践行自己的主张，也许那信从比例还不止3倍！

公信力是媒体竞争力的主要砝码。说什么都没人信从、“当他假的”，以致受众不想打开你的报纸，不愿调看你的频道，媒体是否也就近于岌岌乎殆哉。媒体跟大学相通——“非有大楼之谓也，乃有大师之谓也”，媒体的灵魂建构于作者（包括内外作者）。所以作者的公信力，就是媒体公信力的基石。

当然，作者仅仅是作者，不能要求作者都成为圣徒。鞭策他追求文章最佳是合理的，规定他达到道德最佳则成奢求。然而，一个媒体人须达到职业要求的，以及社会约定俗成的道德规范，却是自律的底线。底线切忌突破。

曾记否，山西省繁峙县义兴寨于5年前发生金矿爆炸事故，前去采访的11名记者，竟因收受当地送的金元宝，而掩盖矿难真实原因？还有，两年前，《鄂东晚报》一些采编人员以曝光当事方丑闻的方式强拉广告。随着事情的败露，这些媒体人无论业务水准高低，一概信誉扫地。“阳为道学，阴为富贵”，谁还敢信他？

强调言行如一的风格，胡适打过一个极好的比喻：“文人之笔如武人之枪，不可妄动也。”他是在致陶希圣的信中展开这个道理的："我们教育人信仰一个思想，必须自己确信仰它，然后说来有力，说来动听。但为教育手段计，说违心之言，求人信仰他自己不信仰的东西，我不相信这个办法是可以收效的。"

隔着大洋，我近来关注的是美国地球政策研究所所长莱斯特·布朗。他当然比老赵资格还老，"犯傻"却一样。作为上个世纪80年代就最早提出"可持续发展"观点的人，他也是时时处处近乎苛刻地践行着自己的环境保护理念：30多年来，这个富有的美国老人只用手帕，从不用纸巾；30年来不开汽车，每个月的电费不到两位数。在华盛顿，他住的是一个单身公寓，不是买不起大房子，而是觉得没有必要。

他就是这般傻！《华盛顿邮报》称誉布朗为"世界上最有影响的一位思想家"。对的，只是该补充一句——不仅深邃的理论说服力，而且连同直观的行动感染力，一起构成了此类实践型作者特别巨大的影响力。

原载《新闻记者》2007年第5期

更是人家的“骄傲”

成功将体细胞改造成干细胞的重大消息传来，谁不高兴。尤其这一回，在美国詹姆斯·汤姆森实验室领军的，竟是一名中国科学家俞君英。媒体上于是热闹：“这是我们中国人的骄傲！”

是的，已有行家说，这成果的发展前景将跻身诺奖层次哩。诚然，科学上的每一步进展，都是全人类共同的骄傲。但既然还没有世界大同，则也难挡人们要将成功来一番对号落座。

虽说在近年美国的重大科技进展中，已经让华人“骄傲”过几次了。比如“勇气”号、“机遇”号探测器相继登陆火星之际，北京媒体就报道，有300多华裔科学家在美国太空署工作，颇有几位在火星计划中担当要职。上海媒体更其具体，指明给“勇气”号定位测图的李荣兴，就是“从阿拉上海的阁楼里走出来的”。不过，美国人那几枚军功章，再怎么细分，毕竟只有我们的一小份。

从“勇气”“机遇”到知识权、物权，均属老美，该人家风光的。

这一回却是不同，不再跑龙套，终于当主帅。炎黄子孙，聪明勤奋，长久以来在美国一流科研基地中在在可见。欣喜的是，现如今，其中翘楚如俞君英之辈已经脱颖而出。宣传他们的成就，既是还事实以本来面目，又足以令国人骄傲，扬眉吐气。

只是骄傲须有前提，那就是：清醒。我想，只消一问，国人的骄傲即可远离盲目了——

为何俞君英的成果又是出在美国？

俞君英本科毕业于国内，1997年进入美国宾夕法尼亚大学，研究生毕业后于2003年来到威斯康星大学汤姆森实验室工作，同时着手此一新项目。看，不仅项目方向，连同研究机制、学术氛围、工作团队，都是人家的。要论骄傲，仍该他们多，我们少。

岂仅俞君英，从前还有若干华裔精英，包括诺奖得主丁肇中、李远哲、崔琦们的突出成就，为何老是出在美国，总爱避开中国？我想特别说一说杨振宁。倘说上述各位获奖时已入美籍，那么《杨振宁传》专门说明了他在1957年获奖时仍持中国护照一节（按照“一中各表”，“中华民国”护照不当见外）。由此，我认为实该废止“中国人从没得过诺贝尔科学奖”的通行说法。杨氏确也有资格自诩：“我一生最重要的贡献是帮助改变了中国人自己觉得不如人的心理。”但是，我以为，也切忌因此而自傲，通行起“反正咱中国人早得过，诺贝尔奖不算啥”的说法来。清醒剂，依然是只消一问：如果杨振宁并未出国，进入普林斯顿，而是留在清华或者转入中科院，后来能取得诺贝尔物理学奖吗？

探寻科学突破的成因时，最好还是少关注些人种禀赋要素，多关注些发展机制要素。国际科学竞争存在巨大落差，随着各国普遍的经济建设推进、科研资金渐丰，彼此硬件容易趋同，最终区分大抵就扭在软件——科学发展机制的优劣上。伟大的突破，有赖于高超的人才，诚然的。但是，高超的人才总是在有效的机制宽容、保障、激励下，才能实现伟大的突破。君不见南橘北枳，因地而异，一样天资两种效果？我们摇笔杆的最清楚，再漂亮的辞藻堆满了纸，仍不能成为美文，为何？因为决定需要的是完美的谋篇布局，亦即机制。这就是布莱基说的：“组织得好的石头能成为建筑，组织得好的社会规则能成为法律，组织得好的词汇能成为漂亮文章。”

九十年代初采访两院院士李国豪，听老人家摇头惋惜：“现在有一种倾向，对某些有眼前利益的横向课题兴趣大，对纵向的、需要多年努力才会见效的重点课题积极性不高。”十几年时光闪过，我的感觉似乎是，在这个圣坛里，形形色色的低俗乃至腐败现象没有减少。都在感叹“中国缺少科学大师”，可是，绝不缺少擅长争课题从而争经费的“学科带头人”——难道不是机制出问题？

不仅是科研机制，还需要追溯上去。复旦大学做了一次测试，对于“为什么迄今没有本土华人获诺奖”的问题，83.3%的答卷者直指“中国历来注重对知识的系统积累和传输，不够重视学生个性和创造力的发展”。确实从学校教育机制到家庭养成机制等等，我们需要做多向度的反思。

这种反思，将赋予我们关注华裔科学家在海外成就时，以更加深邃的眼光。

原载《南方周末》2007 年 12 月 14 日

毛泽东缘何赞赏马周

一部《二十四史》，为毛泽东生前所钟爱。翻阅他在书页上评骘人物的批语，可见大政治家的眼光，迥异于“白头宫女说玄宗”之类闲侃的。

近来又看《毛泽东评点二十四史》（中国档案出版社出版），再三斟酌的是这一点——他老人家缘何如此推崇马周的文章？

读欧阳修等的《新唐书》时，读到《马周传》，至马周上疏的那一页，毛泽东在其天头处写下：“贾生《治安策》以后第一奇文。宋人万言书，如苏轼之流所为者，纸上空谈耳。”评价之高，竟至“第一”，而且不惜贬抑历代仰作文坛北斗的苏东坡以做对照性褒扬。

这还不算，针对这篇传记所谓马周才能不及傅说和吕望的结论，毛泽东批注：“傅说、吕望何足道哉，马周才德，迥乎远矣。”

傅说是由奴隶而成为商朝宰辅的，吕望即协助周武王灭纣的那位姜太公（因受封于吕，从其封改姓）。认为马氏超逾神通广大的姜太公，可以想见其在毛泽东心目中的地位。

马周何许人也？这位唐初大臣，在文学史上排不上号。他的出名，在其传奇性经历吧。他生于山东农家，幼时父母双亡，孤苦伶仃，却广搜博览，满腹经纶。因生性豪放不合于时，浪迹天涯，后到长安给官员当门客。有一回他替主子代写的奏章被唐太宗李世民赏识，遂崭露头角，短期内擢拔为朝廷宰辅。“朝为田舍郎，暮登天子堂”，一个成功人士的奇遇最吸引眼球。如仕途失意的李贺《致酒行》吟咏“吾闻马周昔作新丰客，天荒地老无人识”，就说的是马周昔日落魄新丰城，住小店饱受势利者冷眼，其实是借他人酒杯浇自己胸中块垒。

无论是众口喧腾的马氏传奇，抑或是他缺少称道的文学写作，却都不是毛泽东的兴奋点。内容领先，政治着眼，明乎此，方能揭开老人家心之所系吧？看看他喜欢的贾谊《治安策》，该文直指西汉同姓王分封制之弊：诸王幼弱，可暂免为祟，但将来长成，国家必现“一胫之大几如腰，一指之大几如股”的尾大不掉局面。建议朝廷“众建诸侯而少其力”，及早削弱其挑战中央的能量。毛泽东曾称赞《治安策》“是西汉一代最好的政论”，“全文切中当时事理”。“事理”者，治国方略也，现实政治也。

回头看毛泽东对马周上疏的评点。那是贞观六年给唐太宗的一封奏折。该奏折不粉饰太平，直言各处“营造供奉器物，并诸王妃主服饰，皆过靡丽”；痛陈百姓所服的徭役太重，“兄去弟还，往来远者五六千里，春秋冬夏，略无休时”。后果就是在贞观之治下，依然“百姓未安”，“自五六年来，百姓咸有怨言”。马周总结历史提出治国原则：“自古明王圣主，虽因人设教，而大要节俭于身，恩加于人，故其下爱之如父母，仰之如日月，畏之如雷霆，卜祚遐长，而祸乱不作也。”毛泽东在此段话语之上方画了三个大圈，又特意在“节俭于身，恩加于人”边上逐字加双圆套圈。政治，仍是对现实政治的深刻悟性，令马周文章远逾一般书生气十足的应试策论而臻“第一奇文”！毛泽东赞赏的是出身卑贱的马周深谙社会病症，且能准确地提供矫正之道。

矫正之道，即治国之道。不制止上层骄奢淫逸、底层困顿愁苦的社会趋势，何来国家的长治久安？“临天下者，以人为本”。往事越千年，但在毛泽东眼里，马周于奏折中归纳出的这条治国原则不会过时。古今中外有各自的特殊社会规律，然而其间又有一脉相承的普遍运作规律。记得点点在记述父亲罗瑞卿生平的《非凡的年代》中，如此描绘毛泽东警惕新生政权的安危——“确实像一只不知疲倦的雄鹰，昼夜不息的用一双锐利的眼睛注视着他的国家的每一个角落”。那么同时，必然的，这头雄鹰更需要从全局视野关注共和国的安危。作为一个来自南方农村的革命领袖，“汗滴禾下土”的共同经历使他与农民及下层劳动者保持着一种天然联系，懂得他们对于“平均”基本生存权有着与生俱来的渴望，懂得他们的艰难程度和忍耐限度。富者田连阡陌，贫者无立锥之地，贫富悬殊，两极分化，最终结果就是“红旗卷起农奴戟，黑手高悬霸主鞭"，轮到社会对抗，神州板荡了。只有否定阶级对立的旧制度，奠定社会成员收入差距相对缩小，连多数底层劳动者也开始拥有基本福利的局面，才有国家的安定、经济的发展。以1949年为转轴，不就可以观照这样两幅对比强烈的历史画面在20世纪中国接续出场，领略"导师创业垂千古"（叶剑英语）的恢宏图景？

前无古人的探索难免留下遗憾。否定旧世界，岂可忽略拿来主义。从50年代后期起始，一股风自上吹来，急欲在分配领域"跑步进入共产主义"，批判"八级工资制"，片面追求"划等号"，真叫过犹不及，欲速不达。"干多干少一个样"，"干好干坏一个样"，工作者又何从获得足够动力？平均主义行之既久，遂使当时中国迟迟难摆脱平均贫穷亦即普遍贫穷。改革开放，当然要纠正毛泽东后期之误，要引入市场经济机制，包括承认基于合法竞争而来的个人收入差别。我们终于认同：一个落后国家有可能不通过"资本主义制度的卡夫丁峡谷"走向社会主义。不过，"如果不经历一些过渡阶段，不能享受资本主义的一切肯定的成果，是不可能径直走向社会主义的胜利的。"（胡绳语）历史文明成果之一，即让劳动和资本、技术、管理等生产要素都根据贡献大小取得相应报酬。于是以1978年为轮轴，人们可以观照到人民共和国前后两个历史阶段之间呈现的综合国力大跨越、民众生活大提高，及巨变赖以支撑的利益激励机制。

有意思的是，新世纪新阶段，仍然值得重温毛泽东生前的读书心得。不是吗？改革开放促成中华盛世，但迅捷发展中仍有一系列待解的问题，社会分配的公正性即其一。一个时期以来，劳动所得在国民经济分配中的比重持续下降，2005年的比重较1983年下降了19.5个百分点。经济增长的成果向某些群体和部门过度倾斜，而地方大员又未藉此财力推动公共服务建设，影响了职工积极性，竟致出现“民工荒”。真须请官员诸公读一读——在介绍隋朝库廪充盈、炀帝大兴土木终致改朝换代之后，马周希望唐太宗注意：“自古以来，国之兴亡，不由积蓄多少，在百姓苦乐也”。毛泽东在此处天头上画了三个圈，逐字加了旁圈。不着一字，意味深长。

是啊，实现社会公正是中国共产党人的政治主张，又是执政基础。古代前贤尚且懂得安天下必先存百姓的道理，我们怎么可以容忍挥霍民脂民膏打造“政绩工程”？又怎么可以听任社会收入差距无限扩大，基尼系数红灯闪烁？社会公正要求持续贯彻改革开放的普遍受惠原则，要求确保社会成员体面生活的尊严底线。须知“一邦之内，愿意维持其政体的部分必须强于反对这一政体的部分”，竟是亚里士多德认定的“一条适用于一切政体的公理”（《政治学》，商务印书馆1965年版第210页）！

正当全党落实科学发展观，着力调节人民内部利益关系之际，老人家的读书心得可作一帖催化剂，提升我们执政为民的自觉性。

原载《北京日报》2008年4月21日、
《上海支部生活》2008年第2期

健儿退赛考问民众生命意识

与刘翔因伤退出比赛一样出乎意料的，是从现场观众到场外舆论基本一边倒的谅解。连欧美诸多媒体也就此评论："刘翔退赛事件"凸显中国人观念转变（见 8 月 21 日《参考消息》）。的确，可以从中看到民众的新观念——既在从容论输赢，且在辩证识英雄，更在科学看生命。

放开视野，其实大赛未曾开场，直接或间接因伤病而退出的中国前奥运名将就已不少。邢慧娜因腿伤退，胡佳因眼疾退，罗雪娟因心脏病退，黄潇潇因肌肉劳损退…… 所幸他们都获得上上下下的同情，继续被人尊重，无一受到责难。

甚至如胡佳——当去年初冬有关他"甘冒失明危险，也要续写'冠军'梦"的消息传来，我们观照到最令人感动的一幕，就是众多素昧平生的网友恳切陈辞："好心痛，不愿看到胡佳用眼睛换参加奥运会资格。佳佳，恢复好了再参加。”“08，是我们和佳佳的梦想。但如果要我选，我宁愿看到佳佳健康地生活。”

“人生能有几回搏”，我国第一个乒乓球世界冠军容国团的誓言，道出了体育健儿的拼搏精神。其本质就是面对训练和赛事，不畏艰难，无惧强敌，敢打敢拼。少了坚定的意志、顽强的风格，何谈快速改变旧中国体育积弱积颓的局面？果然，就是这样，我们一步一步走向今日之辉煌。只是，忆往昔，须关注的是拼搏精神绝不排斥生命意识，毋宁说它以后者为前提。我们发展体育运动的出发点和落脚点都是为了增强人民体质，自然包括运动员的健康体质。健康是生命存在的最佳状态。“发挥人类最大能力，而又无损健康的肌体”，乃是顾拜旦点明的奥运竞赛宗旨。我们推崇健康至上的竞赛，摈弃“左”风猖獗时期那种赞赏不顾伤痛上赛场的舆论。一句话，拼搏不是拼命，真理不可过头。

常常听到健儿们立下誓言：“创造最佳成绩，报效祖国母亲！”如此譬喻，激动人心。母亲含辛茹苦，当然期盼儿女出类拔萃、光我门楣。曾记否，从许海峰那一击起始，奥运奖牌翩翩飞来，祖国大地处处腾欢。同时亦请记住，一个理性的母亲，难以认同儿女可能导致终生伤病的任何参赛、夺牌。“身体发肤受之父母，不可毁伤”，华夏民族朴素的生命意识代代传承。看，即使在女子蛙泳可能出现“断层”的关头，中国游泳管理层仍痛下决心批准罗雪娟退役，真是“母亲”之所为；即使黄潇潇提出“打封闭”也要参加奥运比赛，但教练组毅然决定让她放弃，也是“母亲”之所为……母子连心，儿女是母亲心头肉，她视生命健康胜过赛事输赢，她最信奉“以人为本”。

也许，只有在极为特殊的境况，健康和生命才变得不足惜——“若为自由故，二者皆可抛”。面临外敌入侵，那么在我们的中华传统里，多的是母亲送儿上战场，忍饥受伤不回还，“国破尚如此，我何惜此头”！当杨靖宇，成谢晋元，做狼牙山五壮士！——这仍然符合生命意识，乃少数伤损换多数生存之道。体育竞赛，虽然有一说“赛场如战场”，可是事实上，两者性质完全不同。赛场无仇敌，争的是更快更高更强而已，用不着“轻伤不下火线”的动员令。

事实上，唯其是科学训练，才有利于运动员健康持续地出成绩。中国击剑队的法籍新教头鲍埃尔，时下由于爱徒仲满夺冠而名闻海内。记得吗？他当初上任的第一件事就是给全体队员放假休息，因为他决意杜绝任何过劳训练、筋疲力尽甚至带伤练习。而孙海平，对于 2006 年初刘翔左脚踝一个小扭伤，人家通常休息一个月，孙却令他养 70 天。养精蓄锐，结果是接下来的破世界纪录！

面对生命意识的考问，我们已经并将继续交出完美的答卷。

原载《解放日报》2008 年 8 月 29 日

对罗格名言如何诠释

当北京奥运会赛程过半之际，回望罗格主席于赛前记者会上，那句“奥运会的巨大魔力和完美无瑕的组织工作将取代一切争论”的名言，真叫说准了。

曾几何时，纷至沓来的质疑、抱怨直至厉声指责，在这个星球的某些个地方可谓汹汹然，于今安在哉？

百闻不如一见。不仅到“鸟巢”现场欣赏开幕式的诸多国家元首，还有亲身参与赛事的众多运动员教练员，以及无数挈妇将雏前来观战的欧美亚非游客，众口一词就是叫好，甚至已有给出“历史上最好的一届奥运会”（巴西总统卢拉语）之至评的。连历来“多挑刺，少栽花”的外媒，也毫不吝啬地给予北京奥运会种种美好形容词。原来，事实，只有事实最具说服力。

30 年的改革开放，7 年的精心筹备，是我们的底气。中国的奥运会体育场馆建设，改善北京空气质量、加强城市基础设施的成就，是事实俱在。走在北京的街头，你吸一口气都能感受到一种久违的舒畅。看过开幕式再看各场馆，连“高科技”起家的比尔·盖茨都赞之曰“极其出色”。

我们为五洲四海宾朋置办的，既是绿色奥运、科技奥运，又是人文奥运。比较起来，前者有形，后者无形；前者创立不易，后者构建更难，因为其本质乃日本大思想家福泽谕吉说的“不能买卖、不能借贷的文明精神”。东道主的文明精神，不只是体现于主办者为各国健儿提供公平竞争的舞台，还体现于观赛者的整洁、礼貌、热情，包括解答每一次问路、带走每一片纸屑，对每一位宾客微笑、向每一面国旗致敬。美国《华盛顿邮报》11日刊文，如此报道中美男篮对决：“现场的中国球迷热情地为双方运动员加油鼓劲。当中国队姚明投入一个3分球时，现场中国球迷为他欢呼雀跃，而当美国队科比灌篮成功时，他们也热烈鼓掌。”赞叹的着眼点，不在姚明、科比的精湛球技，竟在中国球迷的包容心态！

端正心态很重要。单个人是这样，一个团体以至整个民族也一样。就该用包容的亦即开放的心态看待外部世界，它闪射出主体的文明精神之成熟，显示出主体与客体的相互交融之契合。融合过程中，哪个外国哪些人物哪段时间曾经跟我有过何种龃龉、过节，咋办？

好办。请将罗格的名言不只视为预见，而且诠释为规律吧——管他外界多少闲言碎语，都别在意，尽情展示自己完美无瑕的成绩就是，到头来自会止纷息争。它颇像“流言止于智者”西谚的升级版，当然更积极主动。我想这个来自奥运会场的道理，理宜延伸至场外，延伸到13亿中国人民中去。

世界上有一种现象耐人寻思。对于某些落伍于全球化发展、百姓啼饥号寒的国度，人家来得个同情有加，还给予人道主义援助；一旦你突飞猛进、脱贫致富，他反而不习惯、不理解起来。曾经有美国华裔友人对我说起，当初韩国的汽车出口美国，受到的尽是讥笑，谁也不愿买，哪想到后来有站住脚的一天。这还是一个较小体量的冲击呀，轮到大国崛起，势必对世界经济格局产生“洗牌”效应，人家的惊诧、顾虑以至反感自然都可以想见。读过英国记者爱德华·卢斯的一本《不顾诸神——现代印度的奇怪崛起》，记得其中写到一条，现代世界的精英俱乐部都是先入者为大，他们总爱抬高门槛，尽力阻挠后来者进入（大意）。看来“不遭人忌是庸才”的古训颠扑不破。好在忌也有限，一个大国的崛起自有其内生规律的推动，任谁也无从阻遏。

唯其如此，我们最需要的是建设性的工作。要以和平发展的现实，让人家精英俱乐部了解新来乍到的你旨在建立国内和谐、推动世界和谐，原来是个高素质、易相处的好邻居。须知一个正面的大国形象，绝无可能经由批判性的论争而确立。事实胜于雄辩。瞧契诃夫那句幽默语——“镀上的金被擦掉了，猪皮却仍在那里”，本色的是最可信的。何以四位生怕“北京污染影响健康”而戴着黑口罩前来的美国自行车运动员，抵达后即自动摘口罩并致歉，因为他们看到了事实。何以对我国发展几乎全盘否定的日本东京都知事石原慎太郎，虽经我们多次抨击（我也曾参与批判此公）迄未收敛，却在应邀参加此次奥运会开幕式后表扬“中国新一代年轻人对国家和社会前途抱有期待，与日本的大学生完全不同”，也因为看到了事实。

展现事实，自然不排斥理性的宣示，但是切记重心所在。邓小平提出的“不争论”原则，就是提醒用事实说话，我看放之国内、国际事务而皆准。太多情绪化、“一碰即跳”式的争论，还动辄发表什么批判声明，以及“几评”文章，曾几何时，诸如此类，其实流露出的是弱国心态。何谓强国心态？我颇赞赏《国际先驱导报》上一篇旅外华人的观感，说及“以笔者观察，当大多数美国人看到大街上讽刺美国的标语、漫画，他们并没有国人所想的那样怒发冲冠，而总是一笑置之”。如果将《周易》中的“吉人之辞寡，躁人之辞多”两句，改易为“强国之民争论寡，弱国之民争论多”，庶几近之。前者自信、主动，后者自卑、被动。今天，正在快速和平崛起的我们，完全有理由取前者而弃后者。

北京奥运会赢得全世界赞誉，恰好论证了这一点。

原载《上海支部生活》2008 年第 9 期

有些是非不辩也罢

回顾改革开放缘起，难忘《实践是检验真理的唯一标准》一文。当时可谓石破天惊，多少长期纠缠的疑难由此澄清，满坑满谷冤假错案也迎刃而解。

耐人寻味的是，一篇引领我们剖明大是大非的文章，她本身在漫长岁月里也经受着“是非”的叨扰——作者是谁？先传来说由南京大学胡福明撰就，后说经中央党校吴江、孙长江重新改过，版本种种，口径不一。

大致轮廓，倒也从光明日报1985年整理的一份材料可见：“这篇文章是胡耀邦支持并审查同意的。光明日报和中央党校的几个同志（即杨西光、马沛文、王强华和吴江、孙长江）支持和参加了撰稿和编发，作了多次重大修改。”“胡福明是初稿执笔者，孙长江最后执笔完稿。”——是否尘埃落定？虽“合作”说成共识，但份额谁多谁少，胡与孙孰轻孰重，是非终无休止，纷争延于近日。

因着这“无休止”，后来我渐渐看得少了，却是想得多了。

此类争辩，想来有意思。一篇庸常文章问世，谁见合作各方争执了呢，煮酒相庆也说不定。偏偏合作出殊勋之日，就是作者生矛盾之时。一项大发明，一部大红大紫的小说，甚至一支小提琴协奏曲或一首歌词不胫而走之后，合作者名分轻重，可都有得“清官难断”了。

不是说争辩一概取缔。不平则鸣，面对侵权，自需维权。抬个杠，拍个砖，令过度倾斜的事实天平，得以重新回归到大致的平衡——目的在此，止步于此，当不难办到，亦无可厚非。问题在于文化合作是一种精神性创造，你唱我和，互相启发，其结晶的分割，岂像开公司搞合资入股般可以清晰到各占几个百分点？不知止步，不满足于“大致”，务求干净彻底地辩个明白，结果反成没完没了的“缠讼”，令旁观者大叹气，当事人伤和气。

我想到李政道和杨振宁。李杨结合，才有中国人第一枚诺贝尔科学奖。其意义不仅在有力推动物理学进展，且在“帮助改变了中国人自己觉得不如人的心理作用”，极大地振奋民族精神。可惜，尽管“宇称不守恒”的系统性分析为他俩合作，诺贝尔奖荣誉由两人平分，都获得公众包括当事者本人的认同。但是，已经定型的完美，嗣后终因争辩一些本应忽略的是非，而呈现出不深不浅的裂痕。一对曾经引起全球科学界后生无限追慕的最佳拍档，也就此渐行渐远。想象两位大师老来伤感的，也许就是梁任公从前那句话罢："回想当时聚在一起做学问的快活，是不能再得的了！"

最好不要轻易讲"东方式嫉妒"，"西方式嫉妒"同样让人挠头。事实上无论中外，此类过度争辩的主要根由，与其说在品格，更多还在心态。巨匠大腕，誉满天下，还能增益什么，何须争夺什么？朋友久居瑞士，撰文分析伏尔泰与卢梭在日内瓦所以"不共戴天"，原因尽是些如同儿戏的不上台面的枝枝节节——"尽管细小微弱，一旦燃烧蔓延，足以把友情撕裂，把理性抛弃"。

郁达夫说得对："一个没有英雄的民族是一个可悲的民族，而一个拥有英雄却不知爱戴他拥护他的民族则更为可悲。"那么，在英雄辈出的时代，作为英雄的本人，理当首先相互爱护、尊重，有些小是非就不再争辩了，权当蛛丝般抹掉，好吗？作为"粉丝"的我们，也该多效撮合之劳，谨防火上加油。张巡、许远共守睢阳，建"守一城，捍天下"不世之业。后来子弟纷争张许高下，韩愈有"两家子弟材智下，不能通知二父志"的讥评。百代之下，可不慎乎？

我欣赏这一对——法国人蒙塔尼和美国人盖洛都为"发现人类免疫缺陷病毒"贡献卓绝，一度也闹得势不两立，去秋公布诺贝尔医学奖，前者折桂，后者铩羽。面对媒体，蒙塔尼直言"我对盖洛未获奖非常遗憾"，因为他的研究成果非常重要。盖洛则表示对没有获奖"有点失望，但不很厉害"，对蒙氏表态极为感谢。当事人抓大放小，惺惺相惜，真比什么都重要。

原载《文汇报》2009 年 3 月 24 日

“杂文惹祸”之历史变迁

读陈四益《关于杂文的一件往事》(《文汇报》4月28日)，重嚼“杂文惹祸”之变迁，百感交集。

曾彦修妙喻

杂文家，爱批不爱颂。何以他生来就像“上帝派来的‘牛虻’”，不能当频传捷报的喜鹊乎？

优秀的歌颂性杂文，当然欢迎。不过从公众接受习惯来看，能不胫而走者，更多的显然是“论时事不留面子，砭锢弊常取类型”(鲁迅语)的杂文。此中缘由，曾彦修有妙喻：“杂文的艺术特性，确乎比较更适于作揭露、批评各种错误之用。漫画与相声也有这个特点，你如果要求天天画‘歌颂漫画’，说‘歌颂相声’，那怎么办得到？”“侯宝林先生可谓公认的一代相声大师了吧，但是不管他本事有多么大，他就是始终变不成一个以‘歌颂相声’为主的演员。”反之，他认为高元钧们的山东快书，却只能用来歌颂。奥秘无它，不同载体对应不同诉求而已。讴歌、抒情、讽刺、幽默……岂可要求每一种文体都一肩而全挑？

《唐纵日记》是反证

旨在揭露批评，杂文遂易讨嫌。争议，从“孤岛”时期的上海，直到革命圣地延安。1942年延安的一系列杂文及其作者如今已获正面肯定，可在当年，无论丁玲倡导的鲁迅精神、罗烽提出的“还是杂文的时代”，统统被曲解为“煽动攻击”哩。甚至由王实味被诬，“特务”帽子竟在杂文家头上飞舞起来。

在李锐的回忆中，有一条铁硬的反证：“一九四九年南下湖南，我从公安部门看到《唐纵日记》，其中一九四二年八月二十三日写道：现在延安很乱，可惜没有一个内线。这就是说，当年国民党并没有一个特务能钻进我们党内来（从境外混入边区的特务是有的）。唐纵乃国民党特务头子，戴笠的二把手。”

由费孝通到“三家村”

曾几何时，杂文如异类，沾边都不行。1956年起杂文一度繁荣也好景不长。徐懋庸、萧乾、钟惦棐等在翌年运动中纷纷落马不说，连社会学家费孝通偶然客串一篇《知识分子的早春天气》呼吁落实知识分子政策，也被指为“右派知识分子向党进攻的第一炮”。

六十年代初，还有资格说三道四的文人墨客少了，报刊延请官员命笔竟成风尚，堪称“时代特色”。以当年广具影响的杂文专栏——《长短录》《三家村札记》《燕山夜话》的6位作者论，孟超、唐弢级别已不低，其余更是高官：北京市委书记处书记邓拓、北京副市长吴晗、文化部副部长夏衍、北京市委统战部长廖沫沙。最高法院院长谢觉哉的《不惑集》、内蒙古自治区委书记处书记胡昭衡的《老生常谈》，两部杂文集也相继问世。虽说他们批评锋芒已大衰减，仍不容于时，后来除去谢老树大根深，就悉数遭“文革”飓风“横扫”而去。

最惨数“三家村”，两死一伤，株连无穷。幸存者廖沫沙复出后看望彭真，彭的第一句话即：我可没叫你们写文章，怎么成了总后台？——连笑话都折射出创巨痛深！此乃陪同在侧的廖家女公子小云所告知。廖吟悼亡诗，至“毛锥三管遭横祸，我欲招魂何处寻”已老泪夺眶，则为我亲见。

“写杂文的”当外长

杂文家复出，杂文复兴，都托新时期之福。昔日运交华盖，此刻却是萧乾为中央文史馆馆长，费孝通当上人大副委员长；稍后，也曾“戴帽”的晚辈杂文家范敬宜当了人民日报总编辑，谷长春当了吉林省委副书记……

忽如一夜春风来，“写杂文的”庆翻身。约十年前，人民日报《大地》副刊于怀柔县召开杂文研讨会。南北诸家与会，我叨陪末座。当金陵客（王向东）谈及从乡间任教，因写杂文产生影响而层层上调，终入新华日报任编辑，寂静的会场响起刘征、蒋元明的笑声："不容易，如今写杂文的也上调！"

还有更早的故事。偶读八十年代出版的《中国新文艺大系·杂文集（1976—1982）》，见有李肇星任下层外交官时的作品。一篇为《叔叔的苹果和实践的地位》，批评某些家长固守"为尊者讳"理念，阻挠孩子直言无讳。另一篇《笑不出声的笑剧》，堪称早期反腐败之作。说的是作者陪同外宾乘坐火车，从遭遇卧铺票被"掉包"，到发现列车长以票谋利、局长恃权利己，整个"一场绝妙的讽刺笑剧"——写下颇具锋芒的杂文，无碍其后一展长才，当上外长，正映现出时代的坚实进步。

50后、60后辈也精彩，先是米博华任人民日报副总编，继而朱铁志为《求是》杂志副总编……不仅升职，更有获奖的，鄢烈山杂文以针砭时弊著称，然而无须担忧"执政柄者扼腕"、"握军要者切齿"（白居易语），还荣获鲁迅文学奖。

法治为杂文家解忧

世道真的变了。李剑唱老调的《"歌德"与"缺德"》一出，全国报刊一片谴责。冯英子的杂文被误读，胡耀邦亲自出马为之护法。"写杂文的"不再成为恶谥，表明当代中国社会对于批评的认同。

京沪文友早先建议创办杂文刊物之际，我分别听到曾彦修和罗竹风前辈相似的为难："尽是出领导洋相的，怎么批得下来？"然而，先有河北的《杂文月刊》《杂文报》，后有吉林的《杂文选刊》，都办起来了，迄于今日。

是的，仍有官员难以理解“千人之诺诺，不如一士之谔谔”，更缺乏交流社会诉求、避免激化矛盾的执政常识。比如读到一篇文章令人苦笑——某杂文作者在单位表现出色，入党申请却得不到批准，后探得原因是“经常写杂文，尽是怪话”。说这话的领导还振振有词“鲁迅是杂文作者，也没有入党嘛”。

如今该被贬为“怪话”的，恰是这些否定公民批评权利的言论！因为从推动“舆论监督”，到保护“评论权”，皆已悬为当今律令。

记得“彭城女侠”袁成兰于1996年出席《杂文选刊》在长春召开的会议时，正以一篇《随想》而官司遇挫，心情沉重，与会杂文家纷纷慰勉。高兴的是嗣后再审胜诉，且合议庭意见言明：“批评性文章是否侵权应考虑公共利益”。法治支撑杂文家评论权——一部杂文史，从头看过来，前所未有。

今天，套改韩愈的一句话吧：“明天子在上，杂文家可出而写矣。”

“明天子”者，法治也。法治昭彰，则“杂文惹祸”将成历史笑谈。

原载《文汇报》2009年6月17日

又见“法外施恩”

北京大学、香港大学不录取重庆造假状元，均属天经地义吧。不料叫屈的纷至沓来：“下手太狠了。”“人家还是孩子哟！”——看了几处跟帖，“同情面”竟有两三成乃至更多的。

群情激动，只是是非自有公论，不取决于某一场合之人气也。好些朋友无非是喜爱“抬杠”，你说东他偏说西，盖舍此则难以众目睽睽。这颇有点无聊，且按下不表。可对于那些恻隐不已、为状元郎落榜“肠一日而九回”的朋友，却亟须来个推心置腹，“具道所以”。

“还是孩子”，理应关照，却忌过度。须知自古到今，考生总是年轻人居多，听任“年轻”成为治外法权之日，必是考场大乱之时。诚然，“上帝原谅年轻人犯错误”，不过错误毕竟仍是错误，有质的规定性存焉。奖功必惩过——虽然惩罚的方式可以有讲究。

25 年前上海市长宁区法院率先开设少年法庭，后来我曾参与报道。少年庭确有特殊性，但是既为法庭，岂少得了处罚？

说撤销录取资格“下手太狠”，纯属外行话。相反，现在对高考舞弊的处罚，无论对考生抑或官员，依我之见，都是失之于轻。由于《考试法》改了几年迟迟未出台，所以时下对作弊者往往按“违规”处理。以纪代刑，力度明显不足，奈何某些朋友还要嚷嚷“太狠”乎。

近见李天扬《想起鲁迅的祖父》一文，言及清代科场惩弊之严，是确实的。尤其对于掺杂着公权力的舞弊案件，照例老的小的兜底翻，砍头充军皆寻常。康熙说过，只是“士子偶有夹带倩代者”，犹可从轻发落；一旦考官串通作弊，则断不可宥。即使到了 1893 年，“大清”距分崩离析已不远，翰林院候补官员周福清（鲁迅的祖父）用万两银票替六名考生行贿说情，事情败露后老人家仍判“斩监候”。后经一再送礼请托，才免一死，但也尝够七年铁窗风味。不比不知道，今日对身居招办主任要职的何氏一门，惩罚何其轻，还叫什么屈？

又有拿何川洋“成绩好、分数高”说事的，结论是“爱好读书，何必干涉”。如果真的是关门在家读书，你爱怎么读就怎么读，谁来干涉？私权领地，政府“无为而治”。可是换个场合，欲让孩子上大学读书，粥少僧多，事情遂变——世界各国，轮到淘汰性质的社会招考，公权无不干涉，政府务必作为。不处罚个别违规者，等于容忍侵犯多数守规者。

理由种种，九九归一，本质是罔顾社会公平，是一个“法外施恩”思维。规章法纪当前，理宜一体遵行，可在有些人看来，只要是偏爱者就不妨特殊化。曾几何时，什么“外商交通违章免罚”、“缴税大户享受环保免检”、“新办企业延缓执行新工时制”，凸显见利忘法，是官员型的。如今又见粉丝型的了，“年龄小”、“读书好”都成了造假状元免罚的遁词。

此也特殊彼也例外，东打折扣西走样，法律的至上性安在？美国早期思想家潘恩说：“在专制国家，国王就是法律；在自由国家，法律就是国王。”深层含义即在有法必依，执法必严。须知一项法纪在制定的权力层面才谈得上“修改”，君不见某些国家的宪法附录着恁多的“修正条款”。但是到执行层面上，谁准你“改”了？丁是丁、卯是卯，分毫不爽去遵守就是了。

守法会成为习惯，违法也会成为习惯。还不快快摒弃“法外施恩”的思维习惯！

原载《今晚报》2009 年 7 月 22 日

学者也需要“作家化”

刚读过《金性尧全集》前三卷（由出版博物馆主持、百家出版社出版）。深感作为当代文史名家，金氏的论著不仅有普遍性，富于学术价值，且显示特殊性，兼具审美价值。

也许因为是报人，关注传播效应，“三句不离本行”，我特别看重金先生的文笔之美。

这类生花妙笔，全集里俯拾皆是。翻开《炉边诗话》，看他如何概括一部中国诗歌史——他从《大雅》的《生民》，绘形绘色引出周朝始祖后稷，惊叹“不能忘记，周朝是中国历史上发出过金子一样光彩的朝代，《生民》作者的文学手腕也令人惊奇”。然后一改慢板慢调，一个箭步跨越两千年：“历史的长河不舍昼夜地流逝着，到了晚清，诗界里出了个黄遵宪。我对他诗歌艺术的欣赏倒在其次，主要还是他诗歌中反映的广阔的新型内容和强烈的现实感。他到过好多地方，亚洲的、欧洲的社会生活，以至声光化电曾在他笔下活跃过，和以前的一些诗人比，黄遵宪的脑子里已经有了‘世界’的影子。他的诗中也充满悲愤和感伤，却和宋明遗老诗中的所谓黍离之痛，沧桑之感不一样。”洗练的文字，糅合着翔实的史料、开放的眼光，将中国诗史之裂变映射得一清二楚。

论述是逻辑思维。他喜爱不时调剂一下，来点形象思维。你看他于《诗词坊》丛书“总序”中寄望读者的：“每本书的篇幅不多，当着朝阳初升，或灯火乍明，以至车厢舟舱之中，忙里偷闲，随手开卷，偶有会心，诗情画意，忽来心头，这便是对我们最大的慰勉。”一气读来，话中见画，赏心悦目。只是“成似容易却艰辛”，常摇笔杆的朋友自能体会此中的推敲、锤炼工夫。

在日前召开的《金性尧全集》出版座谈会上，众口一词，推许其为作家型学术名家，诚非虚誉。边聆听诸位学人高论，边遥念当年亲炙音容。那年月，他谈文论史每出手硬是与众不同，论题既扣住读者兴趣，见解又独到，行文则时出警句。做编辑的，能碰到这等稿子，真如沙漠见清泉了。所以九十年代初，在我任职的解放日报，出现挺有趣的现象，就是两个性质不同的副刊——《朝花》、《读书》都同时邀约金性尧的文章。有一回，与报社理论部主任金维新谈及，他也赞赏，即令我组稿，使《新论》专刊也加入了这“组稿合唱”。

可惜，这样的学术大家，正在一个个挥手作别。《读书》杂志一篇回忆陈乐民的文章说，“按资中筠先生的说法，像费孝通这样的学者，已经感到与老师潘光旦有了差距，还不仅是在学问上。比费孝通晚的陈乐民、资中筠先生也都表示与前辈师长陈序经、雷海宗、张东荪、冯友兰等人之间，有不可追补的差距”。现今学者与老一代的诸多差距，依我看，也在写作水准上。比如前辈费孝通，是社会学家，却能够写出一手好杂文，一篇《知识分子的早春天气》产生过何等影响！再往前追溯，哲学家冯友兰的《西南联合大学纪念碑碑文》，体大思精，文字绚烂，迄今传诵。“以其兼容并包之精神，转移社会一时之风气，内树学术自由之规模，外获民主堡垒之称号，违千夫之诺诺，作一士之谔谔”。如是等等，铿锵作响，能不叹服？

王蒙曾经主张“作家需要学者化”。我想，或许可以来个逆命题——学者也需要“作家化”吧。当然不是要改变“学者”的质的规定性。“化”者，一如贵族平民化、官员劳动化，无须彻里彻外，在乎沾上要素。既为学者，不必去琢磨怎么塑造人物，设置情节发展。但是当着面对公众阐述主张之际，你至少得文从句顺，交代清楚，最好能够文辞漂亮、举例生动、感情丰厚，令读者不叫苦而叫好。

一部干巴巴的论著，很难感染谁更甭想说服谁。从前，朱光潜在《漫谈说理文》中，这么讨厌“零度风格”，就因为它“玩弄一些抽象概念，或是罗列一些干巴巴的事实；没有一丝丝人情味，这只能是掠过空中的一种不明来历去向的声响，所谓‘耳边风’”。我们岂可听任自己的作品沦为“耳边风”？

近来读到蓝英年一文，他引述山东大学郑佩欣教授对史学家文字功力的比较，令人感慨。“我带佩欣见历史学家漆侠先生，他们一谈如故。佩欣对漆先生严谨的治学态度和卓著的学术成果非常佩服。但有一次佩欣对我说，史学界以翦伯赞的文字最好，著作易于流传，有的史学家功力深厚，材料扎实，观点新颖，但文字不太好，是很吃亏的。不知他是不是暗指漆先生属于吃亏的一类史学家”（转引自《悦读》）。不去对号入座，但翦老著作易于流传则千真万确，他的《内蒙访古》不都上了中学语文教材啦？

我想，即令自然科学家，也不宜将“作家化”拒之门外。三十年前采访苏步青，他说自己招收数学研究生，就要考你是否文从句顺。事实上，也是搞数学的王梓坤院士，他的《科学发现纵横谈》（由苏老作序）文采斐然，引发过轰动效应。还有美国生物学家刘易斯院士，一本《细胞生命的礼赞》因着妙趣横生，传播出多少新知识；即使翻译过来，仍是不胫而走呵。

原载《解放日报》2009 年 9 月 10 日

球星恋爱新规折射出什么

国乒队球星恋爱不再受限，《新民周刊》报道的这条消息该庆贺。

“你也来庆贺？莫非‘老夫聊发少年狂’，也要追星了？”朋友会问。

别误会。对乒乓国手王皓和彭陆洋的恋情顺利公开，老司徒所以兴致勃勃来道贺，盖因兹事体大，具有社会意义。

情发于中，言表于外，天经地义，原不论姑娘小伙干的哪一行。偏偏一条“爱乒乓不能爱队友”的不成文法，曾几何时令国乒队年轻人“想说爱你不容易”。五年前还为此引发“除名风波”，媒体上反弹得厉害哩。眼下好了，面对王彭恋情，记者拨通国乒领队黄飚的电话，得到答案：“王皓今年 26 岁，彭陆洋也 23 岁了，这样的年龄谈恋爱很正常。”一语既出，皆大欢喜。

欢喜的，是一对有情人可以自由结合，避免了“棒打鸳鸯”厄运。却又不止于此，深层意义在于它折射出公众人权状况的新亮点。如今亮点也多，简直到未经细察则易忽略的地步。近日看到沪上“居转户”首批公示已通过，意味着农民工将获得市民身份认同；前些天看到温家宝要求北川新县城规划上网听意见，意味着网民表达权利深化；再往前看到“医师多点执业解禁”，意味着医生择业范围扩展……这许多“意味着”，用外国观察家伍德鲁夫二十余年后重游北京的话来概括，从当年“中国人仿佛生活在小房间”般拘谨，到如今的满眼活跃，感受“最大的变化是中国人自由度的增加”！

旁观者清。从新中国建立，工农大众赢得生产资料和劳动权利伊始，走的恰是一条自由度提升之路。尤其经历了一段漠视人权的“左”风折腾后，痛定思痛，共和国通过“白皮书”以至修宪，昭示“国家尊重和保护人权”新理念。由农村的包产到户、村民自治，到城市的新经济、新社会组织；由广州孙志刚案促成《流浪乞讨人员救助管理办法》，到沪上征求学生意见制定未成年人保护条例——一个个民众创新的架构一款款民意导致的良法，急管繁弦般涌现，彰显出公民自由度日益放大。

话说回来，当初限制某些权利，有的亦事出无奈。诚然，看英国影片《红菱艳》，对于追求艺术升华而压抑芭蕾舞明星蓓姬爱情权利、致其精神错乱自尽的剧团当家莱蒙托夫，谁都不会容忍。可是，一切以时间地点为转移。对于竞技追求和爱情权利的矛盾，国乒队最初将砝码更多地倾斜于前者，逼令队员心无旁骛，全力拼搏，笔者又感到情有可原。甚至饱受訾议、业已取消的“队内让球”模式，最初动机亦非没有一点合理性。遥想建国初期的竞技体育，和经济建设一样一穷二白，唯有乒乓球每年拿几块牌牌，当年举国为之骄傲、全民由是欢腾呵。然而，今世何世？随着我国奥运名次数一数二，竞技水准和经济总量一起臻于世界前列，那种非常时期的“振兴国威”手段已毫无必要。成熟的大国，亟待告别任何幼稚的行为。

集体主义永远不可或缺，但它和扩充公民自由度并行不悖。新时期所认知的集体，即马恩所谓“自由人的联合体”，强调的是“在那里，每个人的自由发展是一切人的自由发展的条件”。当个人自由和集体利益发生矛盾时，它不再是命定的“不值一提”，而需经由良法公序来调节。我想到了年轻的齐红儿。这位中国入世涉外谈判的女将，当她在参与的谈判剩下最后一家时，竟提出要赴美国微软高就。在以前，还了得?！如今高层回答却是：“第一，表示理解；第二，希望她在中国正式加入世贸组织后再离开；第三，相信齐红儿的人格，会把所有的秘密深深埋藏在心里。”纵有可能遭逢的损失，人才流动自由不变。

其实一个自由宽松的环境，损失者少，收益者大。古希腊希罗多德在《历史》中记载，埃及金字塔系由 30 万奴隶建造。但尔后的瑞士钟表匠布克却敢说 NO。他根据自己在囚禁中制作不出高精度钟表的经历，断言“金字塔偌大的工程，造得那么精细，建造者必定是怀有虔诚之心的自由人”。猜对了，埃及文物当局终于2003年经发掘考证，公布了金字塔建造者的自由人身份。

不是鼓励自主创新吗？一条前提，就是所有地方催涌起自由和谐风气。

原载《今晚报》2009年11月17日

“奶奶考生”召唤非功利学习

现今“考证”族不再是清一色小年轻。报载，沪上及周边省市退休老人考出计算机、外语、书画装裱、按摩等证书的日见其多，甚至还有通过“天下第一考”——国家司法考试的。近日又见老年大学新春开班火爆的资讯。

退休了还去考，太累，又有啥用？——友人质疑，在所难免。何以应答？该轮到那句歌词：“其实你不懂我的心。”

确有志在功利者。外语之用，在出任涉外导游；装裱之用，在给画家打工。不过，绝大多数老而好学者却属非功利型。用坚持20年自学高考的八旬奶奶王邑生的话，就是“学习让我变得更充实而快乐”。

快乐，还不重要？！幼年失学的遗憾曾经刻骨铭心，如今与证书同步而来的，是一偿夙愿的欢欣。不仅文化低的，连高水准的也来了，为的是追求持续学习本身具有的快慰。就像《伟大科学家的生活传记》（陈仁炳译）中记载的“现代科学之父”洪保德，甚至教授们都不时引征他著作的，他老人家却每晚去柏林大学旁听，寒暑不辍。什么提高薪水、职称的念想全没有，拥有的只是鲁迅所谓“嗜好的读书”：“在每一页每一页里都得着浓厚的趣味。自然，也可以扩大精神，增加知识的。”

看起来，没有的属“实”，拥有的属“虚”，不划算。孰料这叫虚而不空。“科名不来，学问在我，原不是折本的买卖。”（郑板桥语）学问，学问，恰是垫高了老人的立足点，拓宽了他的交流面，帮助他觅得成就感。于是“孤寂”、“无聊”啦，种种心理幽灵再不会敲他的窗。上而言之，他们容易适应现代社会的需要，理解科学发展的举措。社会调查表明，大凡力主节俭嫁娶、计划生育，拒绝巫医治病、奢办丧事之类的老人，绝大多数是爱学习、有文化者。下而言之，学习上进了，走偏概率也低。犯罪学家论证过，由于生活孤单乏味而滋生不健康心理乃至犯罪的老人，以城乡文盲或半文盲者居多。

“奶奶考生”以无言的身教召唤非功利学习，我想这是向同辈、也向晚辈发出的。年轻人特别需要目光四射、视通万里，岂可除了考试所需，其他课外书一概不读？以致有的地方，作为素质教育突破口的科技创新活动难以为继，因为家长观念是“你不给加分，咱孩子不来”！如果说中学生这样子，有体制因素的影响，那么进入大学和研究生阶段，解除了高考的达摩克利斯之剑，依然老样子，该怎么说。须知康德论述非功利性，尤其指的是在大学，要求不能以功利性的态度从事研究（据朱庆葆、王永义论文）。做晚辈的理宜见前贤而思齐——不为职业上功利上的好处，而对这本那本课外书爱不释手吧。最终会从中获取美的享受、力的支撑、精神的陶冶。

真该感恩“千年不遇我逢辰”的新时期。众多的爷爷奶奶捧起书本，来之不易呀。人，总是存在经由学习而不断实现自己丰富潜在能力的需求。然而，认知需求离不开物质前提。马斯洛将人的需要分为五个层次，认为“自我实现”的高层次需要，必建筑在有吃有穿并有安定环境的基础上。所以在发达国家，古稀老人围着电视机做作业，不稀奇。在我们穷得慌的昨天，功利性学习尚难普及，欲推广非功利学习，促成人的全面发展，难矣哉。然而今非昔比，物质条件极大改善、余暇时间空前增多的今日中国民间，非功利学习势将愈益扩展，不复“奢侈品”身份。亟待我们珍视机会，投身其中。

原载《解放日报》2010年3月17日

“批评部分失实”两面观

先是《2009年度上海十大新闻》选入“倒楼事件”、“非正常执法取证”事件，继而武汉市长坦言当地“好新闻奖没有‘六连号’事件报道，有点遗憾”。一正一反，都表明官方支持舆论监督，都大受欢迎。

曾几何时，媒体乃至网络构建的监督声浪，是惹人厌的，在一些官员眼里是视作洪水、咒曰“添乱”的。但是，合乎民意的走向岂可违，执政理念的改进不可挡。透过各地力挺舆论监督的背景，观照近期沪、汉领导层欢迎批评、察纳雅言，我们聆听到的，恰是一部中国民主政治的雄壮进行曲。

监督体系，促成权力体系的健康。道理就在中共上海市委全会上形成的共识：工作中不可能没有缺点和错误，特别是在长期执政的条件下。从善如流，有利夯实执政基础；拒谏饰非，必定丧失群众信任。

凡事却忌简单化。一些干部害怕舆论监督，亟待矫治，亟待确立施政者“在舆论监督中生存”的理念。然而，确有些干部顾虑的“就怕舆论批评失实”亦非多虑。不要说网民意见，就是正规媒体也不乏走眼打空，如堂吉诃德战风车的。结果在很多地方，舆论监督全部确凿，容易获普遍认同；反之，主要事实站不住，会遭一致否定。难题在于部分批评介乎两者间，常见的是大部分属实，少数地方失实，咋办？

我看好办，依然欢迎，不妨解释，要旨在保持“在舆论监督中生存”的民主政治常态。这种欢迎，显示出一个施政者的民主理念。好多年前了，从《学习时报》上看到时任湖北省委书记的俞正声，就武当山景区文管部门把刚刚修复的古建筑作为招待所创收而被媒体曝光一事说：“我看媒体的批评是对的，除了‘三星级宾馆’说法不准确外，其他都属实。”“要正确对待新闻舆论监督和批评，批评是对的，就一定要改。即使有一些批评不准确，也不要斤斤计较、耿耿于怀。”当时远在山东的《齐鲁晚报》评论道，希望有更多的官员能这样权衡舆论监督的利弊，“对并非故意造成的差错保持充分的理解和适度的宽容。要知道，如果不这样做，就会不断压缩舆论监督的空间，正义的眼睛就会不断蒙尘”。

何以需要凸现“舆论监督中的并非故意造成的差错”这一命题？来个强调每一篇批评稿件必须达到真实，不就得了？是的，真实是新闻的生命。记者采访务必深入实际，撰文务必实事求是，应当以“无一字无来历，无一语无依据”自律。然而，知易行难——事实是复杂、多侧面的系统，欲全面观照，可不容易。尤其记者于匆忙之中采访涉及多个人物、部门的突发事件，就如李毅中名言所谓“媒体不是中纪委，媒体不是调查组，媒体不是审计署”，怎能从容调查所有当事人？至于在某些当事人处处“施绊子”的场合更是如此。既然通常并非有意造假，而属无心出错，一个高明的施政者就不会苛求。

对于整体属实的批评，只是其中有将招待所写成“宾馆”这类小差错，被批评单位须有雅量。至于被揭出重大丑闻还呶呶不休、苦苦洗刷，何苦来着！张平回忆自己的反腐小说《天网》、《法撼汾西》出版后，“其中一个干部在法庭上说，他儿子实际上只强奸、轮奸了两次，而且不是在他办公室而是他老婆的办公室。他问我为什么要写八九次，法庭上一片哗然”。数据诚然出入，但属量的区别、质的同一，一样是伤天害理，可以据实解释，却该大义惩亲呵。

其实，1954年中共中央关于改进报纸工作的决议就规定：“对于报纸上的批评认为不正确或有部分失实的，应当实事求是地加以解释，但是对其中正确的部分，即令是只有百分之五，也必须虚心接受。”传播学家魏永征认为，这一规定重点在施政者须接受并不完全正确的批评新闻中的正确部分，而没有要批评人去承担那不正确部分的法律责任。唯此方叫民主施政，这是一方面。

另一方面，就是媒体一经发现批评报道失实，须不掖不藏，公开澄清，唯此方有公信力。近见南京市委发言人曹劲松谈话，言及在北美考察时问讯当地政府如何对待媒体批评出错，得到的答案是“和媒体沟通，指出报道错误。一般媒体都会主动承认错误，把报道不准确的地方还原”。我们的媒体，也一样该具有“还原真实”的勇气。

原载《学习时报》2010 年 3 月 29 日

来个费尔马式“隔离带”

如何预防司法腐败？前些天，浙江高院院长齐奇的两段话令我思索。

前一段，是别出心裁地解读“黄松有案”。对臭名昭彰的大贪官，他不跟着骂，倒是说“据我对黄松有的了解，这个人的业务水平还是比较好的，素养也是不错的。他是恢复高考以后考上西南政法学院的，一个农家子弟”。竟然，他还深表遗憾哩：“可能在他读书的时候对社会上腐败的事还是有想法的，想到法院伸张正义。但是，走上社会后慢慢忘记了自己的承诺。”

原来，有污黑的今天，不等于没有闪光的昨天。好像“过五关斩六将”考选出来的公职人员皆无素养唯有裙带，恐非持平之论。人，是会变的呀。冯玉祥回忆录《我这三十年》曾痛惜很多有志青年：“谈到政治的黑暗，社会的腐败，往往脸红口颤，把地板跺得咚咚作响。一朝置身社会，久而久之遂同流合污，自己也成为黑暗里面的一个分子。”八十年一晃，世界变化快，人性变化慢，“由激烈始，以腐败终”的下跌滑道依然顺溜。

何以阻断它，至少让它不那么滑溜呢？这就是齐奇的后一段话：一定要“抓早”，不要等出了大问题才着急，等到法官已经受贿几百万元就晚了。有意思的是，这个“早”，既指某庭长私下跟当事人接触等违纪犯禁之举，也包括尚在合法范围。“比如某法官上班的时候，电话特别多，办的都是私事，晚上饭局很多，交友很杂”，亦须早予劝诫。这就特别深刻了。

不可私下接触当事人、交往律师，防止“吃了原告吃被告”……诸如此类，禁令高悬，岂容染指。诚然，接触不等于舞弊，但确实提供了舞弊的空间，瓜田李下，教训殊多，还是来个“隔离带”干净。时至今日，谁都承认此乃防范司法腐败关卡的前移了。只是前移至此，未可止步，还可再移一步。索性将过度的社交活动一股脑儿交付“隔离带”，杜绝“白天电话多，晚上饭局多”，如何？

不要说什么“太苛刻”。我想到的是费尔马。当他四百年诞辰时，蔡天新教授写过一篇纪念文章，言及这位数学大师白天的职务是上访接待室的法律顾问，晚上则孜孜不倦于“费尔马定理”等令后辈学者惊异不置的奇思妙想。“部分原因是那个时候的法国反对法官们参加社交活动，理由是朋友和熟人可能有一天被法庭传唤，与当地居民过分亲密会导致偏袒”。原来，将隔离带宽阔化，延伸至业余交往，早已有之。

不跟涉案人员交往，是一种针对性的显形防腐，可谓“窄带”；不跟杂色人等交往，则是宽泛性的隐形防腐，可谓“宽带”。“窄带”亟待变为“宽带”。理由挺简单，今天未涉案的交往者，明天可能惹上形形色色官司，转化为当事人呀。身非法律学者，学不来“说个事，就立个法”，倒是以为《中华人民共和国法官职业道德基本准则》第四十条足可援用：“法官应当谨慎出入社交场合，谨慎交友，慎重对待与当事人、律师以及可能影响法官形象的人员的接触和交往，以免给公众造成不公正或者不廉洁的印象，并避免在履行职责时可能产生的困扰和尴尬。”这“谨慎出入社交场合，谨慎交友”十二字，不妨解释焉，大可挖掘焉。沉湎歌台舞馆，热衷酒盅麻将，还算“谨慎出入社交场合”？三教九流交遍，鸡鸣狗盗盈门，像马援慨叹的大侠杜季良般“清浊无所失，父丧致客，数郡毕至”，则“谨慎交友”云乎哉？

依我之见，不仅法官一门，但凡手持法柄者，无论公检司或税商监，都该来个费尔马式的“隔离带”。改用一句西谚吧：“法律是不说话的执法者，执法者是说话的法律。”执法者是社会的裁判员，不是运动员，不要卷入滚滚红尘里去，日常生活理当对人对事拉开距离，保持中立，门户清静些，脸面严肃些。执法者也食人间烟火，也有三五良朋、七姑八姨，那些必不可少、低调奉行的社交活动自会得到公众认同。但是，公众如何能够宽容到将一条整日价出没高档娱乐场所的“混江龙”视作公平公正的化身呢？

“这一来，我的业余生活会受影响吧？”嗯，会有点清寂。清寂也有清寂的好处。利用这大好光阴来静静地思考、学习吧，可以钻研本职专业，也可以扩大范围，像费尔马研究数论那样一展长才、泽溉后学。我想到王选院士生前一句话了：“我们会缺少常人所有的快乐，但我们因此会具备常人所无的快乐。”

原载东方网评论频道2010年4月1日，

2010年第9期《上海人大月刊》转载

想到“一罪不两治”格言

《南方周末》发表了两篇批评朱永嘉的文章，各有道理，以刘绪源文更具说服力，我以为。可惜未曾登载朱的原文，及其解释初衷的博文。于单方面批评的缺憾，结果会令读者陷入闷葫芦里吧。

说句公道话，症结不出在《南方周末》，而在某种年深月久的不成文规则。据悉，朱永嘉标注的古诗文在海外都用本名出版，但他和友人合作标点《明词汇刊》，虽说纯学术而已，境内出版却署上他事先不知晓的笔名“朱允佳”。所以“被笔名”，盖在潜规则作祟——有前科者，发表权打折扣也。

说到“被笔名”，可追溯到很早。叶永烈写的传记述及，陈伯达在保外就医期间，他的两篇文章在高层领导关心下，分别刊登在 1982 年的《读书》和 1983 年的《理论与实践》，皆用了新笔名。

这容易理解，因为陈伯达刑期未满，没有政治权利；加以林江集团公审未久，改革开放路轨甫设，尚需防止不必要的思想波动。问题在于，今天朱永嘉的刑期和剥政期限早已满了。且盛世太平，依法让每个公民自由地思考、发声、创造，是法治社会的要求，是国家有自信力的表现。记得于1994年看到《大人物的变态心理》一书，封皮上署名"戚文、高洪兴"，版权页却见"戚本禹"，我笑过这"障眼法"后写下《何必如此署名》（发表于同年6月6日《上海法制报》），提出若戚本禹仍处于被剥夺政治权利期中，那他既不享有出版权，也谈不上署名权；反之，若期限已过，他有了出版权，也就有了堂堂正正的署名权。文章被多家转载，未受阻遏，我满心欢喜。岂料你说你的，嗣后一切照旧，流风及于今日。

流风之内核，是一种凝固化思维，似乎一名落过水的风云人物即使已受惩治，并已恢复公民身份，仍然理当"永世不得翻身"。你看，因严重违纪而落马的原国家统计局长邱晓华，即使在"双开"后，即使不过在中海油总公司下属研究机构任职，发了一篇《掌控当前经济形势的政策建议》的文章在网站上，竟引来好多网友责问"怎么又出来了"。还有褚时健，这位一手把云南烟草推上行业高峰的"烟王"，出狱后经营2400亩果园，也引来网上一派骂声。我想，跌倒爬起者，只要他们今日所为经过法律程序，又何必算人家的老账。须知法治原则恰是英语格言所谓"一罪不可两治"，就是不能对于同一犯罪事实再度科处惩治。这是张明楷《刑法格言的展开》一书申说的道理。法治的深刻性在于不仅一般地保护公民权益，而且特殊地保障犯罪人在刑期及其后的合法权益。

前科昭彰者固然不准重任公职、东山再起，那也是法有明文。事实上，用邱晓华的话说："官方里面没有我了，我现在只是一名普通的经济学者。"这又有何不可呢？有过污点的人才也是人才。人才难得，无论才堪大用或才仅小用，用在中华人民共和国就好。湖海虽大，不捐细流，"占小善者率以录，名一艺者无不庸"，我们应当抱宽阔的胸襟。所以从前刘伯承当军事学院院长，就请来若干原国民党将领任军事教官，即使学员发牢骚也不管。

不宜将人看死。《菜根谭》的主张是"甘蔗吃前半截，人生看后半截"，"贞妇失节，何如老妓从良？"（大意）走好"后半截"，也是人家依法行权呵。可以忏悔，如林杰和他人合著《盖世英雄彭德怀》（由河北人民出版社 2003 年出版），从新的视角研究自己曾经错误批判过的彭老总；亦可解释，如今年第一期《炎黄春秋》登出聂元梓文章，跟先前的牛辉林《夜半抄家记》一文商榷。无论是前者获赞誉或后者遭网上批评，据我所知，公开刊布这些作品的做法本身都受到社会肯定。至于朱永嘉，他如有不当观点（他也在博文中做了解释，不妨参看）自该批评，但他标注古诗文毕竟是传播中国文化，他回忆并阐释毛泽东晚年关心的诗文也值得关注。朱学勤曾请朱永嘉给他的研究生讲秦汉古制，还主张创造条件让他留下回忆资料，我看都是有益的。

末了，想说点题外笑话，就是朱本人执行毛泽东晚年"左倾"路线及其代言人张姚的指示不折不扣，错误多多，但是当年在对待"问题人物"上却不乏开明之举。朱在博文《沙叶新和我一起吃饭》中说到“有一位青年作者写文章在报刊上批评姚文元，我仍然吸收他进写作组，我完全知道这件事，但从未向他提起过，免得别人提心吊胆的。写作组解散以后，他在《解放日报》一样被重用，负责过《支部生活》、《报刊文摘》的工作。其实，这才是党一贯的政策，类似的情况决不是个案，写作组内有炮打张春桥的红革会骨干，有高义龙炮打过于会泳，还有说过江青坏话的人，我一律量才录用”。那个“炮打张春桥的红革会骨干”指魏永征（现为中国传媒大学教授、著名新闻法学家），“说过江青坏话的人”指纪树立（后为上海社科院哲学所研究员）。至于“写文章在报刊上批评姚文元”，是指我读初三时，于1966年3月21日在《文汇报》发了《廉贪有别》。在尴尬岁月中忽然得以进入“直通天庭”的市委写作组，我当然感恩不尽。似乎还及于写作组之外，网上有骆玉明的《〈枯树赋〉的解读及其他》说当今的文学史大家章培恒，当年被朱招引为毛泽东注释古诗文，从而使其受“胡风案”牵连而恶化的处境有所改善。有一回为注释文字，引起毛不满，批了一大段话，朱也不责难，自行检讨了事。“章先生说，朱永嘉为人还是不错的”。看来在力所能及的范围，朱本人所为，倒也与“一罪不两治”暗合哩。

原载《南方周末》2010年5月6日

〔附〕拙文于2月8日发送编辑部。近日获编辑刘小磊先生回音，始知马立诚、刘绪源先生批评文章发表后，朱永嘉先生迄今未给编辑部投送过答辩文章。经去电询问朱先生，也证实了这一点。刘小磊先生并明确告知：“从论战的规则来说，我们当然可以为朱先生提供与马立诚文同等的发言的机会，并无您在文章中的顾虑，以为朱先生的名字有所违碍，不便发表他的文章。但朱先生并没有来找我们。”这一来，我于文首的抱怨“可惜未曾登载朱的原文，及其解释初衷的博文”云云显得多余了。这其实倒是我最愿意看到的，即我所喜爱的《南方周末》，那里的编辑同行的确是信守公平、开放原则的。

李连杰何须困惑

明星救灾捐款数额还在荧屏上滚动，“比较数学”就运算开了——“某某只出20万？她该淘汰了！”“他好意思那么点？只占身价几千万的0.1%哟！”

当事者困惑了：我做了慈善，咋还被议论？

困惑非止一回，我想到李连杰了。甲也砌华宅，乙也筑靓园，此县“巨资别墅”、彼市“超级豪宅”，这年头太多，人都懒得置喙。唯独轮到李连杰——“你不是搞‘壹基金’吗？把两亿元豪宅捐出不就得了？”质疑声顿起。

“壹基金”很新式。美国凯斯基金会推出网上慈善，最低捐10美元，从者如潮。“壹基金”门槛更低：“1个人1个月捐助1块钱温暖1个地球大家庭”。人人可入门，户户能慈善，多好的创意。须知吾土吾民，无论金钱捐赠还是志愿参与都覆盖率低，远逊日韩，遑论美国——其捐赠85%来自民众而非企业，其志愿参与率达44%！“壹基金”志在华夏普及慈善，岂可以一座豪宅而否定？终有记者踏访，认定这坐落于浦东的住宅其豪华程度被夸大，“上海最好的豪宅应当在浦西的佘山”。拳拳洗刷盛意可感，却也折射出种种疑惑未消。

其实又何须洗刷？真是中国明星“第一豪宅”又何妨？人家做慈善，出钱加出力，“两年的‘壹基金’筹备，比20年电影生涯都要艰辛”，诚非虚语，可以想见。借用富勒“愿望的道德”和“义务的道德”两层次说，则李氏行事够得上“义务的道德”；不宜苛求“愿望的道德”——富翁一慈善便责以裸捐，逼其“居陋巷，食陋羹”！捐出千分之一好，十分之一更好，捐多少都好。死守“要么不捐，要么全捐”，只会将人吓跑。看看欧美，推崇“贫民窟圣人”特蕾莎，却也鼓励富翁一边“凤阁龙楼连霄汉”，一边源源不断撒善款。

难解的，在于诺贝尔和平奖到头来竟给了特蕾莎。机械论的“比较数学”又失灵了。“穿凉鞋没有袜子”的她，哪有华尔街巨子动辄数亿的捐赠大手笔？不说早年，就到功业巅峰，连那份诺贝尔奖金，甚至授奖宴席都省下折换成7100美元捐出，撼人心者仍在精神而已。原来，“内行看门道”，慈善看比例，“上帝不仅看你捐多少，更看你剩多少”（回沪定居的资深报人许锦根告以美国慈善界这一妙语）。明乎此，就明了何以台湾普通菜农陈树菊凭30多万美元捐赠会入选《时代》全球百人榜，何以大陆的白芳礼老人常年蹬三轮资助300个穷孩子就被网媒联选为“感动中国人物”。

慈善的规则是自愿，一嚷“你该多捐点”准犯规。然而谁自愿抬高捐赠比例，一准大受敬重。比例愈高，爱心愈浓，影响愈大。只要比例高，穷人也骄傲，“平民肯种德施惠，便是无位的卿相”（《菜根谭》语）。那捧着一储蓄罐硬币的小女孩受阻于德克萨斯州高档慈善晚会，不就以一句“慈善的不是钱，是心”，令满园豪富改容相迎？盖因她已属“裸捐”，爱心无以复加。比较起来，愈是富翁则高比例捐赠愈难——他一个百分点都含金量不得了，何况裸捐？盖茨一裸捐，须以500亿美元打底！由此可释“财主进天堂比骆驼穿针眼还难”之真意，可知切勿吝于给慈善富人以敬意。

有心从善，多少不限。即如一些中国IT富翁也赞盖茨、也做慈善，但宣示“由于公司还年轻，难以捐出更多”，我说有捐必褒，少又何妨。这是一方面。另一方面，也得提醒：长期对公益投入比例很低，则慈善感召力不会高。感召力出乎“比例”，终不靠作秀、公关也。

斯是规律，岂独IT富翁为然乎？

原载《文汇报》2010年6月20日

给“奇事”设几道戒律，如何？

谁说媒体报道作用不大？这些天，几篇文章一披露，那种心急火燎打来“你有办法挂上‘悟本堂’预约号吗”的电话戛然而止。唇焦舌敝仍无济于事的“我不认识也不相信他”的解释，就此停歇。

回想起来，已经好些年了，神医圣手似乎轮番来着。比如电视播出了“不用开刀吃药就可给瘫痪病人肌肉恢复功能”的李培刚，顿时崇拜者如堵，恁多病人家属急急乎电话联系。再早些，有提倡牛筋汤的“刘太医”，有“红薯王子”林光常，更有“芒硝治百病”的胡万林……

记得瘫痪病人家属寻寻觅觅却始终电话打不进，转而上网求援之际，拍砖的出马了：找什么找哟？大师手到病除、患者立地站起，医学上讲不通，事实上办不到。还引用先哲名言来解惑：“绝望之为虚妄，正与希望相同。”——那希望本属虚幻，所以又何必绝望。

休将表演当真实，莫视虚幻为希望。对呀，冷静下来，思考一番，谁不认同！问题是冷静过后，掉转枪口，人家一股火气发到媒体头上来——“原来不晓得那些‘大师’的，后来都上电视、登报纸了，能不信吗？”

是呀，媒体帮助受众识破挂羊头卖狗肉者，功劳赫赫。但是话分两头：事后销势，作用大矣哉；事前造势，作用也曾大矣哉。人家抱怨，也不为过。须知新闻的生命在于真实，媒体以传播真实信息为标志。于是乎，你请来“专家”出镜，“妙方”迭出，天花乱坠，让专业知识欠缺的老百姓不信都难。其中，会不会有新闻同行串同作伪、分赃？也许有，也许没有。但是，据我了解，好奇心浓，求实心淡，碰上奇闻逸事则见猎心喜的同行，所在必有、多有。

奇人奇事，不以医疗养生界为限。从前的“严新发气功灭火”、“王洪成变水为油”，今日之某名演员“肉眼透视”、某失业者“地震预测”，直令人眼花缭乱。“子不语怪力乱神”，榜样在夙昔。可我们有的媒体，偏爱追腥逐臭，喜好“怪力乱神”。

说起来，新闻姓“新”。在竞争态势下，版面不新鲜，页面缺猛料，荧屏几天不见奇峰突起，那就会影响到发行量、收视率和广告额的。可是，新也有则，奇也有度，底线就是必须真实。舍此，始而轰动一时，继而质疑四起，终而出乖露丑。一家时不时出点造假丑闻、公信力大失的媒体，受众不想打开你的版面，不愿调看你的频道，结局将何以堪？

守住底线，需要养成科学精神，即尊重事实、信服真理、反对迷信、防止盲从。不消说，养成有待学习，是一个软约束过程；养成也要硬约束，即来几道规范性戒律。龚育之生前告诫“检验自然科学的实践，是实验，不是表演”，勿信服某些不敢进入科学实验室，却卖弄于厅堂饭桌的“神功异能”，就是一道。我还赞赏辜晓进介绍的美国科学新闻社两任社长为报道制定多项戒律，其中一些专冲“反常事件”而来。如在“超科学的事物”项内，有“预言世界将于近日内毁灭”；在“离奇的机械发明”项内，有“任何假设已失传的方法，又重新发现”；在“荒诞的生物消息”项内，有“一颗种子历三百年而发芽”，“蟾蜍或青蛙在石间生长了无数年方才发现”；等等。

不是说任何“反常报料”一概须打入冷宫。关键在于，“隔行如隔山”，媒体人非比科学家，鉴定“新发现”务须经由权威的科学机构，切忌以抢发新闻为快。

原载《今晚报》2010 年 6 月 25 日

记住一句珍贵的赞语

坐一趟火车，好比上一堂社情民意课。瞧，动车飞驰之际，素不相识的诸邻座聊开了，从这里征地款补偿短斤缺两，到那里“新农合”尚难落实…… 令人皱眉的事情不少呢。

却也有赞美的。这不，听到广播里介绍神木县产油致富后实施“全民免费医疗”，一片叫好声：“这个县委不傍大款！”“社会公平嘛，至少让穷乡亲医疗得保障。”我最欣赏的一句是：“这里的镰刀锤头才是真的！”

如果你是共产党人，请记住这句珍贵的赞语。

透过赞语见宗旨呵。“军叫工农革命，旗号镰刀斧头”（大诗人笔误，应为“锤头”），我党我军自建立那一天起，甘冒枪林弹雨，不惜流血牺牲，所为何来？就是抱负最深刻的人文关怀，要削尽不平见公平，要创设一种崭新的制度安排，让全体人民包括啼饥号寒的无产者都能过上幸福生活。事业的本质，鲁迅一言以蔽之："革命并非是叫人死，而是要人活的。"诚然，时代在前进，革命党升级为执政党了，过去的农业经济演变为信息经济了。作为劳动工具的镰刀、锤头、木犁，已然被机器、流水线、电脑取而代之。不过，"镰刀锤头"象征的广大劳动者，始终是社会主义事业的主力军和服务对象，不允许被挤出执政党的视野。

以为执政在位就可自作威福，那样的共产党干部叫找错了门。"三公消费"挥金如土，轮到给农民工发薪，他却哭穷"打白条"，真叫岂有此理！甚至在我们上海浦东外高桥，揭露出一名规划建设官员，职责所系理应"大庇寒士俱欢颜"，他却只"庇"自己，利用职务收受房屋29套。好在群众眼睛雪亮，谁个优，谁个劣，谁个的"镰刀锤头"是真，他们心中有数。

"镰刀锤头"的涵盖面也该与时俱进。进入新时期，我们党的执政基础更宽广。不消说，我们要防止陈旧的思想偏向，要协调不同方面群众，保护好新社会阶层的合法权益。但是现在看来，更要防止另一种思想偏向，即见财眼开、嫌贫爱富。君不见有个重点贫困县，一年财政收入只有7亿元，却拿出6亿元奖励一家民营企业，导致舆论哗然，终于被省委出面制止。"但照绮罗宴，不照逃亡屋"，如此偏心眼儿，真不知其宗旨意识到哪里去了？

手心手背都是肉。这一边，那一边，每一边利益都要照顾好。为着彰显公平，公权力需格外地照顾弱势一边。什么叫公平？不但追究非法所得，比如什么人受贿29套房就须"呕"出来，这是第一层意思；且有第二层意思，即合法的竞争下也会出现收入悬殊，导致29比1，甚至29比0，那也要调节。借用美国人约翰·罗尔斯在《正义论》中的主张，即承认分配差别，却呼吁只允许那种能给最少受惠者带来补偿利益的不平等分配。“左”风猖獗时期的“手术刀不如扦脚刀，造导弹的不如卖茶叶蛋的”收入倒挂诚然荒唐，理该一去不返。可是如果听任“卖茶叶蛋的”吃不上鸡蛋，乃至如古民谣唱的“泥瓦匠，住草房；纺织娘，没衣裳；卖盐老婆喝淡汤”，也是不能容忍呀。

是的，勿忘自己宣过誓的宗旨，我们才对得起百姓的赞语。

原载《人民日报》2010年6月26日

当心“谢本师”现代版

高考传捷报，教师节在望，每年此际照例热闹。媒体上披露诸多学子敬师谢师，花样百出，连“出国游”都奉上了呢。

有识者告知，这等谢师，可不都能当真看。相当部分不过是将课堂里的交易，又换了课外罢了。前一阵他所在中学出测试题“毕业后惦念老师吗”，肯定回答者为20%，绝对少数。

惊讶之余，想到杨剑龙教授前些年写过文章，说有一次和华东师大的钱谷融教授在江临开会，钱先生教过的五个韩国学生，不约而同地从各地围到先生的身边，一直到他们离开韩国为止。教授感慨，这种尊师行为在我们这里已经很难看到。

何以至此？儒学传统在韩国未曾中断，敬老爱幼、尊卑有礼堪称原生态，孩子们在这骀荡春风吹拂下成长，是人家优势之一。还有之二，即软件优势背后，以硬件优势支撑。韩国也少不了巧人，变着法儿送老师“红包”，美其名曰“寸志”即“略表寸心”哩。叫你死了这份心，政府规定铁硬，教师收受10万韩元（1美元约合1100韩元）以下都予行政警告，遑论以上?!

反观吾土吾校，师道之不传也久矣。泼孔学的脏水，稍不注意，少数场合就连孩子——“尊师爱生”也一道泼出去了。废除书院私塾后，马一浮挖苦得妙：西式学校，计钟授课，铃响辄止，有若买卖，交易而退，各不相干。

话虽如此，我们这辈人在各个教学段，无不领教过贴补清贫学生衣物书费的“妈妈老师”。我小学时的班主任顾慧清就长期资助穷学生梁国金，后者经努力终成重点学校市西中学负责人。可惜尔后功利主义一兴，校园里如诗如歌的童话退潮似消减。像刘东生院士回忆的从前杨钟健老师每晚给他讲解齐特尔的教材——当然，不收一分钱的——那般温馨镜头看不到了。看到的是教师强迫学生购买自己编的教材，否则不给及格；是敷衍上课、高价补课，一旦考上还得“表示表示”。广东英德市教育局长赖来新受贿被抓，近百名中小学校长赶忙自首，你看平时都干什么了！“苟有所取，即商贾之人也，仲连不忍为”，可是灵魂工程师却忍为、正的邪的都敢为，还有啥魅力、吸引力乎?

也不单怪老师。复旦校长杨玉良批评教师功利主义，追溯到办学体制，就全面了。现在，认真备课、深入浅出、辛辛苦苦，没啥好处。参与量化考核、争取课题基金，发论文、升职称，才好处大大的。一位教授的话闻之心酸：“原先紧密相连的本科教学已然从高校学术共同体中分离出去了。”本科生成了现行体制的多余人，还盼谁来爱生如子，跟你共同探讨什么来着？奢望去吧。

于这等地方，欲学子尊师，怕也成奢望。倒是想到一百年前，那一回为章太炎倡言革命排满，老师俞曲园直斥“非人类也，小子鸣鼓而攻之可也”，章氏是写下《谢本师》，辞谢师门的——原因不一，规律则一，为师不尊，为生不敬，其来有自，夫复何言。

原载《上海法治报》2010 年 8 月 30 日

非理性同情很可怕

幼时从名著摘录的警句，几次搬家，丢失大半。但其中精彩的，纸片不在，印象仍在。比如罗曼·罗兰小说里的一句，大意是，年轻人元气充沛、血气方刚，哪怕是发现天涯海角一丁点不公正，他们都立刻像狗一样发出正义的吠声。——即使早已跨越了青年时代，它依然时时惕励着自己保持对于受欺辱者的同情。

任何事物却都具备两重性，定理只适用于一定范围，警句亦然。这是我近年才痛感的。你看呀，好几次了，这里那里冒出绑架无辜路人要挟者，凶神恶煞的，理所当然遭到严惩。但是，只要后来传出那绑匪原先颇具苦况甚至受过委屈，无奈之际才出此下策，就会有好多网友大发恻隐之心，一掬同情之泪。这就有失理性了。

非理性同情还溢出网络侵入报刊，更可叹。比如前些天菲律宾劫杀人质事件后，媒体介绍凶手门多萨生平本属正常，但其中也有染上此症的——某刊采写知情者忆述“这位曾当选菲律宾国际青年商会十大杰出警察之一的前警察”，大量引用其家属的辩解之词。什么“他不是崇尚暴力的人”啦，什么导致其被解雇的“敲诈勒索案”是遭陷害啦，甚至有其子的“我将沿着父亲的警察之路前行，因为他是一个好警察”。洋洋洒洒，几达半篇，怜惜成了重心。

且不说利益相关人的鸣冤叫屈可靠否，即使句句确凿，也不改变对其定性。一个蒙冤受屈的弱势者，通常无疑的，应予同情且须救助。但是一旦他采取极端残忍的暴力要挟手段，则“通常”一变而为“异常”，不可同情，只可谴责。哪有只要处在弱势，就该放任、就连他的疯狂行为也包容的道理？况且，什么弱势、受欺压，当他戕害手无寸铁的游客时，全都谈不上了，此刻他欺压的是更为弱势且无辜者！我赞赏柳宗元《驳复仇议》中的见解：“不议曲直，暴寡胁弱而已。其非经背圣，不亦甚哉！”

一念之差，一步之误，霄壤之异，人兽之别——明乎此，才叫是非分明，理性思维。“甘蔗吃前半截，人生看后半截”，先前如何如何此刻多说无益。草木经火而成灰，水过100度化为汽，这就是质变。汪精卫有功于辛亥革命，与蒋总司令共事也受气多多，但是当其认贼作父沐猴而冠，谁还去称颂他的昨天同情他的今天？

有网友为支撑门多萨而举出我们的民主革命前辈如敌后武工队等，都有暴力抗争云云。哎呀，也许在他们眼中，今日某些国度之“人体炸弹”不亦英雄乎？在健康的社会，维权要依循和平的法制道路。但是确实的，在“漆皮灯笼”般黑暗的社会已无此可能，如很多王朝的腐败末年，如日寇铁蹄下的沦陷区，则只有来个“汤武革命，顺乎天而应乎人”（见《易经》）。即使在这样的时候，“冤有头，债有主”，反抗大军也忌滥杀无辜。憎敌人与爱人民是统一的。革命者不惜血汗，唯一的目的是为解救人民。《游击队之歌》唱得好：“我们都是神枪手，每一颗子弹消灭一个敌人。”哪见过我们的武工队枪口对着老百姓换取什么“让步”的事情？戕害无辜民众，即与人类为敌，跟正义的目标背道而驰。水泊梁山起义军，鲁迅最反感“李逵劫法场时，抡起板斧来排头砍去，而所砍的是看客”。绝对不会赞扬他的。

无论在何处以何种理由袭击平民，都应当旗帜鲜明一概谴责。记住“人民的安全是最高的法律”（霍布斯《论公民》语）的信条吧。这才是对全人类命运负责的理性选择。

原载《新闻晚报》2010 年 9 月 17 日

中国人的“遗嘱忌讳”

过去太穷，捉襟见肘的，还真没见过周遭有谁写遗嘱分家产呢。所以如今冒出若干立遗嘱公证的，媒体便纷纷抓拍。据云大抵低龄化，无非是生财有道，赚下几十上百万块，遂忙着交代万一“大事不好”该如何如何。中老年朋友惊讶不置了：年纪轻轻的，也不讲个忌讳？

吾土吾民，历来就忌讳多。倘若属于无碍的忌讳，像旧时村夫野老动辄掏黄历，择个“宜行”、避个“不吉”，聊以自慰，本来就让他去吧。可是我要说，身后事忌讳不在此列。一直记得多年前在《文汇报》上读到一篇文章，标题就叫《不立遗嘱留麻烦》！

真是麻烦。文章说的是特型演员古月去世突然，未留遗嘱致使前两任妻子的子女起诉后任妻子的一连串事儿。那是往事，眼下呢？侯耀文遗产案，又是前两任妻子的女儿状告大伯，唇枪舌剑，铿锵开打，至近日方调解收场。一架吵个一年余，好烦心的官司马拉松。你方唱罢我登场，季羡林遗产争执眼看已拉开阵势，正没完没了来着。海峡那边，为王永庆更属惊人的庞大遗产，也缠斗犹酣。

也许很多人生前并非执意拒绝立遗嘱，不过拖延、轻视而已。但是，透过太多个体的疏略，看到的是一种集体无意识，是社会整体潜在的忌意。

忌什么？人生在世，盛极而衰，无可抵御，“纵有千年铁槛寺，终究一个土馒头”。可想不通者多，讳言一“死”，牵连到安排身后事也成忌讳。我赞同一位论者的苦口良言：正是立遗嘱这看似不吉利的举动，能够保证在变化莫测的世界上，给自己和亲人一个万全的交代。

“相信家属后辈都会重亲情，立个遗嘱反倒让人笑话”，这也成忌讳之由。扫兴的是，古往今来能孔融般让梨者几希。据说一位海归艺术家在沪病重之际，想到立遗嘱，却被劝止于“该放心自家孩子”。结果，这边厢“一抔之土未干”，那边厢围绕遗产公堂相见。说句不中听的，重大利益面前，还是套用“经济人假设”，要比“亲情人假设”可靠。不妨先假设后辈都是一样完全追求经济利益的人，然后严格划定利益区间，使各有遵循。以法理奠基，结局方主动：谁要谦让，不受限制；谁想侵夺，绝对没门。

身后和谐，也是人生目标。观念需要更新了。感叹“肥肥”

生前，似乎身体也有点状况了，还举办说明会，“对于之前有报道指沈殿霞因为病重而着手开始分家产，沈昨日力斥有关报道，说自己身体状况还是很好，根本不用这样打算”。殊不知，“病重”或系误传，纠之正之可也；“分家产”却是个正面的词组，早做预案，显示理性，一点也用不着“力斥”的。

走出忌讳，让我们像欧美人士般把写遗嘱当成必修课吧。自然，“修”也有规。我想到两位文豪了。鲁迅于最后岁月写的《死》，遗嘱谆谆“别人应许给你的事物，不可当真。损着别人的牙眼，却反对报复，主张宽容的人，万勿和他接近”等等，无一字涉及遗产，是昂扬的战斗檄文，却不是法律意义上的遗嘱。而胡适的遗嘱，家产处置细致入微，遗嘱执行人刘锴、游建文、叶良材也一一明列，乃遗嘱正宗，足以效法也。

原载《上海滩》2010 年第 10 期

名家矫情未可信

李敖参观上图，一路翻书论书还鼓吹读书，有年轻朋友诧异了："他也支持读书？以前他在凤凰卫视开讲，广告词号召大家工作忙不必读书，'李敖去读书，我们来读李敖'。"

"那叫荧屏上的矫情。新手要出名，老将要护牌，不咋咋呼呼哪有收视率？"我不假思索地回答。

少见多怪，见多不怪。自有若干名家，岂止号召你不读书，干脆现身说法，自诩压根不读书哩。

张五常，香港的这位经济学大家，好多年前即已到处声明"三十年不读书了"，"我找不到任何理由要读书"。屈指一算，他老人家从 34 岁开始罢读。然而，嗣后岁月，不说那三卷本巨著《经济解释》，就是我读过的他大写特写的报章杂文——包罗万象，旁逸斜出，不博览群书能写？

他倒还承认求学阶段狠狠读过一番书，可你看大陆儿童文学作家郑渊洁连这点账也不认：“我从小到大囫囵个看过的书不足三十本。”“我写的书比看过的书多。”那么，他不是有间大书房吗？“书房改成狗窝了，我的德国牧羊犬都住在书房里。”——答案竟如此。

你说三十年，他说三十本，由此“三十”情结蓦地念及最有名的康有为：“吾学三十岁已成，此后不复有进，亦不必求进”（据李泽厚《中国近代思想史论》转引）。三十岁就学问完成，早过张五常，南海圣人还读啥子书。真不知后来从《新学伪经考》到《大同书》，他怎么写出来？

不怕犯“小人之心度君子之腹”大忌，我揣想文化名流是否也有心血来潮，于是矫情作秀，希图惊听回视的时刻。不妨列一个公式，文化人的成就＝（书本知识＋实践经历）× 创造能力。那么，成就既定的前提下，读书愈少则愈见其人能力之强呵。再想想，不读书都如此了得，倘使他读了书，还不掀天揭地呵？只是苦了虔诚学子，他只知崇敬这个那个大师，喜滋滋于“不读书也成才”，哪料到纶音佛语里夹杂这样那样的世俗考量。

还得破除迷信，任何震耳宏论均依其质的规定性来判断。记得鲁迅致魏猛克信中，设计一个请出古人回答“肚子饿了怎么办”的课题，“倘说‘应该打嘴巴’，那就是岳飞，也必须反对。如果诸葛亮出来说明，道是‘吃食不过要发生温热，现在打起嘴巴来，因为摩擦，也有温热发生，所以等于吃饭’，则我们必须撕掉他假科学的面子”。要在是非分明，岂可因人存言。

“刘项原来不读书”，但那属破坏性人才，非建设性人才。欲在科学探求、艺术塑造乃至制度设计上有建树，非爱书不可。建树基于历史积淀与现实创新的结合，此乃常识。论者说得妙：“如果没有足够的知识，只有创新意识，你能虚拟出一个孙悟空，却不能造出一架飞行器。”九十年代初，有一次拜访王元化，几个晚辈皆洗耳恭听，忽闻语及一颇有影响的青年文学评论家，“他说自己写文章是从来不读书的，这样不行嘛”。呼唤回归常识，恰显学术大匠对文化事业发展的责任心。

我还赞赏陈丹青劝孩子“少上网，多逛书店”的忠告。这条常识在当下也许更紧迫，既关系学业，且牵涉品行。盖因书虫的犯罪率从来远远低于网虫。逛书店能修性，进游戏网吧却不能也。

与其听信矫情，何如跟从常识性大白话，感觉不及前者轰动又何妨。

原载《文汇报》2010年10月8日

落马者缘何想念舆论监督

最好勿轻易用“假惺惺”三字诀，一笔抹杀贪官落马后的反思。“上台则句句赞，下狱必字字贬”，此种前恭后倨，难免有势利眼之嫌吧。近读《迟到的忏悔》（吴兴人主编，华东师大出版社出版）所收集241名腐败分子言论，深感其痛定思痛，从漠视修养到贪恋钱色，留下共性兼具个性的自责，足以警世。

有自责，还有他责，即对外界的抱怨，尤引人注目。书中有深能源原董事长劳德容的如此悔悟：“现在才觉得舆论曝光是爱护干部。当初我的行为，如果有一两件被媒体点一点，也许我都会收手了。”还有胡长清伏法前更痛切之辞：“假如江西的新闻媒体能像美国记者曝光克林顿那样，敢于报道我的绯闻，我这个省委常委不至于落到死刑的地步。”

该正视抱怨蕴含的合理内核。诚然，内因是变化的根据，岂容贪腐官员将罪责推给客观外界。但是，外因是变化的条件。天网般的舆论监督，对于吏治清澄须臾不可或缺。难道层层选拔上来，教养、地位都具比较优势的“社会公仆”仍然靠不住？须知唯有在严密的监督防范机制下，才可谈普遍的而非一时一地的“靠得住”。否则恰如前几年那本书，书名就叫《总统是靠不住的》！不受监督的权力，天然是腐败的代名词。我赞成法律史学者的见解：“法治和性恶论具有密切关系。西方的法制思想就是这样从假定人性恶的基础上启动起来的。”（见郝铁川《片面而深刻的性恶论》）

可惜，舆论监督是良药苦口。两千年前的晋国执政大臣赵简子就发牢骚：“尹绰不爱我，老在公众面前批评我。”尹绰可答得好：“我不爱你的丑陋，只爱帮你剔除丑陋。”道理太简单，像一加一等于二般明白。奈何“丑陋”往往纠结着某些人的私利甚至前程，你想剔除，人家不领情，简单的道理顿时复杂化。连路面积水严重、公厕缺少标示之类工作性批评，都会在一些地方引起当局反弹，遑论抨击贪赃枉法乎！那一年张家界市交警支队为走私车上牌照，刚起头即被盯上，立马认错刹车多好。却来个下抵赖上遮掩，令调查半途而废。于是丑行放胆，丑陋升级，纷纷黑车上市，隆隆驶向八方。终于酿成大案，支队长一干人下狱，方知讳疾忌医之害。

记得报载我官员赴北欧考察，惊诧于彼邦竟然“难得发现贪贿大案”，更无肥缺职位“前腐后继”；随即知晓廉政之效有赖监督之网，五位一体的监督体系包括舆论监督。“有日月朝暮悬”，报刊电视互联网有如一支支探照灯笼罩着当政者。香港作家农妇（即孙谈宁）刚到美国马里兰州定居，一位老记者即介绍当地同行偏好揭官员丑闻，越官大越有兴趣，“舆论矛头时时在寻找目标，准备攻击”。故此一般官老爷也就知所收敛，“‘有所不为’的人很多，他们都是拿一份固定的薪金，节节省省的过日子”（引自《农妇随笔选》）。相反相成，约束权力，亦即抑制丑闻，苦中作乐味儿香，清茶淡饭日月长。

“时时寻找目标”，会找错吗？会的。普雷斯科特·布什是美国一家投资公司的老板，为了当年他来东亚诸国谈生意，恰好其弟乔治·布什总统紧接着也赴这些地方访问，于是从国会到民间不乏猜测：“老兄是否利用老弟的九五之尊在生意上取得特惠？”事情见诸大大小小报刊。然而一经各方摊开事实，悬疑澄清，对老布什兄弟的闲话收梢了。一个正派官员何惧于舆论环境透明度高？一透明，则贪者自现其贪，廉者也自现其廉。

倘若已经不那么“廉”，出现锈斑、染上污点了，还当欢迎舆论监督否？更属紧迫。切不可像早先的成克杰及日后的谢亚龙，见谁批评就“封杀”谁。殊不知封这封那，不啻封死一己改过自新之道，到头来悔之晚矣。

原载《宣传通讯》2010年第21期，

2010年12月6日《学习时报》转载

细节也是你

就为给墨西哥大叔找回失落的相机，给恰逢结婚纪念日的荷兰小两口送上份蛋糕……一篇篇故事登上东航的企业报显著版位，朋友甲在阅览室发问："东航是年销售几百亿的特大央企，怎么也关注细枝末节？"

朋友乙答得好："细节造就品牌。事情就怕一点一点加起来。"

这后一句，记得好像来自汉堡包公司，他们也主张做好每个细部。须知传播规律是，感动 1 个人，赢得 25 颗心。企业欲立品牌，务必无懈可击。

何止是企业？打小起，老师每在春游前告诫："出了校门，你就代表延平路小学。"周围有康定路、余姚路、胶州路诸多小学，各路春游大军汇聚中山公园。熙来攘往、欢欣跳跃中，你可得注意举手投足了，因为学校的荣誉会由各自学生的每一次加塞、闹架而削减，由其每一次模范行为而升华。

放大到一个国家，也同样。“在老外面前，你代表中国。”公派出国，照例关照。诚属套话，却是真话。他不读汉语，从未访华，就认识你。你的言行构成他的“中国”。反过来也一样。好多年前在波罗的海的夜航船上，晚会结束我伫立门厅找不到舱房的方向了，犹疑之间，一位牛高马大的金发大嫂见状上前，稍问两句就拉起我爬楼梯引路。我不了解北欧的公民德育体制、志愿者占人口比，等等，但这一拉，足以令我佩服彼邦民众之教养。

“怎么可以凭一枝一节取人，甚至评判一个团体、一个国家？”质疑也对。定性分析要建立在定量分析的基础上。抽样调查也是取样越多，越近本质。管窥蠡测，难免以偏概全。真的，孔明偶有失算，张飞也见高招；一个随手用单位几枚信笺的人，于大节也许挺廉洁；一个贪污大王倒是可能平时不用公家一针一线，为的是瞧不上眼。所以考选干部需要公推公示慢慢来，诚如唐诗所言：“试玉要烧三日满，辨才须待七年期。”但世界总是无奈，有些场合休说“七年期”了，常见小公司招聘，往往总经理面试几分钟，就一锤定音。

不凭印象凭定量，你可以律己，却无从律人，且须体谅众人。毕竟细部不可以代替、却可能映现整体呀。“用刀刮骨，悉悉有声”，唯此，读者一下子就认准了关云长的勇敢。临终前不满燃着两茎灯芯，必待家人挑掉一茎这才“点一点头，把手垂下，登时就没了气”，受众由此断定严监生之吝啬。创作源于生活——考察不全面，偏失时或见，大抵还管用。盖因日常生活，资源有限，考察人事亦来不得高成本也。

众人看细节，细节也是你。那么，莫等闲，于细节处勿轻忽。记得司机眼中的两位革命前辈。一位是国家人文社社长冯雪峰，那竟是他老人家沦为“右派”后，司机对冯的后任韦君宜提及——冯建国初期住在一条窄胡同里，为避免汽车开过溅行人一身泥水，他逢雨天到胡同口就叫司机停车，自己步行回家。另一位是上海统战部副部长刘人寿，晚年很想看看当年地下斗争的电台旧址，车到延安中路的一带石库门，见已成民宅，司机想敲门，他却制止，怕扰民。司机后来对记者说“他是我的偶像”。不研究冯雪峰的文学主张，和刘人寿的统战功业，却晓得他们是大好人，凭的就是细节。

遗憾的是，总有不拘小节的。据友人告知，有干部提拔到局里了，偶尔回基层老单位，就餐时见排队长长，竟擅自加塞至窗口。“领导就该享受在前？”——在场员工哪管你业绩高下，却是从细节认知你乃至领导层。可不慎哉？

原载《文汇报》2010 年 12 月 8 日

“视吾家所寡有者”

前些天，收到高健浩的孩子发来手机短信：“我爸上了《人民日报》，看到没有？”当然看到，那头版通讯《希望田野上的斑斓画卷》介绍中国特色农业现代化，专门有一笔：“苏州种粮大户高健浩，在租种、代管的6000亩农田里施用有机肥、覆盖防虫网，还在田里放养鸭子，统一标准、统一销售，产出的有机大米1公斤卖到几十元。”

有机米，源自有机肥。初识苏州常熟退休党员老农高健浩，我就站在他创办的、臭味熏鼻的厂区，傍着一条条山脉似的槽式发酵有机堆肥，询问他缘何热衷垃圾资源化。答案是：“现在都顾着快赚钱，把禽畜粪便扔掉、秸秆烧掉，‘农家宝’变成环境‘公害’了。我看着焦急啊。”

道理不深奥，粪杂肥还田，沿用几千年。记得六十年代下乡挑猪塮，口号即“猪多肥多，肥多粮多，粮多猪多”——自然循环，不容割裂。岂料今日“循环”受阻，一是滥用化肥致使土壤板结，二是乱抛农家垃圾造成地表污染，已恶果毕现，四处告急。

“上有天堂，下有苏杭”，可是连苏杭也未能免俗。为了盆满钵满，只管大干快上，小水泥、小建材、小造纸于部分乡间一度如雨后春笋。环境呻吟不已了。假日出游，固然一则以喜，湖光山色扑面，杏花春雨依旧；却也一则以忧，淀浦河变浑浊，太湖飘出异味，连王子猷、李白流连忘返的剡溪也不再清冽，更甭提某些地方村村烟尘、处处油污。坐在车里，眺望窗外，你能不焦急？此刻，“优化产业结构，转变发展方式”不再只是口号，而成鸣响耳畔的黄钟大吕。

我时常想到《战国策》里的名篇《冯谖客孟尝君》。孟尝君叫门客冯谖赴薛地收债，嘱以返程购货“视吾家所寡有者”。好个冯谖，到得薛地，搜齐债券，付之一炬。归来禀报，称为“市义”，即购回薛地百姓满腔情谊——相比山货海味，此乃孟尝君家最寡有者也。

不妨古为今用，将“视吾家所寡有者”作为一种决策思维看待。寡有者，“短板”也。从共产党员到领导班子，都得正视本地有碍大局的“短板”。须知木桶盛水的容积，不取决于最长、而取决于那块最短的木板。唯此，一事当前，诸多选项，需要兼顾。你也养殖，我也建厂，处处发财，个个欢颜，本来挺好，可是一旦首尾失顾，环境变成“短板”，则一切发展云乎哉？研究报告表明，环境恶化已影响到全球四成的死亡病例，并且损害到人类尤其是儿童的智力呢。

吃干榨尽式开发，不仅制约民生，最终也拖累经济。印度的达斯教授估算一棵树的价值——砍倒一棵 50 龄大树，到市场上至多卖 125 美元。然而让它存活呢，按每年平均释放 1 吨氧气计，50 年的价值约为 31250 美元；防止水土流水及增加土壤肥力，所产生的价值为 68750 美元；为牲畜遮风挡雨和提供鸟类栖息，促进生物多样性而产生的价值约为 31250 美元，并创造动物蛋白约 2500 美元。屈指一数，1∶1000，孰少孰多，不用说了。是环境友好型开发为妥，还是与不良商家共谋盗卖本地树林合算，也不用说了。

尽快变“短板”为长板吧。就因为爱抚环境，环境回报高健浩的是“产出的有机大米 1 公斤卖到几十元”，金贵着哩。眼前有所失，长远有所得，真叫吃小亏占大便宜。

原载《人民日报》2010 年 12 月 13 日

撒切尔不需要怜悯

我爱看《上海支部生活》慕白清心专栏的寓理于实。近来一篇《“告老还乡”的为政理念》，既赞扬古人创新制度以断绝退休官员与政界之间的勾连，也如实说明它于今再难照搬。盖因地理距离隔不断电子通讯，社会变化又使城里人“有的无乡可回，有的有乡难回”。文章深刻处在：“但是，‘告老还乡’制度留给了后人一个为政的理念将是不朽的。那就是‘不在其位，不谋其政’。”“退休了就是退休了，不要再用‘余威’去干点什么事儿。”

读之再三，是忽然想到多年来媒体上屡屡出现的模式化报道，即某些同行对英国前首相撒切尔夫人的过度担忧。什么“撒切尔夫人过生日收到贺卡不超过十张”啦，什么“她跟几个家人女佣凄清迎新年”啦，什么“大家渐渐将撒切尔淡忘”啦——哎哟哟，诸如此类，关心过头。虽说曾经威震十一年，成战后英国执政最长的首相，但既经辞职，遂为平民（那恩赐的贵族身份不过是虚文）。没有前呼后拥，不再宾客如云，何劳怜悯。怜悯太甚，叫屈无穷，是不是反倒映射出我们某些朋友头脑里存了点“余威”意识，缺了点平等理念？

即如你我他，或许往昔当芝麻官那会儿也接获联翩的圣诞贺卡，接待若干客户贺岁团拜吧，这都由工作而来。退下位置了，不谋其政了，门户冷清，不用埋头编词儿回复贺卡，真叫“痴儿了却公家事，快阁东西倚晚晴”（黄庭坚诗），岂可抱怨“人走茶凉”，该庆幸省却繁文缛节。

那么，一个建功立业的官员，告退后就理当遭遗忘？且话分两头，从转换社会角色的角度看，忘得快，又何妨。苏联小说《人世间》中有个州委书记霍尔莫夫，退休后不能忘情于原先工作方式，最大乐趣是坐在主席台捏着话筒做报告，要求即使主持个集体农庄也行。但，这恰恰不行！因为不符合其新的角色定位。所以，当年大家都曾为吴仪于换届前的表态鼓掌：“我在明年‘两会’后完全退休，在我给中央的报告中明确表态，无论是官方的、半官方的，还是群众性团体，都不再担任任何职务，希望你们完全把我忘记！”

不过，角色可忘，功业却忘不了。就说前副总理吴仪，这位中国版“铁娘子”对外谈判中的精彩言辞、组织抗击非典的果断举措，乃至最后为“看病贵”做出那一声道歉，你看看，网民们至今无不感念。其实举凡优秀的退位精英，官职（或曰角色）退了，媒体上不见了，“万人如海一身藏”，自有其利国利民的德行劳绩泽溉世人。我赞赏华盛顿向国会交出军权时，议长的两句答词：“你带着同胞的祝福退出这个伟大的舞台。但是，你的道德力量并没有随着你的军职一起消失，它将激鼓励子孙后代。”忘犹不忘，深刻着哩。

至于英国版“铁娘子”，虽说“撒切尔主义”经济政策在打造过一长段辉煌后，如今因了金融危机而广受争议，但她老人家仍有可叨念处。不妨顺手拈几条，杂文界领军人物曾彦修从大处着眼——“不管怎么说，是撒切尔夫人亲自到北京将香港的一切主权交回中国的，这就是1984年的中英联合声明，中国人自然对她有好感”。李敖，这位狂放不羁的“大嘴”则从小处落墨——他回答陈鲁豫自己崇拜何人时，单单举出撒切尔夫人当首相时与内政大臣吃饭，年轻女服务员上热汤打翻烫到大臣，撒切尔即起身抱住她安慰：“这个错误我们谁都会犯，你别害怕。”李敖的结论是：“当时最窘迫的不是被烫到的内政大臣，而是那个不知所措的女服务员。撒切尔夫人注意到了这一点。这个细节太棒了！”

好事不会被遗忘，无论巨细。那么，退位者何忧焉，只要你做了够多的好事；在位者亦自勉焉，当努力为民众做更多好事！

原载《今晚报》2011年1月11日

别奢望慈善家“纯而又纯”

为了海派清口公益专项基金突破4000万，却遭指责“是作秀”，周立波心理颇不平衡。借着倡议“裸捐”的企业家陈光标也被议论“太高调”，他发话了：“说他不好的人，你自己做来看。就这么简单！”

是啊，问题够简单，好些朋友就是爱缠。远的不说，就近举例，社区里有开快餐店致富的，赞助穷学生累计不下三十万元，可是周围揶揄其“作秀”乃至“伪善”的都有，盖在讨嫌他每回捐助仪式上不忘宣扬一番“企业形象”外加“拳头产品”也。

人家也许有点作秀，毕竟没有作伪。“伪”者，假也。光说不做，是作伪。许愿多，落实少，言语的巨人，行动的矮子，也涉嫌作伪。可他们呢，桩桩件件落实了嘛。我赞赏秦晖的一言以蔽之：“富人超越纳税义务的额外奉献，就是慈善。”“他们如果不做你不能指责，但是他们做了，这个社会就要感谢他们。”

不看事情结果，老是琢磨动机，这种评价方式令人摇头。林清玄的寓言《向河水投食》，写一鞋匠为救济鱼群和河流下游缺食的民众，屡做大饼投放，且不忘每次给包饼的盒子签上“鞋匠侯森”。就有读者批评：做好事生怕人家不知道，其实图的是好心好报，仍存私心——哎呀呀，管他图什么，他那喷香的大饼毕竟解了鱼和人之饥，还不够好？

世上无所谓“纯而又纯”。不是有叫“纯金”的？可惜，哪怕什么99金，乃至99.999%——五个9的金了，还是有杂质存焉。确实的，不少人于行善中挟有这样那样的欲念，也许在今世为善、来生回报，也许在树立形象、光宗耀祖，甚或兼有吸引关注、裨益销售之意。所有这些单从主观道德角度看，比起为善纯然旨在济世、不欲人知的至高境界，该欠缺一些吧？然而，后者是圣人，前者是凡人，圣人少，凡人多。要培植浩瀚的慈善精神之林，不能只有至高，而谢绝次高、稍高，不能横挑鼻子竖挑眼。容纳高低参差、品类不齐、千姿百态，方成莽莽苍苍一派生机！

何况根本上，慈善务须将精神转化为物质，要凸显实际效果。我有个想法，所谓“善欲人知不是真善，恶怕人知必是大恶”的格言，后一句则可，前一句过苛。苛就苛在忽略慈善的本质，忘却受捐助者正饥寒交迫、嗷嗷待哺来着。隐形慈善家，固然可敬。比如美国人查尔斯·范尼不断以无名氏方式捐款，最后索性捐出一家一当计35亿美元成立慈善基金会，在加勒比海百慕大注册，因为那里禁止追查基金会的持有人。然而，许多“行不改姓，坐不更名”的显形慈善家，比如比尔·盖茨的580亿元裸捐，将会化解多少人类难题，真的是“当惊世界殊”，端的是好评如潮！

对于所谓“必须一切战士的意识，都十分正确，这才是真的革命军”的主张，鲁迅当年批评：“这言论，初看固然是很正当，彻底似的，然而这是不可能的难题，是空洞的高谈。”今天，当我国慈善事业处于初级阶段，捐助的普及性不足，慈善捐赠额占国内生产总值百分比大大落后于发达国家之际，理该重温鲁迅遗言，摒弃“纯而又纯”思维模式的。

原载《新闻晚报》2011年2月9日

对不起契娘

杂文界从前有个好传统，就是不管官高位卑，都是以文会友。于是我这小字辈，那年头会不时收到从北京廖沫沙、严秀（即曾彦修）、牧惠（即林文山）到上海冯英子、金性尧、虞丹（即蒋文杰）等前辈大家的赠书。真给人一点“不以卑鄙，猥自枉屈”的味儿。

实在说，看过了，感动过了，也就淡忘了。但是好文章终究不死。一些超前性批评，会随着日后新的事实印证，而重新进入你的视野。

这一回，我重新打开的是牧惠的回忆录《漏网》。话说老牧1948年逃离中山大学，进入广东新会鹤山一带打游击。那地头紧邻我母亲的老家开平，所以读书中一篇《契娘》，满纸风土人情，于我倍感亲切。契娘为武工队员筹粮筹药跑交通，音容笑貌，太像我见过的一些急公好义的广东大妈。契娘晚年也有郁闷，她告知1986年旧地重游的老牧：新时期落实政策，一个了不相干者自我吹嘘“当年如何为阿林（即林文山）筹粮筹款送情报”，有关部门未核实居然相信，遂让她三个孩子“农转非”，硬生生把契娘三个孙子都挤掉。老牧发急，跑了几个衙门，“要改？谁都搓排球，说与自己无关”。以致老牧生前愤愤不平、念念不忘。

岂可如此呵？“靠人民，支援永不忘。他是重生亲父母，我是斗争好儿郎。革命强中强”。中国革命大业，是契娘们，即无数红嫂、沙奶奶、支前大爷献出粮食、门板乃至乳汁、生命才成功的。不给契娘落实政策，或者来个“被落实”亦即掉包性落实，我们愧对契娘。

真轮到卡伦·卡彭特那首歌——《昨日重现》了。看看时下媒体所载，此类“被落实”的笑话知多少。捐助山区的弱势群体，好呵，但是有的地方竟将捐款落实到官员及大款的头上，致使后来出现城市捐助者索性撇开官方机构，下去跟贫困户来个“两点一线”的。评选优秀生，颁发奖学金，招聘公务员，等等，尽是好事呵，历来贫家多英才，穷孩子爱读书也考得赢，可惜有的地方经官员一鼓捣，资源选择性落入强势群体。福建南屏甚至推出专为副市长女儿量身定制的“财政局招聘标准”，被斥为“一个人的招考”，真羞煞人也！如果说契娘吃亏，是亏在官员轻信渎职，那么时下不罕见的，干脆就是官员舞弊谋私。前者无心，后者刻意——就格外需要制止。

“契娘”，和平建设时期我们党率领的“契娘”，亦即劳动群众队伍已无比雄壮。最犯忌的，却依然是对不起契娘。

本质上，契娘不是恩典的接受者，而是权力的托付者。时时想想“我们的权力是谁给的”这个简要的命题吧。从血火岁月迄于今日，千千万万劳动者一直以来选中我们的主义我们的党，义无反顾给予支撑，就在认准我们是唯一可以托付来公正运用政权造福民生的领导力量，是必劳者恤之、贫者济之、弱者扶之。郑重接受其委托，即执政的合法性。唯此，没有“父母官”，只有“父母民”！官员仅是接受民众托付、为其服务的公仆而已。新时代树新观念，修正那两句古诗为“普天之下，莫非民土；率土之滨，莫非民臣”才对。

说到服务，必有契约。按照契约关系，公仆办事得透明，凸显公信力——须知，诚信原则是契约制度中的“帝王条款”。人民推举我们出来，可不是让我们来敷衍他们甚或欺骗他们的。尤其在千户万姓关心的聚焦点，比如正以举国之力推进保障性安居工程住房建设之际，务必遏制以前层出不穷的“保障房经费被挪作招商引资”啦、“经适房用地建造起来的是豪宅”啦……如果说这些现象暴露的还是思想走偏，那么，某些地区“廉价屋申购者逾半系公职人员”、“宝马、奔驰车开进经适房小区”之类丑闻更其腐败，更容不得，要一鼓肃清。

渎职草率乃至弄虚作假，最终收获的，将是削弱民众的归属感和政府的合法性。这也就是从“躲猫猫案”、“七十码案”到“问题疫苗事件”、“邓玉娇事件”之类所以绝不能苟且、一定要彻查的原因。

记住要对得起契娘!

原载《学习时报》2011 年 2 月 28 日

看“灵异崇拜”的娱乐化

从报纸上看到，全国大学英语四六级考试临近之际，部分考试论坛出现的奇景是，考生纷纷祷祝范进、诸葛亮等“考神”。殊不知人家诸葛孔明时代，都还没诞生科举考试呢！更奇的则是，一只大鳖也成了众多考生热拜的对象，网友解释为“独占鳌头”的“鳌”。

如果来个认祖归宗，这该归入“灵异崇拜”的。只是现时，从灵龟、仙草，到数字吉凶、球场风水，种种崇拜，无不披上一件娱乐化的外衣。但是，掀开外衣，迷信依然，无非将命运寄托于非理性事物就是。

一个最典型的例子，即争相报道英国的“章鱼保罗”。保罗“预言灵验”一说不自今日始，却于近日因为其死亡而再次被炒作。比如10月下旬好些媒体纷纷报道，标题醒目，甚至用半通栏的《别了，神奇保罗》。版面上既有“中国粉丝”为保罗写下的既哀伤且诙谐的悼文，又有“德国奥伯豪森水族馆训练师已开始培训保罗‘接班人’”的预告，热闹极了。进入11月，更有好事的媒体人报道什么“保罗二世正式上岗”，“老百姓热情看望”，炒作个不休。

既出章鱼，又来鳄鱼，那据说是澳大利亚的一条同样“预言灵验”的鳄鱼哈里。盛夏季节，先是几家媒体报道了它如何预测该国大选，即执政党领袖吉拉德胜出。后来结局果然，于是卷入的报刊大大扩容，以为真发现澳大利亚版“保罗第二”了。

其实好比赌博押宝，再不济也有赢面百分之五十，算得了啥？我欣赏当过朱元璋军师的刘基的一番话：“鬼神何灵？因人而灵。夫蓍，枯草也；龟，枯骨也，物也。人，灵于物者也，何不自听而听于物乎？”彼时算命听蓍草、龟板，现时预测则听“鳄鱼哈里”，就是不听人，思路一模一样。须知天下没有轻而易举的选情预测，那可是得长期搜集资料，研究各阶层各族群的利益需求，和政党政策对各类需求的适应度，乃至候选人的人格魅力，等等。所有这些要素又处于互动状态，千变万化。成立几多专业机构、延聘几多名牌教授尚且无把握之事，委托给不看报不上网的爬行动物，勉为其难乎。

“增添些气氛，媒体人找点乐子而已，何苦当真？”说得也是。可是谬误毕竟是谬误，即使披上娱乐化外衣依然不可听任泛滥。况且你明白，不等于众人都明白。你看，那班顶礼膜拜大鳖的考生就不明白。“记者的一支笔胜过三千毛瑟枪”。笔墨厉害处，在于影响力。“城中好高髻，四方高一尺”，社会精英都来渲染灵异，则到大众层面还有何忌讳，还得了？也许，又该轮到乡间那些门框上的驱鬼符，屋脊上的照妖镜、刀戈矛，堂而皇之出笼了吧。

不能拿原则闹着玩。不要以为反正道理简单就懒得去矫正。歌德主张：“我们对于真理必须经常反复地说，因为错误也有人在反复地宣传，并且不是有个别的人而是有大批的人宣传。”（引自《歌德谈话录》，爱克曼辑录，朱光潜译）媒体人理当放大音声，批驳灵异崇拜，而不是相反。

原载《北京日报》2011 年 3 月 7 日

留点“空间”

当渔民叹息从珠江流域广西段捞起的鱼日见其少时，渔业管理部门近日发话了，明摆着嘛，好几百座大坝耸立，广西几乎再无自然流态的水域。“鱼类有洄游习性，产卵期洄游时它们被大坝拦住，游不过去就撞死坝前。”

是不是渔业部门诿过于人？不是的。前水利部长钱正英大姐早就针对塔里木河、黑河等出现断流，坦诚反思我国以往水利工作存在“粗放管理，过度开发”之弊，大声疾呼经济系统与生态系统平衡用水。

原来，世上万事，皆忌“过度”。我们很多江河开发利用率已大于40%，超过国际公认的合理值，就必然影响到河流的自然功能。这是从水利学家的角度看的。渔业专家眼里也有度——“从卵发育成小鱼，起码需要400公里的流态河流，大坝阻断河流，活水变成‘死水’，即使卵产出来，也无法繁衍。”

大坝立，电源出，效益生。但是，务请记住，严守度值，不能过密。动辄手痒老想着再拦几道坝，江河开发利用率一个劲儿往高里蹿，君不见在密密的坝林里，鱼类生息难矣哉，水流保持生态难矣哉。

我想到哲学家俞吾金不久前一篇谈论上海城市发展的文章了，文内一节“实物与空间”真精辟。城市里公共设施、办公大楼、民用住宅像雨后春笋般地生长出来当然好，缓解了市民和单位用房的紧张状态。但是，另一面呢：“越来越多的人工建造物，正在不断地膨胀着，蚕食着上海有限的空间。过多的高楼大厦不仅遮住了蓝天、阳光和从郊外吹来的新鲜的空气，也会阻断人们对历史的回眸，束缚人们的想象力和创造力。”

哲学家，擅概括。水利学家的，渔业专家的，从水下到陆上的，种种角度反映的具体意见，经由哲学这张抽象之网一筛，归纳出一个“空间”概念，妙极。鱼类繁衍需要空间，水流净化需要空间，城市生活也需要空间，什么都少不得空间！即使精神创造，你看：画作必有留白，以白计黑；写作讲究含蓄，意在言外；乐曲来个休止符，令人遐想。“空”者，虚也，无也。想不到的是，跟实物一样，空间也有大用场，这就是老子说的：“有之以为利，无之以为用。”

不是简单化地提倡“空无”。都市生活，人烟辐辏，柴米油盐酱醋茶哪样可或缺，可以像崔健“我永远是一无所有”般潇洒？不是吗，以前服务业不发达，买个针头线脑都找不着北，挺不方便，怨声四起，记忆犹新。但是，走另一个极端瞧瞧，如今有的城市，餐饮百货满目皆是，美容洗足扑面而来，网点过剩、分布杂乱，也真厌烦。在我所居住的沪上小马路，方圆不过2百米，竟然建造起五家银行来，银行太密，储户何来？

空间，症结在于城市忘却空间。现在我们颇多地区，“饭后百步走”都成了奢侈品啦。因为四周建筑密密麻麻，真有“五步一楼，十步一阁；廊腰缦回，檐牙高啄”之势。什么“海风淡淡鱼腥味吹散我的愁”，你走在好些路段，可谓想都甭想。有的大抵是车水马龙，噪声繁杂，空气污染，平添一肚子“愁”还差不离。

实与空，疏与密，城市建设得掂量一个平衡点。如果已经离谱，就需要调整了，需要来点“壮士断腕”了。

原载《新闻晚报》2011年4月6日

佩服点点

每逢听到读者讥嘲若干后人撰写的前辈传记这也“美化”、那又“遮丑”，就叹息何苦来着，就会想起点点于1987年初版的《非凡的年代》。

这本女儿的记述，好在坦诚。此前，关于批判《海瑞罢官》事件中的一次推波助澜——《解放军报》配以编者按语高调转载姚文元文章，谁都不明底细，甚或认为总归是林彪一帮所为吧。点点却主动披露：1965年11月25日，父亲罗瑞卿到了上海。得悉毛主席对北京各报不转载姚文元的文章很不满意后，他于26日“即给彭真同志打电话说：‘姚文元的这篇文章我同毛主席提起时，主席笑了。估计毛主席是看了这篇文章。我已要《解放军报》转载，请你也考虑，如果北京的报纸不能同时转载的话，就先指定一个报纸和《解放军报》同时转载。’这时，周总理也给彭真同志打了招呼，所以，11月29日，《解放军报》和《北京日报》同时转载了姚文元的文章”。[1]

原来此刻要求《解放军报》转载姚文的，与曾经抵制林彪且随后遭逢冤狱、终于十二年后重返政坛推进我国思想解放运动的，竟是同一位罗瑞卿大将！我实在佩服点点的风格：“无论后人将怎样评价父亲当年的这种举动，但我决心将它们如实地记录下来。”

历史真伪的考虑，胜过评价高低的考虑，好。

外国学者早先批评中国的人物传记太少，《胡适晚年谈话录》里曾就此忧虑。现在大概是不用忧虑的了，据报载，压库的传记读物陈陈相因，真不知几许。多的是刻意拔高、旨在粉饰之作，用朱东润的话说“似小说不是小说、似史实不是史实”。小可变大，好些从未见识的平庸商家，转眼竟成造福乡梓的大善人；大可化小，某临阵脱逃之将，大污点被曲解为抵御外寇之策略。尤其是先富起来的后代，生财有道，展纸犯愣，索性花钱买“评价”，连秦桧后人都动用巨资请来枪手写作推翻乃祖铁案的书。[2]

不知诸多传主，可会像《阅微草堂笔记》里的某公死后发现自己墓碑过谀而惶恐：“游人过读，时有讥评；鬼物聚观，更多姗笑。人即可诳，自问已惭。”我只知道，真实乃传记之天条！历史事实是第一性，评价分析是第二性，后者须服从而忌违背前者。为“光宗耀祖”而冲击第一性，传记便失却流播价值，大不好了。

---

[1] 点点著：《非凡的年代》，上海文艺出版社 1987 年第 1 版。

[2] 引自锡兵：《人变石头》，载于 1997 年 1 月 10 日《人民日报》华东版。

没人爱看尚在其次，可怕者在于背离事实即背离真理。我们所以钦敬《忏悔录》的自白“不论善和恶，我都同样坦率地写了出来”，所以赞叹惠特曼的抨击“上帝造人，但是传记家偏要替上帝修改，这里添一点，那里补一点，一直到大家不知道他是什么人了”，其实是着眼一种忘我求真的理念。务实方能探规律、觅真理。追溯华夏的传记源头，有“子为父隐”的糟粕，也有秉笔直书的精华。“在齐太史简，在晋董狐笔”，诚实史家竟列于文天祥“天地有正气”之首。原因无它，“夫史籍，帝王之实录，将来之炯诫，今之所以观往，后之所以知今”（高允语）。“今”是“往”的延续，过往是非需谨记。混淆昨天的轨迹，就可能紊乱今天的路径。

谁不敬祖？却也有度，慎勿袒护。据云，连温文尔雅的宗璞，“一般的事，她也确实‘很好说话’。可但凡知道文化圈谁说冯友兰不是了，她忍不住挺身而出”跟你打笔仗。[1] 可见知易行难。八十年代初，陈松年过沪，在泰安路的工房，我就近访谈。其时陈独秀评价开始松动，我问“怎么看学界对令尊的评价”，他说了一句难忘的话：“家属总希望有好评。但一个历史人物，评价要听社会公论，家属的意见无足轻重。”人心是杆秤，公论才公平，子弟何妨用开放心态看待学界的研究。为《蔡元培传》记述蔡先生参与1927年清党事件，蔡粹盎、蔡怀新姐弟读后却无訾议，还予肯定，该书作者、历史学家唐振常赞赏“他们不为亲讳的态度，确实可以为革命人物的后代效法”。当然，进一步，像点点般主动

[1] 引自陈洁：《“四余作家”宗璞》，载于2010年12月16日《人民日报》。

将长辈的短处昭示天下，更值得赞赏了。读到顾潮编《顾颉刚年谱》，将父亲为朱家骅代拟向蒋介石“献九鼎”的鼎文一事列入，我赞赏；读到陈智超为祖父编《陈垣全集》，不愿漏掉陈垣因早年参与曹锟贿选而写的一个内部检讨，我赞赏；读到梁培恕言及父亲梁漱溟不曾“率先否定文革”，最初倒是赞成所谓“反修防修的运动”，我赞赏；尤其读到陶斯亮在记者访谈时表示“父亲在广东十五年，功过七三开”，直陈反地方主义等弊端，大赞赏。

点点式的开明后辈少，反其道而行之者多，以至你看，一讲什么人的缺点乃至污点则其子孙一大堆跟你急。咋办？我欣赏夏衍的豁达。从前他的剧本《秋瑾传》发表，律师告诉说秋瑾的女儿准备起诉他“侮辱”其父王廷钧。笑话，杰出的秋瑾有个低俗的丈夫，谁人不晓乎？“可能她不曾看到过她的母亲写给哥哥秋誉章的信件，其中说：‘子芳之人，行为禽兽之不若，人之无良，莫此为甚！’”夏衍不为所动，报以苦笑而已。[1] 我还欣赏唐振常坚持中的转化。他的《吴虞研究》肯定这位新文化的闯将，也不讳言其消极遁世后诸多荒唐。发表之前，论文寄给吴先生的女儿过目。“她来信痛斥我，要我不要发表。我回信要她学习乃父又陵先生倡言为尊者讳便无信史的态度，她才不讲话了。”[2] 规劝得力，转化功成。

原载《世纪》（双月刊）2011 年第 3 期

---

[1] 夏衍：《秋瑾不朽》，载于 1979 年 12 月 5 日《人民日报》。

[2] 唐振常：《纪念会与研究会》，载于 2000 年 4 月 7 日《南方周末》。

因“鬼戏复活”重温廖沫沙名文

近读新华社记者王定昶的报道《中国“鬼戏”开始“复活”》，感慨万千。内中讲的“鬼戏”即目连戏。目连救母故事主题涉鬼不说，各地民间历来敷演目连戏还都穿插种种杂戏，亦多有鬼。

这又何妨呢？中国的小说，源头就见鬼。所谓“张皇鬼神，称道灵异，故自晋讫隋，特多鬼神志怪之书”，载于迅翁《中国小说史略》。戏剧也是，出鬼的目连戏，演出盛况见之于宋朝《东京梦华录》，堪称中国“戏剧祖母”哩。

曾几何时，却是说不行就不行。孟超写《李慧娘》，表现姑娘被奸相贾似道害死后化鬼复仇。嘿，出鬼了，迷信，坏戏！廖沫沙给多年未见作品的老友孟超助兴，写下《有鬼无害论》。好，你替鬼张目，就是毒化思想！1963 年先是报刊批判，继而高层发文，打响了意识形态“反封资修”的第一枪。

当此时也，搬来十八代老祖宗何用，近在眼前的党组织都爱莫能助。八十年代初，听廖沫沙回忆当年出席北京市委一次常委会，会间闲谈，有同事提及“中央批的文化部报告里，还有你的《有鬼无害论》”。不远处的市委书记处书记邓拓闻言，搭上一句：“不是说鬼戏也可以演吗？那也没有什么。”说完走开，话题中止。但“左”风猖獗，愈演愈烈，何能拦阻，孟廖终于都由批判而撤职。浩劫降临，孟被迫害致死，真见鬼了，廖九死一生，由鬼返人。

我有幸跟廖沫沙老人家结为“忘年交”，是在他平反后。应廖夫人陈海云老太太约请合写廖沫沙传记，就需要请传主回忆其撰著，尤其是两篇“闯祸的杂文”，一篇《“史”和“戏”》，为吴晗撑腰，再一篇《有鬼无害论》，为“鬼”护法。可敬佩的是，谈及浸透苦楚的旧文往事，他极其理性，绝无情绪化，一如夏衍赞叹的“他诚实皎洁，平易旷达，从不考虑到个人得失”。那一回当我为《李慧娘》重新上演道贺，认为戏剧“出鬼”再无顾忌时，听到的是“既要继承遗产，也要防止糟粕，其实我文章里讲过两面”。冷静，充满理性的冷静！

回头看这篇名文，真的，世人好像都忽视了——他把握着两面。传统戏曲颇多出鬼神，“这类戏，如果把中间有关鬼神的部分删掉，那根本就不成其为戏了。人们说‘无巧不成书’，这类戏正好是‘无鬼不成戏’”。肯定浪漫主义，批驳形而上学，这一面，旗帜鲜明。另一面也不放松，就是对于文学遗产所要继承的，“当然不是它的迷信思想，而是它反抗压迫的斗争精神”。由此，鬼戏中的恐怖亟待弱化。请看文末的建议："既然是演出一个'好鬼'，是不是可以把形象表演得更可爱一些？而不是更可怕一些？李慧娘从头顶上摘下的'脑袋'，是不是可以免了？她的武器，不是还有两把什么扇子，可以使用的吗？"

廖沫沙是鲁迅的崇拜者。有意思的是，这一点也为世人忽略。人们只记得三十年代鲁廖间的"花边文学"论战，殊不知这纯然出于青年廖沫沙不谙鲁迅新用笔名而导致了一场误会。原来，鲁迅也欣赏目连戏里的"女吊"，对被损害者的追求寄予同情。但是他又表示过"听说浙东的有几府的戏文里，吊神又拖着几寸长的假舌头，但在绍兴没有。不是我袒护故乡，我以为还是没有好"（《且介亭杂文末编·女吊》）。不同意拿鬼怪恐吓作噱头就是了。

《牡丹亭》真美，依然百看不厌；《活捉》解禁后一看，也美，成了当今昆剧品牌折子戏。鬼戏"复活"，环境宽松，理当珍惜呵。这就得经常研究，该怎样复活，才符合观众健康的精神生活需要。总不能懒得做出思想和艺术考量，像王学泰形容的"觉得只要'古'、'奇'、'怪'，就能招徕游客，就有市场，就能来钱"。那就难免有点遗憾了。

原载《文汇报》2011 年 5 月 21 日

一种容易忽略的素养

窗外秋雨淅沥，电脑上传来杨益萍的散文小品集书稿《时光记忆》。因为他嘱咐过要“写一篇序言”的，所以此刻就边看边琢磨来着。

三十年了，岁月像秋风掠过，却未曾淡忘，尤其是戏剧性的初识。

那是1980年，整个民族中兴大业的起步期，在同龄人如饥似渴的求知潮催涌下，我考入了华东师大夜校中文专业。白天在《解放日报》理论部当编辑，晚间隔三岔五去听课。翌年寒假，听一位中学老同学谈及他在冶专进修班，那里有位同学来自冶金局团委，叫杨益萍；杨同时也上华师大夜校，颇想给报社写稿。我口上漫应一句，嗣后却没动作。盖因大班听课有百余人，我们尚不相识；更主要的在于投稿者历来多，大抵热情有余，水平不足，编辑贸然约稿易致被动。由此，后来放学时在车站遇上，他主动自我介绍，我仍只是礼节性地表示有稿子欢迎寄来。他却真的来了！写得那么好，少有的好，喜出望外，放下心来。送部领导审阅，一样称好。我立即去信，请他多写，各个栏目都欢迎写。

从此，一篇篇写来。有记叙文《段力佩的追求》、《通往讲台之路》，有议论文《谈谈自我原谅》、《请支持你身边的“爱迪生”》，等等。无从挑剔，不用修改，一篇篇照登。但来稿频率，委实不算高。作为写作同好，我很理解，不仅因为人家工作学习忙，更因为天下本没有“下笔千言，倚马可待”这回事。相反，看得出来，“良工不示人以朴”，他为形式的去朴取精，为内容的言之有物，下了多少构思和修饰的苦功夫，这才有一篇篇清通凝练近乎完美的表达。

他终于更加忙碌起来。夜校还没读完，那边的冶金专修已经毕业，轮到他走马上任了。从主持一家六七千人大钢厂的党委到冶金高专党委，再转行到文化局、出版局……工作跨度太大，难为他一一从头学起，都干得有声有色。

那年头，国家大政甫定，正值用人之秋，不时要为同学、友人入仕道贺。至今记得1985年华东师大夜校的毕业典礼，袁运开校长列举成绩时点到中文专业好多同学成为各行业的得力干部，我两位其他专业的邻座说了俏皮话：“阿拉夜校办成党校啦。”既高兴却也遗憾，就是一些原本同为“文学青年”的朋友渐渐不再执笔为文，那支笔专用于批示或画圈了。写作素养，须靠“养”，忽略了，不进则退，则手笔生疏。令我欣慰的是益萍没有搁笔。他依然忙里偷闲，给本报、还给其他报刊写。频率是更低了，但是立足点更高，视野更开阔。比如1996年那篇《试论邓小平对毛泽东文艺思想的继承与发展》，六千余字长文，发表后被《新华文摘》转载，很不容易。2002年的《把美丽留给后人》聚焦温哥华的生态理念，思想文采兼美，发表后即被《报刊文摘》摘登，迄今挂在网上。

我向若干当官的友人转赠过陈毅的《赠杭州市长》头两句："杭州太守例能诗，市长今日岂无辞？"真的，岂仅留下白香山、苏东坡名作的杭州才需要雅官当政？到处都需要文化素养呀。一个拥有丰厚文化素养包括写作素养的官员容易沟通知识界，对接当地固有文化，推动事业进步。

推动又是双向的。写作，反过来推动着作者本人。这就是胡绳从前在《关于写文章》（发表时署笔名"施东向"）里论列的，写作有利于训练思维、深化思想。最欣赏他笔下的"写作脱困"之微妙，谁都经历过吧："有时为了表达一个意思，要费许多周折，这往往是因为这个意思在自己头脑里还是比较模糊的，而在找到了最恰当的字眼和语句来表达的时候，这个意思才真正明确起来。"于是乎，写作的突破与思维的升华成为同一个过程。

写作素养好处重重，那就不要忽略乃至舍弃它吧。做一名学习型官员，也就包括时时保持乃至提高它吧。

即使退出工作岗位后，仍然笔不停挥才好。这就是本书一篇

《生命的晚霞何以绚丽》的结尾所说：“拥有充实的生活内容，拥有明确的生活目标，让内心滋润于艺术之泉，洋溢着快乐之情，无疑是健康长寿的重要因素之一。”

原载《解放日报》2011年5月27日

〔附〕本文载入杨益萍著《时光记忆》，为序言二，上海锦绣文章出版社2011年4月第1版。

不止是“文盲书法家”之羞

友人观摩地区少年书法表演归来，惊讶不已：“字写得漂亮，可好些是‘表演书法’、‘应赛书法’——专攻某两个字或三个字，多一个字都不练。再问一下，连一本古代名家字帖也没看过。”

这算啥稀罕，我告诉他更搞笑的。有文章回忆书法大家王蘧常，说到他晚年少出门，只能从各路来客口中听时事。有一次竟发问：“某君来讲了一则新闻，说现在搞书法的大多是‘文盲’，难道有这种事？”

当然有玩笑成分，却也有真实成分。看过几个书画展就知道，真有除去照抄“大江东去”“月落乌啼”，一出原创诗句就不伦不类的呢。博物馆专家也声言，书画作品上想找一则当代人撰写的文辞优美、至少不露破绽的题跋越来越难。还是名家甚至一方掌门哩，照样可能文史修养“耶耶呼”，遑论毛孩子？

魏明伦是对的。他一再申说书法自古称“翰墨”，慨叹“现在‘墨’技玩得专业，可没有‘翰’的韵味”。练字何苦研习文史，每日握笔撇捺横竖不就行了？也行，但出的是书法小家，成不了大家。你看从前哪个书法大家不是满腹诗书。苏黄不待说，王羲之的《兰亭序》竟上了《古文观止》，颜真卿的《祭侄文稿》，那文辞素养也该叹服。腹有诗书，才有见解、胸襟、气质。所以现代人陆俨少主张“十分功夫：四分读书，三分写字，三分画画”。所以回忆文章说，王蘧老有一回躺下后“背诵欧阳修的文章，忘了一句，结果硬是半夜起来，从床底下寻出《欧阳文忠集》，找到那一句，方始安心睡下”。

“文盲书法家”，可羞点岂止文盲，根本在急功近利怕辛苦。读书，是必经之苦，观察也是。杜甫说张旭观公孙大娘舞剑，“自此草书长进，豪荡感激”。韩愈也追寻张旭书法成功的来历：“观于物，见山水崖谷，鸟兽虫鱼、草木之花实，日月列星，风雨水火，雷霆霹雳，歌舞战斗，天地事物之变，可喜可愕，一寓于书。”汉字本来是师法自然的产物。后学不来个栉风沐雨，搜尽奇峰打草稿，写得好字？

让我们的目光再超逾书法一隅。作手捧月牙状演唱，因为地方戏小演员没弄懂“越衙上告”的含义，这还是表面可羞。顶着高耸的名号，却不肯花大力气，真以为天性出天才，那样自负的情结才叫内在可羞。殷承宗创作《黄河》，是去过黄河边上拉纤背包的，“记得黄河的水特别急，要摆渡过去跟拼了老命似的”。艺术家，理应遵循诗人里尔克的主张：必须观看许多城市，很多海，必须感觉鸟的飞翔、花朵的开放。必须想到儿童的疾病，记住分娩者痛苦的呼喊，还要陪伴过临死的人。“等到它们无名地和我们自己再也不能区分，那才能在一个很稀有的时刻，有一行诗的第一个字在它们的中心形成，脱颖而出”。真是一点偷懒不得。因为受众心明眼亮。你看作家赫尔曼·黑塞，竟然点出傅聪的钢琴声蕴涵《庄子》，犹如古老中国的画家般“进入了一个了解宇宙真谛及生命意义的境界”。简直说到后者心底。

琴棋书画从娃娃抓起，是好事。只是请层出不穷的“特长应试”，远离可羞的短期行为吧。大人不宜之事，孩子也不宜的。

原载《新闻晚报》2011年5月30日

转基因争论岂可“泛政治化”

读过农科院教授“不搞转基因育种，肯定要落后挨打”的表态，尤其是中国农大教授指出的“实际上，妖魔化转基因食品及其育种背后有商业推手，有不可告人的政治目的、商业目的”（见《中国经济周刊》），我有点吃惊。

倒不是惊叹其观点如何。媒体人，纯外行，岂敢为“挺（转基因）派”、“否（转基因）派”判是非？只是惊讶，“挺派”教授一番指责，跟“否派”拥趸的批评何其相似乃尔。

看袁隆平说的，他在推广转基因作物上也是“否派”，但他表达观点平心静气：转基因水稻要试验，但推广要慎重，得两代人试过才行。可大批粉丝就不客气了。他们抓住“挺派”大将方舟子，才不跟你理论什么转基因食品的“安全”、“环保”与否，只管骂你“卖国贼”，“假洋鬼子汉奸”！

一项新技术，成乎败乎，需要的是实验、探讨。有理不在声高。辱骂、恐吓实在算不上探讨，倒像鲁迅说的，“是一枝白粉笔，它能够将粉涂在对手的鼻子上，使他的话好像小丑的打诨”。于是乎，对方不攻自破，己方得胜回朝，好不痛快。

但是，哪里就“胜”得了？本来是技术问题，硬要用“白粉笔”涂抹为政治问题，结果不解决任何问题。技术与政治，各有规律，不可混搭。一混搭，必紊乱，“剪不断，理还乱”，那说理又怎能服人、收效？遗憾的是，当代中国之“白粉笔”，岂止在一个转基因场合涂来抹去而已？旗号不尽同，其思维的本质都未脱“泛政治化”窠臼。

所谓“泛政治化”，指过分政治化，将非政治问题也提到政治层次，提到意识形态高度。曾几何时，联产承包，长途贩运，雇工办个“傻子瓜子”，般般大逆不道，甚至如邓小平讥嘲的“有些地方养三只鸭子就是社会主义，养五只鸭子就是资本主义，怪得很！”邓小平的理论贡献就在，抓经济建设的牛鼻子，变生产关系标准为生产力标准，思想禁锢一举甩掉。

可惜，一种陈旧的思维方式不再居支配地位，不意味其残余就烟消云散。比如，为从欧美的拍卖会购回一件无足轻重的文物，不就吹擂“爱国主义的盛举”吗？还有，人家的大松博文、井村雅代来做教练，好；可一当我们的国手出去带教排球、乒乓球，不好，要骂“卖国”。以致那一回亚洲杯足球赛，为表达对于日本政府不满，中国球迷竟以排山倒海的嘘声迎接日本队。连日本队教练，兼有“中间人”身份的济科也感慨：“中日间有政治的问题，但这和体育无关。”

在无关政治的地方，不宜神经过敏。过去，只要外来客商说几句政治上恭维话，来个“挥舞红宝书”，就甘愿奉送好处给他；反之，你是“帝修反”，则再好的生意也断掉。如此“政治”性商贸，束缚手脚，违背经济学鼻祖阐述的“比较优势”理论，实属不智！即使今天，面对国际贸易冲突，龙永图提醒该以技术性手段化解，“中方不需要激情泛滥，将问题政治化”。因为“合则双美，离则两伤”，情绪化对待的结果是吃亏。

自然，也得提醒外方的。去美国买台计算机，并购家工厂，他说涉及国家安全不卖。放着生意不做，可笑！泛政治化无分中外，都要不得呢。

原载《新闻晚报》2011 年 6 月 21 日

天上不会掉玛瑙

傍晚散步，路经一幢整修的楼房，蓦地发现，一层层脚手架上都悬挂着灭火器。不由感慨系之。

据我观察，沪上人家，自去秋胶州路公寓特大火灾后，添置消防设备的积极性普涨。一度听小区物业师傅说，“连买灭火器、喷淋头都紧张”哩。真叫创巨痛深觉醒了。

经济持续发展，公帑私蓄日增，切记开支中留出一块用于夯实安全环境，切忌让俗语咒中——“有钱买棺材没钱买药吃”。有人类以来就有火灾。聪明人自会反思，认清消防离不开物质基础。我感佩以色列人，每一幢高楼内皆建有两处耐受 120 分钟高温的专用逃生井，每 30 米必建有隔温隔烟的防火间，还安装消防专用独立电话线，以便火灾时楼内外联系。结果是他们虽地处中东，高温干燥如坐积薪之上，火灾重大伤亡却罕见。都说犹太民族精明，岂不懂成本—收益原理？要在其更懂“水淹一半，火烧精光”道理：谁不肯下成本完善消防设施，到头来没了安全，生意精光，钱也精光。

不止是消防。记得前些年公布数据，国有煤矿的安全投入欠账严重，生产设备超期服役的约占三分之一。私营煤矿，比例更高。每逢矿难爆出，查一查原因，十之八九是矿主吝于为安全埋单，令隐患重重的矿井天天侥幸开工。说是“祸福无门”，突如其来，其实偶然中有必然，还是“有门”有规律。一条规律即投入与安全呈正相关。手头有“世界褐煤老大”的德国2004年的一条数据，该年上半年他们煤矿事故死亡仅1人，煤矿百万吨死亡率是0.04，少得出奇，就因为他们长期坚持大投入，开发出一系列安全保障新技术。好在我们一些地方也正赶上来。煤矿密集区山西长治市舍得花钱买安全，连续多年杜绝煤矿重大安全事故，即属找到规律、遵循规律一例。

需要做的，是扩大好势头，让科学规律在更广阔空间运行。我想到的是艰巨的综合防治工作，面广事繁对象杂，人财物力的投入尤不容稍忽。不说别的，就说说公共服务设施吧。沪西一楼房屡出盗案，业委会向专家咨询。答案竟是楼道灯太暗太稀，而“灯火昏暗处发案率必高”则属“国际惯例”。于是快快掏钱架线安灯，入夜通明，视野顿宽，宵小缩手，果真迄今太平无事。此乃小焉者，大焉者呢？不妨想开去，街头寻衅滋事之辈，有些是处心积虑，有些则是心血来潮，与青春期浮躁、“力比多”过剩有关。化解“过剩”，引之导之，也戒空谈。君不见几家社区建起高规格健身场馆厅，馆内人头攒挤，街上滋事者难觅。法国有句名言：“多造一座足球场，就少造一座监狱。”此无它，盖在人的闲暇时间是常数，观球、健身的时间，挤去了无事生非的时间，当然天下太平。

谚曰：“舍得宝来宝换宝，舍得珍珠换玛瑙。”我想，民生安全环境有如“玛瑙”吧，为之再怎么付出总是值。天上不会掉馅饼，自然，更不会掉玛瑙。

原载《人民日报》2011 年 7 月 16 日

记住“等距离”原则

老同学L君，在国有公司独当一面，假日里看望老领导，回来似有点郁闷。原来是受到提醒——“要我注意防止‘小圈子’，说是要注意苗头性现象呢，还说是转达好几位职工的意见，竟这么严重？”

彼此相熟，我是直言不讳：“‘苗头性现象’，也是现象，虽说还小，却已存在。你得感谢大家提醒，赶紧纠正，否则只怕‘小洞不补，大洞吃苦’。”看看媒体的报道，有多少干部的腐化堕落即起始于“三小”：建立“小圈子”，结交“小兄弟”，放纵“小爱好”。那些怀揣私利的酒肉朋友，算得上哪门子“好朋友”嘛。用明朝人苏峻的说法，始而“甘言如饴，游戏征逐，昵友也”，终而“利则相攘，患则相倾，贼友也”。

见我讲个没完，L君有点不以为然：“你说的全不错。问题在于，我交往较多的三五位全是表现好的骨干，我也没给他们特别好处。错在哪？”

我像是发现了新大陆：“看来，你真是有几个特别要好的啦？”

是呀，日常生活中，倘有素养上佳的三五良朋，经常聊聊、聚聚，既收“道义相砥，过失相规”的思想得益，且有“何时一樽酒，重与细论文”的文化享受，快何如之？但是，请记住内外有别——这类美好的友谊，尽可发展于公司之外，却不宜蓬勃于你主管的公司内、你与属下间。因为它妨碍一个职业主管人公平行权。

被誉为“管理学界的现代化组织天才”的斯隆，是个好例子。他领导下的早期美国通用汽车公司曾经久盛不衰，要诀之一即平衡与部下的关系。后人忆述：“斯隆担任总裁的50多年里，他没在通用公司结交一个朋友。要想和他成为真正意义上的朋友也可以，那前提就是——你先离开通用，之后才能建立情谊。”不消说，对于朝夕相处的高管层，他难免有兴趣契合、言语投机者，但他自觉控制，保持跟所有部属的等距离交往。理由，他说得深刻不过：“董事会让我坐在这个位置上，给我比常人高很多的薪水，不是让我来交朋友的。我的工作是评估各人表现，做出正确的人事决策。假如我和某些同事有极深的交情，自然会有好恶之分，就影响我决策的客观性。”

现在一说“中国模式”，有些朋友就对欧美管理模式不以为然了。可我想，至少斯隆的“等距离”交往模式值得拿来。不要说蝇营狗苟之辈，就是表现好的几位，你当主管的也切忌过从甚密。对待下属，坏兄弟，NO；好兄弟，也NO。总之上下级无须称兄道弟。

凭“等距离”交往奠基，领导者才有管理的空间。否则，即使你完全公正地批评了谁，可能他会不服，“无非我不是他的打牌搭子啊”；你完全公正地推荐谁晋升，也会招来“伊拉经常一道吃老酒的，当然啦”。这类舆论成了气候，于下，用《水浒》的话，叫“必冷了众人的心”；于上，管理的主动权必大受限制。

岂仅企业单位才如此？“等距离”交往，是一种普遍的领导规则。《汉书》记载，汉文帝赶往京师即位，周勃半途迎接，请求私下交谈，侍卫左右的宋昌当即道：“所言公，公言之；所言私，王者无私。”毛泽东在“9·13”林彪叛逃事件后的政治局会议上，引用过这个典故（引自朱永嘉博文）。上下级之间，是工作关系，何来的“私言”“私谊”。这道理，古代人都懂得哩。

倘使真要跟几个意气相投的属下交往，那得学个斯隆，留俟日后——调离分别了，或者都退休了，再密切交往不迟。

原载《今晚报》2011年9月30日

与霸道公子说“换气”

人生必有气，气可鼓而不可泄。所以听到愤愤然的“最瞧不惯京城四少那股气焰”，我就开玩笑：“也得允许人家有‘气’，就是不该气上加‘焰’，火光刺目、火舌舔人就不好了。”

关键是，气分清浊、文野。一言不合就动粗，打了人还威胁“谁敢报110”，或飙车抢道不够，竟拔枪威逼对方……从李天一、苏楠到王烁，岂止趾高气扬，简直一身霸气。他们不懂得一个基本常识，普天之下，人人平等，人格的平等权利与生俱来，财寡何须气馁，财大切忌气粗。无视常识，践踏人际交往的底线，用一句吴侬软语，该叫“很惹气”（即可厌恶，“惹”读sa，第三声）。

从来没有财势越足脾气越大的规矩。网上出了几篇“京城四少PK‘民国四公子’”的文字，挺说明问题。同样是好交接，手面阔绰，怎么人家张伯驹、张学良、溥侗、袁克文就不见霸气，只有和气，其实论资源他们本来手眼通天：袁克文背后有袁大头，张学良老子是张大帅，张伯驹、溥侗也非同小可，谁敢来“拼爹”？即使到了新时期，为写作的原因，跟拥有大牌爹爹爷爷的，如陈独秀之子、吴亮平之女、邓拓之子交流，感到人家跟我这老牌“农民工二代”真的很平等。还有一回，毛泽民的孙女来看稿件，我就在《解放日报》食堂内的简易餐厅招待午饭，人家全无骄娇之气。真实的规律原来应当是：大家子弟，地势越高，视野越阔，见群众之伟力，识个人之渺小，遂知戒慎戒惧，谈何颐指气使。

一团和气，加上才气，就更上一层楼了。推介“民国四公子”的，照例讲到他们对社会的造益。张学良，不消说了。在章诒和的《往事并不如烟》里有章伯钧的话：“别以为说个公子哥儿，就等于游手好闲啦。张伯驹就在玩古董字画中，玩出了大名堂，有了大贡献。”大名堂者，古董字画精通之极也。他作诗填词也棒，毛泽东在陈毅追悼会上就赞赏其“仗剑如云，作干城，忠心不易，军声在淮海，遗爱在江南”的挽词。“红豆馆主”溥侗和袁家二公子，也非油头粉面、肥马轻裘、招摇过市之辈可比，而以琴棋书画诗词歌赋名世，广收门徒，连京昆红角也前来求教呢。

我最喜欢的，是富公子还有那点傻气。手握巨资，花天酒地不好，耀武扬威更不好；还是钻研文化，修养自己来得好；自我修养之余，把钱撒出去，帮助大家修养，就最好。鲁迅戏称湖州的刘承干为“傻公子”——他竟是掏空祖上积蓄，来翻刻古籍、兴建嘉业堂藏书楼，惠及四方穷酸书生的。这等“傻”，论本质，是胸襟阔大，绝顶聪明，既然绝无饿饭之虞，钱都多得花不完，那何必当“守财奴”，大方出手，打造公益，实现自我价值就是——心态如此痛快！张伯驹也就是傻得平素为收购一幅名贵字画不惜一掷千金乃至变卖房产，到头来，积储的百件字画包括陆机的《平复帖》等等，统统捐献给了国家博物馆的。还有邵洵美，当初娶下盛宣怀家大小姐，富得流油，但他这出版家忒“另类”，专爱帮文化人出冷门书，周遭誉为“小孟尝”，老婆却日日惊呼“只有出账，没有进账”。

和气、才气、傻气，一气胜一气，境界逐浪高。和气是平等，属底线，傻气是大爱，属巅峰。须记住，富人、高官都靠民众造就，永远要对后者抱敬畏之心才是。像深圳那个林某人酒后嚷嚷“你们这些人算个屁”——我才神气，你是臭气，连气都不平等，真忘乎所以！敦请快快换气，将霸气逐步换成和气、才气、傻气。子弟能力有大小，你或许做不成老肯尼迪的女儿施莱弗般创立特奥会帮助智障人，也做不成巴菲特的儿子豪伊般建立印度豹保护基地、改善中美洲农作物栽培技术，那么你至少可以像卡特之子般做导游、布莱尔之子般当中学教员吧，最不济的，也可以似里根之子般去排队领取失业救济金呀。要旨在守住平等底线，实施“富二代”的平民化转型，远离霸气。

远离霸气，要革自己的命，改也难。这亟待长辈的严控。“吾不望世代得富贵，但愿代代出秀才”，曾国藩就表现得很明智。盛气凌人的霸道来自钱和权，一呼百应的狐朋狗友无非也盯着你的钱和权呵。所以，长辈切忌助长他，社会也要限制他。一个人的地位财产基于自己的打拼，才叫社会的文明性，反之，有赖爹娘的余荫就叫封建性。诸如时下冷水江市等地，都把未毕业的官员孩子开后门拉进机关了，被网民讥为“集体世袭”，何苦来着？就是要从社会和政治的制度设计上，厉行产业税、遗产税，和施政透明、亲属回避、舆论监督等，让余荫缩水再缩水。

这不是跟大款大腕过不去。想明白了才好，“代际传递”趋向凝固化，不仅令劳工阶层寒心，也贻害富贵阶层呢，一首民谣唱道：“财也大，产也大，后来子孙祸也大。若问此理是若何，子孙钱多胆也大，天样大事都不怕，不丧身家不肯罢。”终究，霸到后来，走向反面，一切皆罢！

原载《学习时报》2011 年 10 月 24 日

功夫在“语”外

没猜错，这次由国家主席邀请的美国佩顿中学师生来沪，节目又是“学习汉语，学包饺子”。

老外学汉语，兴趣逐浪高。走进来固然热情，走出去更是热闹。以前只见炎黄子孙埋头外语水平考，满嘴托福、GRE、雅思，谁料今日放眼亚非欧美，肤色各异的学子投奔 HSK（汉语水平考试）蔚为风气。连征战为业的沙龙，都曾对以色列青年的“汉语热”翘大拇指。乃至“从娃娃抓起”——瑞典教育大臣近日下令，10 年内全国所有小学都要教授汉语。

我有时想，最吃惊的，该是几位可敬的五四先驱。“汉字不废，中国必亡”，是当年的呐喊呵。他们焦急于现实的破落，愤懑于传统的腐朽，于是乎追溯根由，一追就追到难认难写、文盲无数的母语头上。什么“西洋文高等，中国文低下”、汉语乃“退化的语言”、“汉字是最龌龊最恶劣的中世纪的茅坑”……不仅胡适钱玄同傅斯年，连鲁迅也未免俗，竟出过愤激的选择题：“为汉字而牺牲我们，还是为我们而牺牲汉字呢？这是只要还没有丧心病狂的人，都能够马上回答的。”（《花边文学·汉字和拉丁化》）他们哪想到，毋庸牺牲汉字，中国今日照样经济腾飞。

一个民族落后了，就到文字里去挖掘病根，行吗？像我们的东邻，从德川幕府时期，就有思想家看到新来乍到的欧美文字量少易学，催涌起“废除汉字”思潮。事实却是，日本经济后来臻于世界前列，根本在不懈的制度改革、科技引入，与减少使用（哪能废除得了）汉字风马牛不相干。无论天南海北，凡揪住文字挖“穷”根的，我想大抵都挖错了地方。

反之，经济好转，物阜民丰起来，论功行赏也不在祖宗留下的文字。即如今日，GDP“世界老二”啦，论者又捧汉语上天啦，什么汉语是“第五大发明”，什么“以形表意”特性举世罕匹，甚至有老外加入合唱——《泰晤士报》刊文称，学习汉字的英国学生变得更聪明，因其认知和表达速度高于阅读罗马字母的人。文内引征美国里士满大学的研究报告称，在英语和印欧语系中，动词触动左侧前额叶皮层，名词触动脑后部的区域，“汉语中的名词和动词激活大脑中更加广阔的区域，包括左半脑和右半脑”。哎哟哟，从前灰头土脸的汉语，蓦地闪烁出“智慧树”般神奇光耀！与其检讨我辈身在福中不知福，毋宁说语言也有行情，一阔则显。此时此刻，最是容易理解苏秦脱贫后的感叹：“人生世上，势位富贵，盖可忽乎哉！”

“突然，全世界都想讲中文。”这是《南德意志报》一篇报道的导语。说是突如其来，其实渊源有自，偶然背后乃必然。必然者，规律也，学好汉语便利生计也。七年前，韩国五大经济组织招聘职员要求加试汉语，乍一看，挺新奇，再一想，即明了：汉语所以取代日语成为该国第二外语，盖因韩国对华出口额在2001年超过对日出口。存在决定意识，利益原则照例引导着人群的行为取向。除去少而又少的“谋道不谋食”者，谁愿耗费青春啃一门无利可图的外语？德国之声电台网站去秋有一篇《孔子还是歌德？——非洲掀起汉语热》，引用喀麦隆大学生达妮埃尔的话：“汉语学起来真不容易，但我还是决定学汉语，因中国已是世界第二大经济体。”多坦诚！汉语量大难学，问题依然。所以要学，无非看在中国经济壮大，中非贸易额在过去8年增长9倍的份上。

遥想1932年，当“中国学教父”费正清还只是美国来华留学生时，同学卜德为毕业后能否回国找到工作而询问詹森公使。答案何等悲观：“完全没有可能，孩子们，你们只能去揩富人的油。”星星还是那颗星星，月亮还是那个月亮，弹指一挥间，汉语竟成为这世上谋职的利器。

不要因为这里那里出现“汉语热”而陷于盲目性。因果关系一目了然，还是语凭人贵，或曰语凭势贵。柏杨的《西崽情意结》说得诙谐：“语言是国力象征，国力强啦，语言就吃香，一旦阿比西尼亚强啦，也发明了各式各样奇怪之弹，而且钱多如驴毛，连美国都可怜兮兮去申请剩余物资，恐怕西崽分子立刻也就发明了‘阿比西尼亚语优秀学’，说它是如何如何之好，兼如何如何之妙。”一种语言之存废，比其自身是否“优秀”更要紧的，恰在其对应国力是否强盛。

很多语言已经消亡，联合国相关机构推测现存6500种语言的近半数仍会在50年内消亡，可见全球化的“双刃剑”效应！维护并推扩本国语言，日益成为国际竞争的急迫任务。一位德国前总理解释过：“哪里有人会说德语，那里就有我们德国人的利益。”此所以德国佬罄尽心力四处打造歌德学院，法国佬财政捉襟见肘也要“倒贴钱”给欧盟培训法语，如此等等也。

你有歌德学院，我有孔子学院，语言竞争也当仁不让。只是不妨妄改放翁名句而警醒之：“汝欲推汉语，功夫在‘语’外。”欲海外“汉语热”持续升温，实有赖于祖国的蒸蒸日上，包括每个炎黄子孙的辛勤劳作。

原载《文汇报》2011年11月30日

名记者尽是苦出身

碰上年轻朋友爱读新闻采写专业，我就满心欢喜。不过，也有泼冷水的时候，比如，倘使他说“要做就做法拉奇，全世界兜兜，跟领导人聊聊，蛮惬意，写出来就成名记者”。

“你见过名记者吗？”我会倚老卖老，将他一军。

因为，我是见过的，非止一个。我知道他们大抵无甚“惬意”，一路艰辛走来，挺苦。

本报老前辈陆诒，人称“陆公”，如果名记者分级，他当之无愧是国家级。用夏衍的话：“抗日战争时期有三位出色的新闻记者，这就是范长江、孟秋江和陆诒。”后人有加上彭子冈，称“四大名记者”的。君不见，全国纪念抗战胜利五十周年大会，坐上人民大会堂主席台的三位新闻老记就有陆公乎（另二位是萧乾和爱泼斯坦）？这“名记者”，苦尽名来。早在“一·二八”淞沪战役突发，临危受命的记者都以“没办高额保险”为由推托，却见练习生陆诒主动请缨，带上两只通信鸽子出发。仗打完了，他出名了。以后，从热河到百灵庙、长辛店、太原、风陵渡直至缅甸曼德勒，他是跟着抗战烽火一路走。

晚辈报人那时候都爱听他讲述嚼窝头、宿野地、爬兵车、冒枪弹的采访传奇。记得 1981 年高志仁、章智明和我还就此写过访谈录，发在《解放日报》上。最精彩的，要数我们的总编辑陈念云在《悼陆公》中转述的：“他曾告诉我，他一生中最得意的一次采访，是采访台儿庄大捷。”那时前方鏖战急，三十余名中外记者静候徐州，靠从司令部得到战报后发电讯。陆诒和范长江心犹不甘，潜往五六十里外的台儿庄前线。结果，他俩看到“全军下达反攻令的那晚，炮声如何震撼大地，几昼夜未睡的池峰城师长如何在最前线用嘶哑的嗓音依然沉着指挥；克服台儿庄后的那天清晨，在余烬未熄的城街，看到我军的士气是何等旺盛，牺牲是何等惨重，到处流淌着鲜血，触目是全身烧焦或依然怒目圆睁的我军士兵的尸体”。一篇主题为“凯旋门系白骨筑成，自由花是热血灌溉”的报道，诚然可以根据战事简报合理想象、妙笔生花，但那硝烟味、血腥景、现场感就没了！这就是战地记者罗伯特·卡帕告诫的：“如果你的照片拍得不够好那是因为离炮火不够近。”也就是哲学上说的“现象比一般规律丰富”。

名记者尽是苦出身。你要重视新闻事实，遂无权利绕开艰险。今天，不是有学子赴陕北考察几天就嚷嚷“那里太落后”？但 75

年前的斯诺却冒着白色恐怖之险一去四个月，遍访那里的沟沟壑壑，这才有轰动中外的《西行漫记》。法拉奇也是，历经多少国际战争和社会骚乱，“世界第一女记者”才脱颖而出。甚至在1968年报道墨西哥城反政府示威中她负了伤，“头上子弹在呼啸，我们浸泡在被血染红的水里”，依然采访不辍。“天才是百分之九十九的汗水加上百分之一的灵感”，信然，只是在这里，还得加上“血水”才贴切。

即使进入风和日丽的岁月，要出特色仍要吃苦。俯拾皆是就不叫特色，“世之奇伟瑰怪之观常在险远”。郭超人唯其跟着登山队攀上海拔6600米，就写成《红旗插上珠穆朗玛峰》。大家都写查文红义务从教，但终于令其耸立人心者当属熊能等的特写，那可是三下贫瘠的魏庙乡村、记录几十万字的结晶。

回头再来说法拉奇的“跟世界领导人聊聊”，其实也是表面光鲜背后苦。她曾坦言：“采访他们常常是一场消耗精力的战斗。我采访他们的请求几乎总是受到冷遇。如果他们终于同意了，我也得等几个月，才能得到一个或半个小时的接见。然而，一旦见到他们，采访活动就成为一场探讨事实真相的战斗……”每一回都是豁出去呵！用她的话说，“害怕，是我不能享受的一种奢侈”，“害羞，是我无法承受的一种负担”。岂可看人挑担不吃力，还说“蛮惬意”呢。

原载《解放日报》2011年12月19日

学外语有“笨办法”

——啃原版小说

在《领导干部外事用语丛书》的序言中，江泽民直言，“客观地讲，我们的领导干部外语水平与我国经济社会不断发展和对外交往不断扩大的需要还不相适应”。并恳切寄语：“学习和掌握一门外语不容易，需要付出艰苦努力。”

外语水平的“不相适应”状况，何止于领导干部，在在皆是呵。如何努力？方法多多，途径多多，“天下一致而百虑，殊途而同归”，只要有心坚持则条条大道通罗马。

我这里也来提供一条“笨办法”如何？那倡导权，其实属于也倡导了中国的市场经济的吴敬琏。他回忆上世纪60年代初在中科院经济所的时期，总是不忘顾准给予的种种教诲。其中就有顾准有关读好外语的忠告，即花力气读外国原版小说，坚持不懈，一本本读下去。对这种耗时费力，“原始积累”式的学习，吴敬琏后来的体会是大有裨益，终身受用。

不仅人文科学，自然科学也同样。我后来读《中国科学院院士自述》，看到海洋地质学家汪品先院士忆及50年代在莫斯科大学留学期间，“中国古生物学代表团访苏，斯行健院士劝我们‘在国外最重要的是把外语学好’，我们问为什么，他说：‘可以看原版小说啊！’这话令我觉得离谱。这些话含义之深，我过了几十年才理解。”是啊，读原版小说促进掌握外语，功用大大的。既然彼时，国内书店买不到原版小说，那你在外留学买得到，还不快快看呀！

不消说，这样的“笨办法”，对于急切的功利性目标会显得不宜。准备出国读研的，自然该盯着托福与GRE；等着提职称的，务须赶紧背诵职称英语“考试指南”。此时此地，所有这些窄化、短线之法，所有这些“短平快”都理有固然。但是，你要真正了解外语深奥的语言体系，乃至其复杂的生活背景，还是读一读小说最好。杨福家院士《追求卓越》一书中述及1963年他在物理学家的“朝圣”之地——哥本哈根玻尔研究所进修：“在那里，有30多位丹麦学者、50位外国学者，其中一半以上来自美国。那里有浓厚的学术气氛，‘科学扎根于讨论’。另外，一周内少则二、三次，多则四、五个晚上都有社交活动，使人陶醉于知识的海洋之中。这些讨论与活动，都为笔者进一步学习英语、熟练使用英语创造了良好的条件。那时笔者才真正领悟到，在大学阶段课余读的狄更斯的《双城记》、安徒生的《卖火柴的小女孩》等英文原版小说的作用，真是受益匪浅。英语有着深远广厚的内涵。如果笔者像某些人主张的那样，搞理工科的只要学‘科技英语’就可以了，那么如何来参加科学的研讨和日常的活动呢？”对呀，你要深入地与老外研讨，光靠“科技英语”不够，更甭说什么职称英语“考试指南”或者托福单词表了。“删夷枝叶的人，决定得不到花果。”（鲁迅语）单词、语法如“花果”，它们和“枝叶”共生，唯其生长在根深叶茂的主干上才最具活力。

“读原版小说，很吃力很慢的，怎么办？”的确，不追求一天背多少个单词，就快不起来。不过，莫着急，慢慢读下去，自会柳暗花明。看看杨振宁，他提高英文水准的办法也是念原版小说。而且，甚至开始时允许自己囫囵吞枣。他回忆道：“大学高年级时，我发现自己的英文不行，不能看英文小说，小说生字太多，一页有十几个生字，都要查，这样一页、两页、三页查下去，查了几十次生字以后，趣味索然，就不想看下去了。后来有人告诉我，你必须克服这个困难，要硬着头皮不查字典看一本书。我接受这个忠告，就找了一本《金银岛》。前后花了一个星期，果然，有点模模糊糊，不大知道里头许多细节，只是大概知道。然后我又看了第二本《傲慢与偏见》。我又同样是囫囵吞枣式地看。看完以后，我自己知道英文水平更上一层楼了。”杨振宁管这样的模糊吸收、逐渐明了，叫作“渗透性的学习方法”。

万事开头难，坚持就是胜利。“譬如破竹，数节之下皆迎刃而解”，道理是相通的。

原载《学习时报》2012年1月2日

巴金那一声赞叹

因报载上海武康路的巴金故居近期开放，文友闲聊中又谈起这位前辈的诸多独到见解。比如，在沪上报界耆宿也是杂文界前辈林放（即赵超构）的追思会上，巴金的那一声赞叹："他生活朴素，这点很了不起。"

老友相熟，巴金观察精准，赵超构的衣食的确朴素。据回忆文章说，他常年穿的是布料中山装和布鞋，即便会见外宾，亦是整齐、干净即可；早餐仅为一碗泡饭，加一杯牛奶，连酱菜、腐乳也省却。至于居住，记载是：赵超构一家自 1946 年 9 月入住虹口溧阳路弄堂房子，几十年下来都未提出改善。1956 年落实知识分子政策，市里拨了建国西路一处花园住宅给赵超构，他连看也没去看，就让给了一位住房紧张的老同事。结果，你看，"晚年的他，依然喜欢坐在溧阳路弄堂口乘凉，倾听百姓呼声"。

问题是，这重要吗？何以大家赞美赵超构的办报、写作成就，巴金却与众不同地赞赏林放“朴素”？回味一下，有深意存焉。

既为文坛泰斗，他就深知，作家要写出优秀小说，必须沉入社会底层，跟老百姓有共同语言，获取最为丰富的生活养料。也就是契诃夫告诫过的：“听着，尽量坐三等车……在三等车里，你有时会听见极有意思的话。”

何止是小说家？我以往采访过的若干远见卓识的文理工各门类文化人，朴素成性的所在不乏。拿相熟的两位杂文大家兼八级干部的廖沫沙（原北京市委统战部部长）和曾彦修（原人民出版社社长）来说，我曾为他俩惊讶——前者是夏天，在北京前三门的廖府，他穿着一件布满小洞的汗衫，跟我侃侃而谈；后者是深秋，在曾老的上海复兴路寓所，分明见他书桌上的台灯塑料罩，也破出个大洞！

有意思的是，学成归来的年轻友人说起刚到加拿大多伦多酒店打工时，那位拥有恁多商场、酒店、剧院的犹太老板趿拉双塑料鞋来厨房视察，他老人家的袜子后跟，竟也是这样：穿了一个洞！与其称之为吝啬，不如说是实业家的实在哩。所以，“台塑”老板王永庆，一条运动用的毛巾使了三十年；李嘉诚常年用的，是一块西铁城普通手表，以致接受采访与记者对表时让对方猛吃一惊。

朴素，应当成为知识者，乃至所有教育者、管理者亦即社会精英们的共性。朴素，本质上是做人低调，处世谦卑。有文化，懂科学，理当深谙常识嘛：比起“天地玄黄，宇宙洪荒”来，再大的人物又算得什么？用爱因斯坦在纪念哥白尼大会上说的，在哥白尼发现的“日心说”面前，每一个地球人从此只有谦虚谨慎的份。

唯此，愈是见识高者愈朴素。金国藩院士回忆王大珩出国公干，每回都拣最俭省的旅馆。“王老最后一次出国，是在1996年，参加ICO第17届会议。在韩国，王老和另外一位教授都已住在比较高级的旅馆，后来听说我们住在一个小旅馆，就坚持搬到我们这里来了。”在科学大师的风格面前，任何挥霍、炫耀适足见其不自量而已。

自然科学家如此，人文科学家呢？我想到中国社科院副院长宦乡，这位在国际舞台面对济济一堂的世界著名政治家和知名学术家，用流利的英语侃侃而谈的大学者，曾经与他一起出国开会的朱镕基在1994年发表《心里的话》特加赞赏：“难能可贵的是在他的身上，始终保持着农民一般的勤俭朴实的淡泊作风。在我与他的交往中，他简朴的衣着，忠厚而毫无虚饰的言谈，给我留下了极其深刻的印象。”

杨绛写过一篇短文《俭为共德》，言简意赅。文内提及其父肯定孟德斯鸠的“俭朴乃共和国民之道德说”，提得很高：“诚以共和国之精神在平等，有不可以示奢者。奢则力求超越于众，乃君主政体、贵族政体之精神，非共和之精神也。”不是吗？看看眼前的美国，保守派政治家金里奇宣布参加总统竞选后，其现任年轻漂亮妻子的首饰连续被媒体质疑。那条昂贵的项链，实在是选民不能承受之重。薛涌解释：“奢侈品消费对选民传达的信息是：我并不是你们之中的一员。既然如此，选民凭什么要投票来支持一位‘老爷’呢？”

话说回来，凡事要“反求诸已”。我想目下急需提倡朴素作风的，还是我们这些天天要跟基层群众接触的媒体人。想想看，没有“坐在溧阳路弄堂口乘凉，倾听百姓呼声”的积累，何来林放《未晚谈》专栏源源不断的写作素材。一个新闻记者，一个言论作者，入则灯红酒绿、养尊处优，出则珠光宝气、油头粉面，摆出一副高人一等的阵势，交往面必然受限，难以跟民众打成一片，也就听不到底层的真实情况和心声。又是鲁迅说对了：“生活太安逸了，工作就会被生活所累。”

原载《学习时报》2012 年 2 月 20 日

英雄的“保质期”

又从媒体上看到独臂英雄丁晓兵的报道，又是浮想联翩。

英雄虎胆，能不感动？1984 年一次军事行动，面对敌方手雷飞来，为掩护战友，丁晓兵毫不迟疑抓起掷地的手雷向外扔。手雷蓦地炸响，他右臂炸断。这年“全国优秀边陲儿女金质奖章”整 100 枚，名单原已由中央部门确定。然而，壮士断臂，动地惊天，共和国为优秀儿子破例，颁发了第 101 枚奖章！

更让人感动从而反思的，却在后头。因为当年南京航空学院学生小王来函：“我认为你成为英雄，只是过了第一关；假如 10 年、20 年后，仍有事迹从你身上出现，英雄的称呼你才当之无愧！”考问英雄品格“保质期”有几何？考问得好。

昨天是英雄，不等于今天、明天仍然是英雄。始于轰轰烈烈、终于庸庸碌碌有之，甚至曾几何时，沦为腌腌臜臜亦有之。昙花一现，稍纵即逝，虽云太可惜，却也不足奇。它从反面印证了历史无情，躺在功劳簿上不成，英雄仍须不断应考，优秀品格亟须“保鲜”。

于是我们赞美雷锋，他就是时时毫不利己、专门利人，把有限的生命投入到无限的为人民服务中去。于是我们钦佩丁晓兵，他从挥动一条左臂打背包、练单杠到进军校学习、到带兵爱兵，竟处处获最佳。和平时期持续保质，所难能者，在将战时瞬间付出的重大牺牲转换成漫长过程中缓释的巨大奉献。好在他们都给出闪亮答卷。

考卷中最难的题，是在地位升高后：还把持得住吗？怎么来用权？权力有两重性。掌管一方，大权在握，利的一面是可以尽情地为民办事，可还有弊的一面，即可能反过来腐蚀你自己。每逢贪官落马，坊间照例推论，好像“过五关斩六将”考选出来的公职人员原本皆无素养唯有裙带，显非事实哩。记得一位中央领导在天津看了刘青山、张子善腐败案展览，写下了《诗经》里的“靡不有初，鲜克有终”八个字。是呀，“初”和“终”有时会天差地别！奈何总有人不汲取历史教训，一旦以功业得位，辄贪欲萌焉，由小滋大焉，终以丑闻落败。

必须反其道而行，必须“慎初”。我赞赏香港廉署的罗范淑芬在内地院校宣讲的“哪怕贪再少的钱，也是错”的理念。什么“收点小意思，没大出格就行”，须知自我放纵绝对不行！做好社会公仆，得零容忍才行。君不见县委书记焦裕禄，是连孩子看场免票电影都光火，一定要交款的。从牛玉儒到杨善洲都一样严于律己，丁晓兵也是。不仅那些干部提拔之际的非分尝试，会遭他痛斥，送来的钱和物会从门口直接飞出去。即使一些社会上的应酬场合，譬如房产商看中他的地位名声，许诺他出席剪彩仪式讲两句好话就给优惠售房，他照样一口回绝。

恰似先烈遗教"我爱惜自己的历史胜过鸟儿爱惜它的翅膀"。原来，一份完美的人生答卷其来有自。岂可等到堤坝四处朽烂才急匆匆堵漏，须关卡前移，防微杜渐。小拿小捞小便宜之类，细思量，哪一样不有悖于我们的入党宣誓，有失于无私奉献的公仆操守？即使够不上违法门槛，却够得上缺德门槛。道德的堤岸一经失守，那背后的法律构筑也就摇摇欲坠啦。唯此，管你吹得天花乱坠，我就是不越雷池一步。

一步又一步，步步完美保质，连缀而成英雄品格"保质无限期"。

原载《人民日报》2012 年 4 月 28 日

“第一流人物”的道德担当

在一个偶然场合，得悉老出版家刘杲八九年前就屡屡强调“文化是目的，经济是手段”，“出版不是卖皮鞋”，“编辑工作的最高追求是出版传世之作”。见事之早，先见之明，真叫苦口良药，不胜佩服。

近日从《浦东时报》读友人杨益萍《可敬的前辈》一文，方知刘杲还有可敬的别一面——“那一年，他刚从领导岗位上退下来，由于德高望重，仍兼任一些社会职务。正在这时，经诊断，妻子患上了老年痴呆症，他闻讯后二话没说，辞去一切职务，专心照顾妻子。妻子病情逐渐发展，起初不认识邻居亲友，后来不认识儿女，最终连他也不认识了，甚至动手打他。他默默承受一切，悉心服侍。他收集有关医书认真研习，几乎成了研究老年痴呆病的专家。俗话说，久病床前无孝子，可他服侍老伴，整整 16 年一如既往。而此时，他自己早已是白发苍苍的老人。”

“一个人，才华令人敬服，品德则更令人敬重。”杨文的结论，我深以为然。

一些间接或直接见闻的前辈道德故事，不止一回教我心潮难平。比如林帆老师生前讲过并写过，六十年代初王中因“反右派”而落马，偏偏老母病瘫，排泄失控，床笫便溺狼藉。本来学校给补助，让他雇人服侍。可实在太脏，保姆接连告退。王中从沙发上霍然而起：“身为人子，舍我其谁？”退掉补助，不分寒暑就在复旦宿舍门前铺开床板，擦洗便垢斑斑的被褥。又如四年前我去上海第六人民医院看望中科院资深院士戴立信，眼前的一幕是，在病区走廊里，这位 84 岁耄耋老人一番番来回，为老夫人入院诊治操办手续。须知他自己曾患口腔癌，此刻正因胃部焦灼而接受检查。随即没几天，他果真被确诊为胃癌！

王中是新闻界权威学者，他的“读者需要论”“报纸两重性”等我还懂一点。戴立信的有机化学研究，连同那荣获国家自然科学二等奖的课题“通过金属配位作用而实现的一些高选择性合成反应”，我就一窍不通了。但是不要紧，无碍于我们表达敬意。因为三位前辈的人格境界及其具象化的道德故事绝无奥秘。我们的人性相通，彼此的道德标准相同——拒绝自私冷漠，尊崇真诚爱心，恰是人性的选择。

敬服名家大师的专业成就，天公地道。然而，爱因斯坦在纪念居里夫人的演讲里提醒得对：不该满足于赞扬她的学术贡献，“第一流人物对于时代和历史进程的意义，在道德品质方面，也许比单纯的才智成就方面还要大”。专业成就，创新物质；道德榜样，感染精神。前者有形，一草一木，皆可供计数；后者无形，励志塑魂，遂改变无数。

于是，“第一流人物”不仅以其专业本领，更以其道德举措推动社会。同样是服侍病患，或是克已奉公，或是见义勇为，林林总总，由他实施，就特感人！记得回忆国际关系学大家宦乡时，朱镕基赞赏“他简朴的衣着，忠厚而毫无虚饰的言谈，给我留下了极其深刻的印象”。倘若你我，寻常人焉，则衣饰再简朴也难产生如此影响力。“居高声自远”，这由众所瞩目的社会地位所建构。

一个有幸跻身精英阶层的人，可得时时检点，吾日三省吾身了。当然不可求全责备，但切记道德责任与社会地位同步而来。即便某些道德滑坡现象，你一时制止不了，也切勿迁就掺和。用司马光家书中说的，彼时朝野上下处处奢靡，“风俗颓敝如是，居位者虽不能禁，忍助之乎”！

“第一流人物”的肩头该有担当呵。

原载《上海支部生活》2012 年第 5 期

事无两样人心别

——比较黄遵宪和托克维尔的访美观感

一

读过晚清历史的，大概就知道那位倡导“我手写我心”的“诗界革命家”黄遵宪。这些年，随着研究的推展，大家更多地看到了他作为思想家、政治家参与变法维新、救亡图存的贡献，可以说评价较前深入而全面了。

作为思想家，就免不了挑刺的。这不，一位年轻友人近日对我道：“看看黄遵宪对美国大选的观点，比比人家托克维尔同样年龄段、同样访美，那见解就不能比了。”

黄氏的观点，也跟诗歌相关。那是1882年，时年32岁，由驻日使馆参赞调任驻美国旧金山总领事。三年任期中他积极奔走，力阻排华事件，维护华工权益，大得好评。有争议的，是他收在

《人境庐诗草》内的《纪事》一诗。此诗以白描手法，记述1884年，共和党人切斯特·阿瑟为争取总统连任，而与民主党人格罗弗·克利夫兰发生的一场竞选激战。

看惯了今日美国总统竞选之花样频出，回首百余年前，竟是如出一辙。两党鸣号击鼓，上街宣传政纲，什么一旦当政辄“通商与惠工，首行保护策。黄金准银价，务令昭画一。家家田舍翁，定多十斛麦”。自我吹嘘，天花乱坠，倒还罢了。最出奇处，在相互揭丑。此乃竞选通例，然美国为甚，连颇谙世情的黄遵宪也大吃一惊。“彼党讦此党：党魁乃下流。少作无赖贼，曾闻盗人牛。又闻挟某妓，好作狭邪游。聚赌叶子戏，巧术妙窃钩”。简直是偷嫖赌俱全，还能托付一国之重？况且，此党党魁虚假不诚，“隐匿数不尽，汝众能知不”？隐藏着重重丑事，“颜甲十重铁，说恐难遮羞”。总之是坏透。那么，反过来呢？“此党讦彼党，众口同一咻”。也是复制伎俩，拼命构造彼党党魁丑事。于是乎，不分彼此，尽皆坏透。

不要把黄遵宪视为19世纪愤青，以为他也对“美国梦”羡慕嫉妒恨。不。他是正视事实的，长诗结尾有他的赞颂：“吁嗟华盛顿，及今百年矣。自树独立旗，不复受压制。红黄黑白种，一律平等视。人人得自由，万物咸遂利。民智益发扬，国富乃倍蓰。”只是，紧接着，是他的惋惜：“乌知举总统，所见乃怪事。怒挥同室戈，愤争传国玺。大则酿祸乱，小亦成击刺。寻常瓜蔓抄，逮捕遍官吏。至公反成私，大利亦生弊。”

美国所见，刻骨铭心。争权夺利，天下汹汹，以公之名，行私之实，令这位维新运动思想家失望之余，坚定了自己的选择："既留美三载，乃知共和政体万不可施于今日之吾国。"

二

比起这等消极之论，托克维尔的访美结论棋高一着。这位贵族出身的法国进步思想家是在1831年，26岁时乘船赴美考察，9个月后回国。其代表作《论美国的民主》上卷于1835年问世，时年30岁。再过5年，该书下卷出版。这部走过170年依然影响力盛而不衰的著作，缘起于"欲找出一个使这场革命发展得最完满和最和平的国家，从而辨明革命自然应当产生的结果"。结果如何？作者欣慰地说："我在美国看到的超过了美国自身拥有的。"在他眼里，支配美国民主制度和理念的是彼邦的民情，尤其是身份平等，它"赋予舆论以一定的方向，法律以一定的方针，执政者以新的箴言，被统治者以特有的习惯"。

托克维尔申言，考察美国不是为着去赞颂美国。果真，他笔下交织着热烈褒贬和冷静分析。有趣的是，他跟后来者黄遵宪一样批评过总统选举："一个大国采用选举行政权首脑的制度时，其危险已为经验和历史学家所充分证明。显而易见，行政权越大，诱惑力也就越大：觊觎者的野心越强烈，就越有二流的野心家来支持他，因为这群二流野心家希望在他们的候选人获胜后分享权力。"然而，在民主社会的政治平等机制和观念下，终无大碍。他总结60年来美国总统选举史，阐明因为总统职位是暂时且受制约的，那么“他当上政府首脑后，只能使他的朋友们分享到很少一点权力、财富和荣誉，而且他在国内的影响很小，不足以在他当权时左右本派人事业的成败”。

尽管对社会都具危害性，但是比起封建皇权制，美国总统选举制显属“两害相衡取其轻”，用今天的话可谓“最不坏的选择”。托氏见地，非黄氏可及。借用稼轩名句“事无两样人心别”（《贺新郎·老大那堪说》），该问：同为先进思想家，何以访美感受大不同？

让我们来做个实验。桌上摆放一张气泡室照片，学生看到的，是混乱而曲折的线条，物理学家看到的是熟悉的亚核事件的记录。须经过许多次视觉转换，学生才能见科学家之所见。这是库恩在其名著《科学的革命》中给出的实验。曾翻阅到哲学解释学中有一个概念，叫作“前理解”。大意是，主体要实现对于新事物的理解，须在理解开始前已具备某种观点、知识或信息。前理解，重要哩，我来类推一番：不会乘法除法，怎么学开方平方；不会哲学ABC，怎么理解黑格尔；不会造飞机，又怎么来造飞船。

前理解，托克维尔足够多。此前，由1789年起始，法国大革命狂飙突进，巴士底狱攻陷，《人权宣言》颁布，路易十六逃跑后被抓回处死，“天街踏尽公卿骨”，封建威权扫地以尽。再往前，启蒙运动思潮风起云涌，伏尔泰、孟德斯鸠、卢梭诸前贤力倡的天赋人权、三权分立、主权在民等思想深入人心。卷入大潮，耳濡目染，这是前理解；接触异邦，融汇升华，这就有了托氏的后理解或曰“后创新”。

前理解，黄遵宪却嫌少。尽管致力新学，识见超前，所绍介的达尔文进化论和卢梭民约论及人权、民主、平等概念，令拖着长辫子的同胞感觉石破天惊。但是，他殊缺托氏历经的民主运动洗礼。相反，封建专制道统给予维新派士大夫沦肌浃髓的辐射要荡涤干净又谈何容易。中国人学习西方，经由器物而制度而文化的逐步升级，愈升愈难。轮到要倡平等、去皇权、行选举，最难。黄遵宪曾跨出了一步，建构起对民主选举的前理解，即他给梁启超信里讲的，初抵日本，见民权之说极盛，“取卢梭、孟德斯鸠之说读之，心志为之一变，以谓太平世必在民主”。可惜理论耕耘不足，就建构不牢、理解不深、经不起风浪。一碰上美国大选的负面表现，方寸大乱，前理解消退。“以为文明大国如此，况民智未开者乎。又历三四年，复往英伦，乃以为政体当法英……”效法英国，即行君主立宪，还是皇权甩不掉。

三

比较过一番黄氏和托氏，还该有点余文。就是能给今人启迪否？

对外开放，出国考察，成风成潮。但细思量，“又何能一概而论？有醒着的，有昏着的，有玩着的，此外还多。但是，自然也有要前进的”（鲁迅语）。学外国欲见效，既看客体，也看主体，考察者的素质至关重要。

有个笑话，当年听说南斯拉夫的奶牛养得好，一批批蜂拥而去。当地官员道：“你们来得多，连我们的奶牛都认识中国官员了！”到后来，认识中国官员的，更有欧美诸国的景点导游、品牌店营业员、歌场舞女甚至赌城门童，等等。这，属于“昏着的，玩着的”，且勿论吧。就是“醒着的，要前进的”，也务必提升素养，具备学习先进事物的前理解。

七十年代末冶金部副部长叶志强率团访日，看到易拉罐饮料，不知从何着手。待东道主抠住拉环轻轻一拽，盖子揭开，大伙惊讶于人家能将钢铁轧得像纸一样薄。于是就有新技术引进，就有后来的易拉罐满天飞。考察冶金得懂冶金，知道对接“钢铁薄如纸”的高标准，这叫器物学习上的前理解。

制度和文化上的学习，更讲究前理解。听到老外介绍账户实名制，我们有几个会竖起耳朵？但“慕马”专案组成员丁玉学就会。他看到美国和日本，廉政机构对公务员存款实行完全微机管理，一有异动马上调查，就称好，就倡言财产申报应该上升为立法。盖因他深谙，国内腐败官员的个人账户出现巨额存款长达数年也安然无恙，“在这之前如果掌握并查处，一些大案也许就无从发生”。切中肯綮，经验之谈，亦即前理解。

俱往矣，百年前的故事，但它仍在新世纪新阶段余音绕梁。

原载《学习时报》2012 年 5 月 14 日